SILVANA DE MARI

Das Erbe des Magierkönigs

DER AUFBRUCH

SILVANA DE MARI

Das Erbe des Magierkönigs

DER AUFBRUCH

Aus dem Italienischen von
Barbara Kleiner

cbj

Danke, Maurizio und Elena
S. D. M.

MIX
Papier aus verantwortungsvollen Quellen
FSC® C014496
FSC www.fsc.org

Verlagsgruppe Random House FSC® N001967

1. Auflage 2017

Die italienische Originalausgabe erschien 2015
unter dem Titel: »Hania – Il Cavaliere di Luce«
bei Giunti Editore, Florenz
Vermittlung durch die MalaTesta Literaturagentur, Mailand
Übersetzung: Barbara Kleiner
Umschlagkonzeption: Geviert, Grafik & Typografie
unter Verwendung einer Illustration von © Bente Schlick
www.benteschlick.com
MP · Herstellung: UK
Satz: Uhl + Massopust, Aalen
Druck: GGP Media GmbH, Pößneck
ISBN 978-3-570-17403-6
Printed in Germany

www.cbj-verlag.de

Für all jene,
die gewagt haben,
eine andere Geschichte zu leben,
als die, die ihnen
vorgeschrieben war.

1

Der Magierkönig

Eisig funkelten die letzten Sterne über dem Turm. Es war klirrend kalt, die Welt starrte von Raureif und auch die Seele des alten Magiers war von eisigem Grauen erfüllt. Bloß aus dem Hintergrund drang ein ruhiges, seliges Schnarchen bis zu ihm, von seinem Pagen, der im Turmzimmer neben dem Kamin schlief, in dem die letzte Glut verglomm.

Sogar in diesem schmerzlichen Augenblick konnte der alte Magier sich des Gedankens nicht erwehren, dass Dummheit wohl eine Art Federkissen ist, das den Schlaf der Törichten hütet.

Doch nur kurz konnte dies den Magier von der beklemmenden Wirklichkeit ablenken. Schwärme von schauerlichen rötlichen Meteoriten hatten die ganze Nacht hindurch den Himmel schraffiert. Uhus und Eulen waren verstummt, die Glühwürmchen hatten aufgehört zu leuchten, getötet von dem unerhörten Frost dieser Nacht, die eine Mittsommernacht hätte sein sollen.

Furchtbares Grauen hatte alle Wesen erfasst, die es wagten, sich diesem Anblick zu stellen, lähmender Frost drang ihnen bis in die Seele. Blanker Schmerz und grenzenlose Verzweiflung überfiel sie, verschont blieben nur jene, die sich in ihrem Schlaf nicht stören ließen.

Als der alte Magier bemerkte, dass die Bahnen der Meteoriten Buchstaben formten, Runen einer untergegangenen Sprache, blieb er stehen und studierte sie. Der Anblick ihrer Botschaft ließ das Grauen in seine Seele dringen und vernichtete sie, erfasste sein Herz und zerstörte es.

Sie war der Tod des alten Magiers.

Im ersten Morgengrauen waren die Meteoriten weniger geworden und dann verschwunden. Der Albtraum war vorbei. Ein Schein von Frieden senkte sich auf die Welt herab.

Der alte Magier war nicht sicher, ob er sich noch auf den Beinen halten konnte. Seine Augen brannten, der Mund war trocken, die Stirn glühend heiß.

Er war verzweifelt,

Die Sterne waren aufgezogen, die Galaxien hatten ihre ganze zerstörerische Macht aufgewandt, damit dieses finstre Wunder sich ereignen konnte: Tausende bösartig glimmende Lichter hatten den Menschen ihre vernichtende Botschaft gebracht. Auf die Entfernung waren sie winzig erschienen, aber dadurch nicht weniger grauenvoll.

Der Magier ging zu einem Krug, der in einer Ecke

des Turms am Boden stand, und wollte sich Wasser in die hohle Hand gießen. Wasser könnte ihn vielleicht noch retten, sonst würde alles zu spät sein, nichts mehr könnte seinen baldigen Tod aufhalten. Doch in dem Gefäß waren nur Kakerlaken, fette weiße Würmer, Tausendfüßler, Dreck. Angewidert ließ der Magier den Krug los, sah, wie er zu Boden fiel und zerbrach. Die Würmer ringelten sich auf dem Boden aus gestampftem Lehm, dann lösten sie sich in dichtem, schmutzigem Rauch auf. Der alte Magier hatte das Gefühl, irgendwo in der Ferne ein eisiges Lachen zu hören.

Dieses letzte, infame und schändliche Wunder war sein Todesurteil. Wasser, das einzige Mittel gegen den Tod, war ihm versagt geblieben. Der Weg zum Brunnen war zu weit.

Es war das Ende, eine letzte Bestätigung, falls das noch nötig war und er in einer Anwandlung von Naivität wagen sollte, an der Existenz des Herrn der Finsternis zu zweifeln und daran, dass dieser dabei war, sein Vorhaben, die Welt in Verdammnis zu stürzen, in die Tat umzusetzen.

Der alte Magier wankte. In seiner Jugend war er König gewesen, durch seine Weisheit hatte er den Thron des Reichs erobert, der leer geblieben war, und hatte ihn in einer langen Reihe von Kriegen verteidigt, Kriege gegen bedrohliche, übermächtige Reiche, von denen sie auf allen Seiten umgeben waren.

Sechs seiner Söhne waren in diesen endlosen Gefechten umgekommen, Pestkrieg wurde er auch genannt, weil außer den Heeren auch die Seuche gewütet hatte, und Hungersnot und Tod.

Er hatte sechs Gräber ausgehoben, sieben mit dem seiner Gemahlin, die vor Gram gestorben war, und er hatte auf den Grabsteinen Inschriften anbringen lassen. Alle hatten sie in den Krieg ziehen müssen, sobald sie imstande waren, eine Waffe zu tragen, noch bevor sie das Glück der Ehe und der Vaterschaft erfahren konnten. Zu Staub waren sie wieder geworden, ohne etwas zu hinterlassen als die Erinnerung.

Sein siebter Sohn, der einzige, der diese schrecklichen Jahre überlebt hatte, errang den Sieg und war der herrlichste Prinz, den das kleine Königreich je gehabt hatte.

Der Magierkönig hatte abgedankt.

Damit der Sohn an seiner statt regierte, weil er ein viel größerer König war als er. So wie er der Magierkönig gewesen war, war sein Sohn der Ritter-König. Die Gesetze der Ehre waren in seiner Seele verwurzelt und leiteten ihn: Mut, Großzügigkeit, Schutz aller Benachteiligten und Bedürftigen.

Zwanzig Jahre lang hatte der Sohn des Magierkönigs regiert. Es waren die besten Jahre in der Geschichte des Reiches gewesen, eine Blütezeit, bis zu dem schrecklichen Tag, an dem er gestorben war, getötet durch den unerklärlichen Angriff eines weißen Tigers.

Nach seinem Tod hatten die bösen Nachbarn erneut

angegriffen, doch es war ihren Kriegern gelungen, zurückzuschlagen.

Es folgten Jahre des Friedens nach diesem Krieg der Zwei Winter, aber jetzt versank die Welt erneut im Chaos.

Die umliegenden Nationen wurden immer anmaßender und eine Gemeinschaft der Verräter hatte in ihrem kleinen Königreich Fuß gefasst. In den südlichen Provinzen – weit weg von der Königsstadt – wurden die Gesetze vergessen, missachtet moderten sie unter Schichten von Staub und Spinnweben dahin.

In der Zeit seiner Herrschaft hatte sein Sohn sich mit einer jungen Prinzessin vermählt, Liria. Alle hatten gehofft, dass der junge König eine Schar Kinder haben möge, hingegen wurde ihm nur eine Tochter beschert. Prinzessin Mariel, geboren nach einer späten, schwierigen und zu kurzen Schwangerschaft. Ein Sohn als männlicher Thronfolger blieb ihm versagt. Mariel war jung, erst neunzehn und allein, hatte keinen Ehemann an ihrer Seite. Noch war keiner aufgetaucht, der von ihrem Rang und würdig gewesen wäre, sie zur Frau zu nehmen und ihr in den Regierungsgeschäften beizustehen.

Mehr denn je fehlte dem alten Magierkönig sein Sohn, nicht nur, weil die Sehnsucht ihn quälte und marterte, sondern weil er in diesem Augenblick einen jungen Mann mit Ehrgefühl gebraucht hätte, der Entscheidungen fällte, aber dieser Mann war nicht da, also musste *er* entscheiden.

Entscheiden, was nach dieser schrecklichen Nacht zu tun war. Er musste Alarm schlagen, musste alle warnen.

Schwankend gelang es dem Magier, die schmale Wendeltreppe hinunterzusteigen, die an der Außenwand des Turms entlanglief. Er fiel. Er rollte sich auf die Seite und stand wieder auf. Er blutete im Gesicht, an den Knien und Ellbogen. Er war ein zum Tode verurteilter Alter. Die Meteoriten anzusehen, hatte sein Herz zerstört, es tat seine letzten, unregelmäßigen Schläge.

Er kam am Fuß des Turms an, stieß die Holztür auf und trat in den großen Raum. Der Kamin verbreitete noch etwas Wärme. Am Boden ausgestreckt schlief sein Page.

Geschützt von den Mauern, seinem jugendlichen Alter, von seinem tiefen Schlaf, so abgrundtief wie seine Dummheit, schnarchte der Page; während das bevorstehende Ende der Welt verkündet wurde, schlief er fest und zufrieden wie ein Murmeltier.

Der Magier musste ihn wecken. Gern hätte er dies mit Fußtritten getan: Es brachte ihn auf, den Pagen schlafen zu sehen, während die Welt dem Abgrund entgegentaumelte. Einen Moment lang hatte er das Gefühl, den Jungen mehr zu hassen als den Dämon der Finsternis, der die Welt in Dunkelheit und Leid stürzen wollte. Er würde ihn wecken und ihm sagen, er solle sein Pferd nehmen und eilen, ohne Halt zu machen, allen Bescheid geben: Das Schändlichste hatte sich ereignet.

In dieser Nacht hatte der Herr der Finsternis einer Frau ein Kind gezeugt.

Diese Kreatur konnte die Welt zerstören. Es würde Dürre geben, eine so glühende Hitze, in der alles vertrocknete und abstarb, es würde Hungersnöte geben und damit Krieg, denn wenn das Korn knapp ist, machen die Völker es einander mit Waffengewalt streitig. Auf den Leibern der Toten würden sich Schwärme von Fliegen niederlassen, mit ihrem Flug würden Seuchen ihre schwarzen Schwingen entfalten. Der Herr der Finsternis würde erneut versuchen, sich die Welt untertan zu machen, wie er es schon andere Male versucht hatte, doch da war er gescheitert, weil der Mut der Menschen ihm Einhalt geboten hatte. Der Mut der Menschen und ihre Einigkeit: Sie alle hatten gemeinsam gekämpft, hatten ihre Schwerter mit den Waffen von Trollen und Dämonen gekreuzt. Blut hatte die Erde getränkt. Die Klagen der Witwen und Waisen hatten sich über die Erde gelegt wie ein Nebelflor, aber die Heere der Dämonen der Finsternis waren stets aufgehalten worden. Jetzt würde Er auf eine uneinige und ins Elend gestürzte Welt treffen, auf eine schon verwundete Menschheit. Diesmal würde Er siegen.

Doch der alte Magier bekam Zweifel, denn er fragte sich: Warum sollte der Herr der Finsternis die roten Meteoriten schicken, die ihm, dem Magier, wenn auch um den Preis seines Lebens, erlaubten, seine Absichten und Pläne zu erkennen? Wenn man dunkle Ränke spinnt, um die Welt zugrunde zu richten, ist eine wesentliche strategische Maßnahme, das geheim zu halten. Er hingegen hatte Gelegenheit gehabt, Einblick in die Pläne des Herrn der Finsternis zu erlangen: Nach einer Nacht der Agonie würde er diesen Einblick mit dem Leben büßen, sicher, aber das hatte trotzdem keinen Sinn. Vielleicht war es, wie die Küchenmägde sagten, der Herr der Finsternis macht Töpfe, aber ohne Deckel, in seiner Magie fehlt immer ein Stück. Sehr gerissen, aber im Wesentlichen dumm, da Gerissenheit und Intelligenz beileibe nicht dasselbe sind, und seine Schläue ist nie vollständig.

Endlich begriff der alte Magier.

Der Herr der Finsternis wollte, dass die Sache bekannt würde. Er hatte die Botschaft zu eben diesem Zweck geschickt. Die Grausamkeit würde um sich greifen. Sobald man erfuhr, dass ein Ungeheuer in Gestalt eines Kindes empfangen worden war, wäre das Ergebnis die Verfolgung der Kinder. Wenn sich die Nachricht herumsprach, konnte es in der Panik dazu kommen, dass viele im Abstand von neun Monaten geborene Kinder hingemetzelt wurden. Und von ihren Verwandten gerächt wurden: weitere Tote, weiterer Hass. Das wäre der schlimmste aller möglichen Kriege, der totale Krieg aller gegen alle.

Der alte Magier musste Alarm schlagen und gleichzeitig alles verborgen halten. Wenn sich die Nachricht herumsprach, würde die Katastrophe eintreten.

Das war der Plan des Herrn der Finsternis: Entweder die Menschen erlaubten dem Ungeheuer in Gestalt eines Kindes, das er gezeugt hatte, zu leben, bis es sie zerstörte, oder sie töteten, um es zu vernichten, unschuldige Kinder und verloren dabei ihre Seele.

Der Herr der Finsternis wollte sie mit dem Rücken an der Wand sehen: Entweder sie verloren ihre Welt oder ihre Seele.

Der Magierkönig musste einen dritten Weg finden. Selbst in seiner dunkelsten Stunde wusste er, dass er ihn kannte. Er hatte eine letzte, wesentliche Botschaft erhascht. Das Neugeborene würde am linken Handgelenk ein Brandmal tragen, wie mit glühendem Eisen eingeprägt den roten Umriss eines der schändlichen Meteoriten. Der Magierkönig hoffte, mit diesem Wissen sie alle zu retten.

Er musste Königin Liria schreiben, sie warnen. Sicher, das war die richtige Idee. Sie würde zu handeln wissen.

Aber nur ihr, damit sie mit Weisheit und Mut das Neugeborene suchte, die Mütter befragte nach einer merkwürdigen Empfängnis außerhalb jeder Norm und Regel, die in jener Nacht stattgefunden hatte. Es war falsch, von einem »Neugeborenen« zu sprechen, denn in Wirklichkeit würde es eine schauerliche Kreatur sein, ein Ungeheuer, das böse Tier in Gestalt eines Kindes. Würde Königin Liria den Mut haben, ein Neugeborenes zu töten, oder jedenfalls eine Kreatur, die die Gestalt eines Neugeborenen hatte? Seine Schwiegertochter war eine so starke wie sanftmütige Frau. Ihr Leben wäre dadurch verdammt.

Der Magier fühlte wieder wie eine offene Wunde den Tod seines Sohnes, des Ritterkönigs.

Wenn er da wäre, wenn er am Leben wäre … Aber *Wenns* konnten die Welt nicht retten.

Wenn sein Sohn wenigstens weitere Kinder gehabt hätte außer seiner Enkelin, Prinzessin Mariel.

Wenn seine Enkelin, Prinzessin Mariel, einen ihrer und ihres Vaters würdigen Gemahl hätte!

Schon wieder verlor er sich in den Wenns.

Er musste die Welt retten und hatte dazu nur die Witwe seines Sohnes, die eine starke und kluge Frau war. Darauf musste er sich verlassen. Und auf sich selbst. Auf seine Fähigkeit, sie zu warnen.

Seine erste Idee, den Pagen zu wecken, der für die wenigen Bedürfnisse des alten Mannes zur Verfügung stand, und ihm alles zu erzählen, damit er es der Königin berichtete, war falsch, zu riskant. Zum Glück hatte er das noch rechtzeitig erkannt. Der Page hätte dann geplaudert, er hätte es seiner Cousine zweiten Grades, der königlichen Köchin, erzählt, die es ihrem Schwager, dem Jagdaufseher, weitererzählt hätte, der es wiederum seinem Schwiegervater, dem Schmied, erzählt hätte. Das Gemetzel wäre unaufhaltsam gewesen, denn im Lauf eines Mondes hätten selbst die Steine davon gewusst.

Der alte Magierkönig schleppte sich bis zu seinem Schreibpult, letztes Überbleibsel eines früheren, mäßigen Luxus in dem alten Turm, in den er sich zurückgezogen hatte. Er fand die Feder. Mit einer Anstrengung, die ihm ein Stöhnen entlockte, öffnete er das Tintenfass und entrollte ein Pergament. Schleier vor den Augen und mit zitternden Händen schrieb er seinen letzten Brief. Ein drückender Schmerz in der Brust wurde jeden Augenblick stärker. Sein Herz wollte stehen bleiben, sein Herz wollte brechen.

Meine geliebte Schwiegertochter,
geliebte Gemahlin meines geliebten Sohnes,

heute Nacht hat sich ein böser Zauber ereignet. Der Herr der Finsternis, der seit jeher auf unser Verderben sinnt, hat die Mächte des Bösen in Bewegung gesetzt, um ein schamloses Wunder zu wirken: Ein Kind von ihm hat im Schoß einer Frau unseres Reiches Gestalt angenommen.

Ein Kind von ihm, das nur eine Triebfeder des Bösen und also unsere Vernichtung sein kann. Seine Anwesenheit auf Erden wird jede Hoffnung auf Freude und Gedeihen zunichtemachen.

Um den Preis meines Lebens, das in diesen Augenblicken zu Ende geht, ist es mir gelungen zu sehen, dass jenes in dieser Nacht empfangene Wesen am linken Handgelenk wie mit einem Brenneisen eingebrannt die rötliche Silhouette eines Meteoriten tragen wird.

Diese Kreatur wird die Gestalt eines Kindes haben, aber es wird kein Kind sein, sondern die Ausgeburt des Bösen, also darf es nicht leben.

Ich weiß, was ich von Euch verlange. Ich bitte Euch, lasst meinen Tod nicht umsonst gewesen sein. Niemand darf etwas hiervon erfahren, sonst greifen Schrecken und Grausamkeit um sich, nur Ihr und meine geliebte Enkelin dürfen davon wissen.

Ich segne Euch.

Der alte Magier, der einst König gewesen war, unterschrieb den Brief, verschloss und versiegelte ihn, langsam und majestätisch floss der rote Lack, und er drückte den Siegelring hinein.

Endlich weckte er den Pagen.

»Bring das der Königin«, flüsterte er ihm zu. Der Junge stand auf, streckte sich gemächlich und gähnte.

Ein langes, langsames Gähnen.

»Was, mein Herr?«, fragte er verschlafen.

»Bring das der Königin«, stieß der alte Magier mit letzter Kraft hervor. »Ich liege im Sterben, bring das der Königin. Sofort.«

»Soll ich Hilfe holen?«, fragte der Page, plötzlich munter geworden, einen Moment lang war sein Gesicht beinahe intelligent. Einen Moment lang, gewiss.

Er war König gewesen, auch ein zornmütiger König, manchmal heftig, bei mancher Gelegenheit sogar grausam: Wie hatte es geschehen können, dass er als einzige

Gesellschaft in seinem einsamen Alter diesen Pagen behalten hatte, den mit den meisten Pickeln gesegneten und mit dem geringsten Verstand ausgestatteten jungen Kerl, den das winzige Königreich zu bieten hatte?

Der alte Magier verabscheute diesen Pagen, er hatte ihn schon immer verabscheut, mit dem Alter war jedoch eine Art Schüchternheit über ihn gekommen, vielleicht Menschenfreundlichkeit, sodass er nie zu verlangen gewagt hatte, man solle ihn entfernen und durch einen etwas intelligenteren mit etwas weniger Pickeln ausgestatteten Jungen ersetzen.

Der alte Magier suchte die Torheiten zu verscheuchen und an seinen Gedankengang anzuknüpfen.

»Im Königspalast wirst du welche holen. Die Königin wird mir die nötige Hilfe schicken«, sagte der alte Magier. »Geh und halt dich nicht auf, bis du bei ihr bist. Das ist ein Befehl, ich bitte dich, es ist mein letzter Befehl, vielleicht der wichtigste, den ich dir je gegeben habe.«

Endlich begriff der Page. Stumm sah er ihn an, Tränen in den Augen.

»Gewiss, mein Herr«, murmelte er, nahm das Pergament und lief davon.

Der Alte schleppte sich zum Kamin, wo die letzte Glut noch glomm und vielleicht seine klammen Glieder wärmen würde. Er hockte sich auf den Boden, kauerte sich zusammen.

Der Schmerz in der Brust war schrecklich.

Er hatte getan, was er tun musste.

In den Händen eines pickeligen Dummkopfs lag die Nachricht, welche die Welt retten würde. Und sie würde ihr Ziel erreichen.

Der alte Magier war im Begriff, seinen Sohn wiederzusehen. Und sein Sohn würde sagen, dass er es gut gemacht hatte, dass er getan hatte, was er musste.

Sein Sohn war öfter uneins mit ihm gewesen, mehr als einmal. Er hatte ihn bezichtigt, mal zu verwegen zu sein, mal zu sehr darauf bedacht, die Menschheit in »hoch« und »niedrig« einzuteilen, denn ein unwürdiges Herz kann in einem Adelspalast geboren werden und ein tapferes Herz kann in einem missgestalteten Körper in elenden Lumpen schlagen.

Aber diesmal würde sein Sohn sagen, dass er es gut gemacht hatte. Auch dass er den pickeligen Tölpel bei sich behielt, statt sich zu beschweren: Sein Sohn würde das gutheißen. Deshalb hatte er den Pagen behalten, jetzt wurde ihm das klar.

Er konnte in Frieden sterben. Er war im Begriff, sie wiederzusehen. Alle. Alle sieben. Und ihre Mutter. Sie würden beisammen sein, in den endlosen Gefilden, unter grenzenlosen Himmeln.

Er hatte es gut gemacht,

Er konnte in Frieden sterben.

2

Mariel

In der grausigen Nacht, als die Meteoriten den Himmel schraffierten, war Mariel, Prinzessin des Königreichs der sieben Gipfel, von der Dunkelheit überrascht worden, während sie auf ihrem Pferd durch die letzten Ausläufer eines kleinen Wäldchens ritt. Das bestand ganz aus Kastanien- und Nussbäumen und war durchzogen von reinlichen Wegen, mit ein paar seltenen und schütteren Brombeer- und Rosenbüschen, die mit ihren Dornen die breiten und gepflegten Wege säumten.

Im Herbst aß man die Brombeeren, und im Frühling pflückte man die Rosen unter dem Gezwitscher von Vögeln, die zusammen mit Eichhörnchen und ein paar Uhus die einzigen Bewohner des Orts waren. Das Wäldchen lag nicht weit vom Königspalast entfernt, Mariel ging schon von klein an dorthin, und sie kannte sich dort aus wie im Küchenhof des Königspalasts. Hier hatte sie am Tag, als ihr Vater beerdigt wurde, beim Anblick der Eichhörnchen Trost gefunden, und vielleicht liebte sie den Ort deshalb so sehr. Und sollte sie aus irgendeinem unerfindlichen Grund die Orientierung verlieren, würde das Pferd sie nach Hause bringen, wie es das jedes Mal tat, wenn Mariel im Sattel hockte und ihren Träumen nachhing oder in ein Buch vertieft war. Dann war es das Pferd, das brav und geduldig den Weg zu den Stallungen einschlug, die auf den Küchenhof gingen, Herz des Königspalasts und des Reichs.

Dunkelheit brach herein, eine verrückte, nie gesehene Dunkelheit, sie verschlang die Seelen derer, die sie betrachteten, sie verschlang den Tag vor der Zeit.

Dunkelheit hüllte die Welt ein, und jede Hoffnung auf Licht schien unterzugehen. Die Tiere des Waldes wurden wild, der Wald selbst wurde wild, laut krachend barsten Bäume, Erdreich wurde aufgeworfen und bedeckte altvertraute Wege.

Das Pferd wurde wild, es warf Mariel ab und sprengte davon, auch das war noch nie da gewesen.

Der Himmel überzog sich mit Tränen aus Blut, der Anblick erfüllte die Seele mit Todesangst, die einem die Luft raubte und das Herz schmerzlich zusammenschnürte. Der Wald war nicht wiederzuerkennen in diesem infernalischen Licht, ein einziges Gestrüpp. Da traf Mariel im Wald auf eine Hütte, eine plötzlich aufgetauchte Zufluchtstätte, die sie weder vorher je gesehen hatte noch später wiederfinden konnte.

Es war ein seltsamer Ort; es war klar, dass er verzaubert war. Bis zu dieser Nacht war Mariel sich nicht sicher gewesen, ob Magie und Zauberei überhaupt existierten, im Grunde hatte sie da immer ihre Zweifel gehabt. Sicher, ihr Großvater war Magier, oder wenigstens behauptete er es und wurde dafür gehalten, aber die schmale Trennlinie, die zwischen Zauberei und Aberglauben verlief, war Mariels Ansicht nach nicht so klar und eindeutig. Vielleicht war die Ansicht, dass es eine Linie des Lichts gebe, die die Welt leitete, und eine der Dunkelheit, die versuchte, sie ins Verderben zu stürzen, nur eine Art, Gutes und Böses voneinander zu unterscheiden. Ihr Großvater hatte den Angriff des Tigers, der Mariels Vater, den Ritter-König, getötet hatte, oft als bösen Zauber bezeichnet. Lebten die weißen Tiger doch seit Jahrtausenden stolz und herrlich in ihrem eigenen Reich, und nie hatte man gehört, dass sie Menschen angriffen. Mariel hatte oft gedacht, dass es sich dabei um ein besonders wildes und grausames Tier gehandelt haben müsse.

In dieser Nacht kamen ihr Zweifel. Bösen Zauber gab es, Hexerei auch, es gab das Gute und es gab das Böse, und dieser verfluchte Ort war ein Auswuchs des unendlichen Dunkels, das seit jeher die Menschen ins Verderben stürzte, ihre Seele lähmte. Dieser Ort war Zauberwerk. Dieser Ort bedeutete Schmerz, schmutzige, schändliche Abscheu vor dem Leben selbst.

Mariel wollte die Hütte nicht betreten, aber sie hatte keine andere Wahl.

Sie war aus vollkommen glatten, ebenmäßigen Holzbrettern gemacht, es wirkte, als ob sie falsch wären, aus einem kalten und unbekannten Material.

Im Inneren herrschte absolute Dunkelheit. Sicher, in einer Hütte im Wald konnte die Dunkelheit nur absolut sein, sagte sie sich, wenn sie sich an diesen Albtraum erinnerte, Aber an diesem Ort herrschte eine besondere Dunkelheit, eine Dunkelheit, die jedes Licht verschluckte. Diese Dunkelheit war nicht die Abwesenheit von Licht, sondern dessen Gegenteil.

Mariel hatte keinen Feuerstein bei sich, aber sie war sicher, auch wenn sie einen gehabt hätte, sie hätte keinen Funken schlagen können.

Es roch nach gar nichts, weder nach feuchter Erde noch nach nassen Blättern, weder nach Pinienholz noch Harz. Nichts. Schlaf überkam sie, ihr war völlig klar, dass es ein unnatürlicher Schlaf war, Zauberwerk, aber er war unwiderstehlich.

Sie setzte alles daran, nicht nachzugeben, hielt sich auf den Beinen, schlug sich an den Wänden die Fäuste blutig, damit der Schmerz sie am Schlafen hinderte, aber es half nichts. Sie lief auch in die Nacht hinaus und hockte sich auf den Boden, aber das Grauen dieser Meteorite drang ihr in die Seele und zwang sie, wieder in die Hütte zurückzukehren, obwohl sie wusste, dass es eine Falle war.

Endlich überkam sie ein bleischwerer, einer Ohnmacht gleicher Schlaf. In der Morgendämmerung erwachte sie voller Grauen. Sie trat aus der Hütte und tat ein paar Schritte in den Wald, der Nebel verbarg die Wege, sie suchte nach Spuren des Pferds und aß einige Brombeeren gegen den Hunger. Sie ging ein paar Schritte im Nebel, und das war ausreichend, damit sie die verwunschene Hütte nicht mehr fand. Sie war verschwunden, vom Erdboden verschluckt.

Endlich ging die Sonne auf, wärmte die entsetzte Erde und löste den Nebel auf. Mariel fand sich im vertrauten Wäldchen aus Kastanien und Nussbäumen wieder. Sie machte sich auf den Weg, durchquerte Dörfer und kam an Bauerngehöften vorbei, wo das Grauen dieser verfluchten Nacht in Worten, Erzählungen und Seufzern aufflammte. Sie versuchte zu beschwichtigen und zu trösten, endlich kam sie zu dem kleinen mütterlichen Königspalast mit seinen rot, gelb und orange – in den Farben des Königsreichs – gestrichenen Mauern. Da wartete ihre Mutter auf sie, die Königin, fassungslos wegen ihrer Abwesenheit und angesichts des Grauens dieser Nacht. »Wo warst du, meine Tochter? Wo warst du nur? Dein Pferd ist ohne dich heimgekommen. Ich fürchtete um dich. Du warst im Freien in dieser tragischen Nacht. Die ganze Nacht über den Himmel zu betrachten, hätte dich getötet, wie es deinen Großvater getötet hat. Meine Angst war so grenzenlos wie meine Liebe zu dir. Ich schwor, sollte ich dich je wiedersehen dürfen, würde mich nichts als reines Glück erfüllen. Und doch spüre ich nun eisige Angst, die nicht einmal die Freude, dich anzusehen, vertreiben kann«, sagte die Mutter.

Die Königin war eine starke Frau. Mariel war nicht gewohnt, sie fassungslos und in Tränen zu sehen.

»Ich war in Sicherheit, Mutter«, stammelte sie. War sie das? War diese Hütte aus Grauen und Finsternis eine Zuflucht gewesen?

»Dein Großvater, der Magierkönig, ist tot«, wiederholte die Mutter, als sie sich endlich aus der Umarmung ihrer Tochter lösen konnte.

Mariel ließ sich zu Boden sinken bei dieser Nachricht und wegen der tödlichen Müdigkeit nach dieser irren Nacht. Ihre Amme war bei ihrem Erscheinen in die Küche geeilt und brachte ihr nun warme Milch und Fladenbrot. Mariel, die bis eben noch ein wütender Hunger geplagt hatte, fühlte sich von ebenso wütendem Abscheu übermannt.

Das Gefühl war grenzenlos, es durchdrang jede Faser ihres Seins mit dem Wunsch, nicht da zu sein, mit der Gewissheit, dass niemals mehr irgendetwas einen Wert haben könnte, dass ihr Leben bloß eine zu ertragende Last sei.

Mariel sah zu ihrer Mutter auf. Sie war noch immer schön, ihre Mama, trotz des schwarzen Witwenschleiers und der Traurigkeit im Blick.

»Dein Großvater ist tot. Die ganze Nacht hindurch hat er die Meteoriten angesehen, und das hat ihn getötet, doch er hat ihre grauenhafte Botschaft entziffern können. Wir kennen ihre Nachricht, und das verdanken wir seinem Opfer.«

Die Mutter verstummte. Sie sagte nicht, welches Geheimnis der Magier um den Preis seines Lebens entschlüsselt hatte. Mariel wagte zu fragen. Ihre Mutter hatte Mühe zu antworten, es war, als würden ihre eigenen Worte sie mit Abscheu erfüllen. Es war dieses eine Gefühl, das alles durchdrang, Mariel, ihre Mutter, die Welt.

In dieser Nacht hatte der Herr der Finsternis im Schoß einer Frau ein Kind gezeugt, damit die Menschheit verloren wäre.

3

Hania

Als sich das kleine Mädchen zum ersten Mal seiner Existenz bewusst wurde, fehlten bis zu seiner Geburt noch vier Monate.

Es befand sich im warmen Dunkel des Bauchs der jungen Frau, wohin ihr Vater, der Herr der Finsternis, sie gepflanzt hatte. Sie war die Tochter ihres Vaters. Das wusste sie. Es war eines der Dinge, die sie wusste, und basta.

Ihr ganzes Leben würde voll sein von Dingen, die sie wusste, und basta, Dinge, deren Kenntnis zugleich mit ihr entstanden war, diese Kenntnis war durch den Willen ihres Vaters bereits in ihr angelegt. Viele Dinge würden hinzukommen und sich damit vermischen, Dinge, von denen sie erfuhr, indem sie sie sah, hörte oder jemanden davon erzählen hörte. Das würde ihr erworbenes Wissen sein, das sich mit ihrem angeborenen Wissen verbinden würde. Das erste Element ihres angeborenen Wissens war, dass sie die Tochter ihres Vaters war, des

Dunklen Herrn, des Königs der Abgründe, des Herrn der Finsternis.

Zu ihren zahllosen angeborenen Kenntnissen gehörte auch das Verständnis von Sprache.

Bis zu diesem Augenblick war der einzige Laut, der ihr aufkeimendes Bewusstsein erfüllt hatte, der Herzschlag jener jungen Frau gewesen, in der sie wohnte. Jetzt hingegen erklang deren Stimme: ein viel hellerer Laut als der Herzschlag. Bestimmt sprach die Frau seit eh und je, aber erst in diesem Moment war das Bewusstsein des Mädchens von einem formlosen Klumpen zu etwas geworden, das sie *verstehen* ließ, also Wahrnehmung, Bewusstsein und folglich Erinnerung besaß.

Die junge Frau verteidigte sich.

»Ich habe keinen Mann gekannt, Mutter, ich schwöre es Euch«, sagte sie.

»Mariel, meine Tochter! Du trägst ein Kind in dir, daran kann kein Zweifel mehr bestehen«, sagte eine andere Stimme, das Mädchen wusste, dass es eine Frauenstimme war. » Ich bin bereits in fortgeschrittenem Alter, und ich schwöre bei der Krone, die ich trage, dass meine Angst grenzenlos ist.« Die da redete, war eine alte Frau mit einer Krone auf dem Kopf. Also war sie eine Königin. Daraus folgte, dass jene junge Frau, die Mariel hieß und in deren Bauch sie lebte, als Tochter dieser Königin eine Prinzessin sein musste.

Wenigstens hatte ihr Vater Leute von Rang ausgewählt, allerhöchsten Adel: Sie wusste das zu schätzen. Es war schon schmählich genug, als Tochter, der allerhöchsten Finsternis inmitten dieser weinerlichen und im Wesentlichen dummen Menschheit ausgesetzt zu werden, da war ein gewisser Komfort zumindest tröstlich.

Dem Mädchen war der Begriff Mutter geläufig, aber es fiel ihm schwer, die junge Frau als *ihre* Mutter zu bezeichnen. Es hatte einen Vater und basta. Am Ende beschloss es, sie Mariel zu nennen und den Begriff *Mutter* nur wenn unbedingt nötig zu verwenden.

Der Geist des Mädchens spürte den Geist der Frau, in der sie sich befand, aber sie sah die Bilder nicht, die Mariel sah, zu ihr drangen nur die Geräusche, das Wehen des Windes durch die Bogenfenster, das Gurren der Tauben im Garten.

Das Mädchen wusste, was der Wind war.

Sie wusste, was Tauben waren.

Sie wusste, was Samt war.

Sie wusste, was Schwarz, Rot und Indigoblau waren.

»Mutter, ich schwöre es Euch, und Ihr müsst zugeben, dass ich immer den Mut zur Wahrheit hatte. Wenn ich mich mit einem Mann verbunden hätte, um dieses Kind zu empfangen, das sich nicht mehr verleugnen lässt, würde ich es sagen. Würde ich einen Mann so lieben, dass ich wünschte, mich mit ihm zu verbinden, würde ich das sagen. Wäre mir Gewalt oder Willkür angetan worden, hätte ich den Mut, meine verletzte Ehre zu rächen. Vater hat mich gelehrt, ein Schwert zu führen, Mutter, und Ihr wisst, dass ich imstande bin, es zu tun. Wagt nicht, mich der Lüge zu bezichtigen. Das gestatte ich nicht. Auch Euch nicht«, sagte die Frau, in deren Bauch sie sich befand.

»Dann erklär es mir«, ächzte die Königin.

Mit gebrochener Stimme erzählte Prinzessin Mariel ihr von jenem Ort, der Hütte, von der Dunkelheit, die dort herrschte.

»Ich glaube dir, meine liebe Tochter«, sagte die Königin, als sie endlich die Worte wiederfand. »Leider muss ich das. Ich wünschte von ganzem Herzen, es wäre nicht so. Wie du weißt, hat dein Großvater vor seinem Tod eine letzte Botschaft geschickt. Er hat das Grauen dieser verfluchten Nacht beobachtet und es hat ihn das Leben gekostet. Er hatte erfahren, was in jener grauenvollen Dunkelheit geschehen ist: Der Herr der Finsternis hat einer jungen Frau ein Kind eingepflanzt. Es war keine natürliche Zeugung, sondern etwas jenseits der Regeln des Lebens. Ich bitte dich, meine geliebte Tochter, sag mir, dass du mich belogen hast, dass du dich einem Mann zärtlich hingegeben hast, und ich wäre glücklich, überglücklich. Vor maßloser Freude würde ich im Hof des Königspalasts tanzen«, sagte die alte Mutter.

Das Kind im Leib der jungen Prinzessin erschrak. Die Königin zog es vor, Großmutter eines x-beliebigen Bastards zu werden, gezeugt von irgendeinem Tölpel, statt sich der Ehre zu erfreuen, *sie*, die Tochter des Herrn der Finsternis, in ihrer albernen Familie zu haben,? Das war entsetzlich. Auch peinlich. Und was schlimmer war: Es war dumm. Die Blödheit der Menschen, die sie ja geahnt hatte, übertraf ihre schlimmsten Erwartungen. Gekrönte Häupter mochten sie ja sein, ihre Mutter und diese krächzende Krähe da, aber schlau kein bisschen. Sie war mit Idioten verwandt. Man musste der Realität ins Auge sehen.

Die Prinzessin verharrte lange in betroffenem Schweigen. Dann brach sie in Schluchzen aus.

»Dieses Kind muss getötet werden«, murmelte die Königin mit tonloser Stimme.

Getötet? Die Rede war von ihr! Der wahre Feind war also die Krähe. Die Frau, in deren Schoß ihr Vater sie gepflanzt hatte, war zu dumm und wäre von allein nicht darauf gekommen.

»Dein Großvater, mein Schwiegervater, der alte König, der Vater deines Vaters, hat in der Nacht der Meteoriten deren Botschaft entschlüsseln können und hat dafür sein Leben geopfert. Niemals hätte ich gedacht, dass die Jungfrau aus der Prophezeiung du sein könntest. Mit Schaudern werden wir dieses Verbrechen begehen, meine geliebte Tochter, aber wir werden es begehen. Wir dürfen nicht zulassen, dass dieses Kind auf die Welt kommt, denn es würde sie zerstören. Nur als Neugeborenes ist es nackt und wehrlos, und wir werden es töten. Denn etwas anderes können wir nicht tun.

Dann verhüllen wir unser Haupt und beweinen unser grausames Geschick, Mörderinnen des eigenen Blutes zu sein, aber die Welt wird gerettet sein«, sagte die alte Mutter.

Das Kind verspürte Angst und eisigen Schrecken. Sein gerade erst entstandenes Bewusstsein trübte sich, es hörte nicht viel außer dem verzweifelten Weinen der beiden Frauen, die sich umschlungen hielten.

Sie umarmten sich und trösteten sich gegenseitig.

Sie dagegen war allein mit ihrer Ohnmacht, ihrer Furcht, ihrer grenzenlosen, wehrlosen und schrecklichen Einsamkeit.

Sie war verloren in einer feindlichen Welt. Einer dummen Welt. Dafür, sie umzubringen, waren sie bereit, traurig und unter schwarzen Schleiern zu leben. Sie brauchten sie nur am Leben zu lassen, dann konnten sie fröhlich sein, sich in Grün kleiden, in Lila und Indigoblau, Hellblau oder was immer sie wollten. Ihr Vater war nicht da, um sie zu verteidigen, sie war schutzlos und allein dem Tod ausgeliefert, alleingelassen in einer Welt, wo Gedankenlosigkeit und Trägheit regierten.

Sie wollte leben. Das war noch so etwas, was sie wusste, es war in ihr angelegt, sie wusste es und basta, seit jeher. Sie wollte geboren werden und leben.

Geboren werden war grauenhaft! Nicht, dass darauf zu warten, schön gewesen wäre. Das Kind war wie betäubt von den Gedanken des schwangeren Menschenmädchens, das sie nur mit größtem Widerwillen *Mutter* nannte. Die junge Frau war der absolute Gegenpol zur kosmischen Herrlichkeit ihres Vaters, des Herrn der Finsternis und des Betrugs. Diese *Mutter* hatte eine entsetzliche Neigung zum Säuseln. Sie säuselte angesichts von Sonnenauf- und -untergängen, angesichts der Sonne, angesichts von gewöhnlichen Tagen, selbst wenn es eiskalt oder unerträglich heiß war.

Aber das Schlimmste war, immer in Wasser getaucht zu sein: Das Kind hasste Wasser, es war ein tief sitzender Hass, unvorstellbar, absolut, kosmisch. Im Wasser zu sein, war einfach ekelhaft.

Doch Geborenwerden war schlimmer. Eine schreckliche Erfahrung. Das verhasste Nass verschwand, aber sie hatte kaum Zeit, darüber erleichtert zu sein, als die Wände ihrer Welt anfingen, sich um sie zusammenzuziehen und sie so auf eine Öffnung hin zu schieben, die ganz offenbar zu eng war.

In diesem Augenblick wurde ihr zum ersten Mal klar, was für eine dumme Gans ihre Mutter war. Ihr unentwegtes Schmachten vor der wunderbaren Schönheit der Natur, der Schönheit der Schöpfung war weit mehr als lächerlich. Es war nicht nur bodenlos affektiert, es war auch bodenlos falsch. Dass die Natur vollkommen sei und die Schöpfung bewundernswert – nur ein von reinster, vollkommenster, umfassendster Idiotie umnebeltes Gehirn konnte dergleichen zusammenfantasieren. Dieser widerwärtige Geburtsvorgang war ersonnen, von jemandem, den diese junge Frau die wunderbare und vollkommene Mutter Natur nannte? Dann gab es da nur zwei Möglichkeiten: Entweder war Mutter Natur idiotisch oder sie hasste die Menschheit, denn in Gebären und Geborenwerden lagen nur Schrecken und Schmerz. Mutter Natur hasste sicherlich sie, das Kind, aber auch ihre Mutter, die wirklich nicht den Anschein machte, sich zu vergnügen.

Bis zum unglückseligen Moment ihrer Geburt hatte sich das Problem des Atmens nicht gestellt. Das Kind kannte das Wort, sicher, es kannte sie alle, jedes jemals vom Menschengeschlecht geprägte und verwendete Wort war in seinem Kopf mit seiner Bedeutung abgespeichert. Bis zum Augenblick seiner Geburt war das Wort »atmen« nur eins der mehr oder weniger interessanten, mehr oder weniger wichtigen Wörter für das Kind gewesen,. In diesem Moment aber wurde ihm klar, was Atmen bedeutete, beziehungsweise, was es bedeutete, *nicht* atmen zu können. Es *musste* atmen, und zwar bald. Das Verlangen nach Luft wurde so groß, dass es sogar den Schmerz übertraf, der jeden Zoll seines wie in einer Klemme feststeckenden Körpers quälte. Damit das Kind atmen konnte, musste sein Kopf durch eine Öffnung, deren Durchmesser entschieden kleiner war als sein Kopfumfang. Die Schreie seiner Mutter gellten ihm in den Ohren, *die* konnte schreien, sie hatte Luft und konnte atmen, und nahm sich trotzdem heraus sich zu beschweren.

Da war noch eine Stimme neben der ihrer Mutter, die zwischen einem Schmerzensschrei und dem nächsten ertönte.

»Liebe Hebamme, dank dir für deinen Beistand«, säuselte ihre Mutter. »Euer liebes Gesicht ist mir ein großer Trost.«

Die zweite Stimme kam also von der Hebamme. »Hebamme«: Frau die bei der Geburt hilft. Da war also jemand, der ihrer Mutter half. Zum Glück. Wenigstens würde diese Tortur bald ein Ende haben.

»Nur Mut, Prinzessin Mariel, nur Mut«, sagte die Hebamme.

Mut, Prinzessin Mariel? Ihr, dem Kind ging es wirklich dreckig. Warum machte *ihr* niemand Mut? Das Kind hatte schreckliche Angst, so groß wie der Schmerz oder wie das Gefühl, absolut allein zu sein, ohne jemanden, der ihm sagen konnte, was es tun konnte. Seine Wut wuchs. Die Wut war etwas Gutes, sie übertönte die Angst. Und auch der Schmerz ließ etwas nach.

»Es muss schrecklich sein für Euch«, fuhr die Hebamme fort. »Wirklich schrecklich. Geburtswehen sind für alle Frauen schwer auszuhalten.«

Geburtswehen sind für alle Frauen schwer auszuhalten? Die Geburtswehen sind schlimm für alle? Was sollte das heißen? Wem konnte in diesem Augenblick an der Universalität des Problems etwas liegen? Konnte die sogenannte Hebamme sich nicht ihren Titel verdienen und etwas tun, damit sie hier herauskam und atmen konnte, statt abgedroschene Allgemeinplätze von sich zu geben? Vielleicht etwas Intelligentes?

Vielleicht gab es in diesem Königreich ein Gesetz: Vielleicht brachten sie die Intelligentesten um, damit die übrigen Mitglieder der Truppe nicht negativ auffielen. *Deshalb* wollten sie sie umbringen. Das hatte alles seine Logik.

»Doch wir haben wenigstens den Mann, durch den unsere Kinder auf die Welt kommen, gekannt und gewählt, während Ihr …«, die Hebamme verstummte mit einem Schluchzen.

Während Ihr? Wie konnte sie es wagen? Was erlaubte sie sich? Ihre Mutter hatte die allerhöchste Ehre, die Tochter des Dunklen Herrn, des Herrn der Finsternis, des Herrn der Ängste und des Schattenreichs in sich zu tragen statt das Kind eines x-beliebigen Sterblichen, der im Lauf der Zeit Haare und Zähne verlieren würde.

»Presst langsam«, flehte die Hebamme. »Oder Ihr reißt Euch auf.«

Presst langsam? Sie musste atmen. Sie musste hinaus. Wenn diese verdammte Hebamme, statt trostlosen Unsinn zu plappern, eine elementare Sache gemacht hätte, nämlich einen kleinen Schnitt am äußeren Ende des Kanals, durch den sie hindurchmusste, anzubringen, maximal daumenlang, sodass der Spalt, den sie durchqueren musste, größer wurde als ihr Kopfumfang, hätten sie und ihre Mutter davon profitiert. Die Mutter hätte aufgehört zu jammern und sie hätte endlich anfangen können zu atmen. Die ihr bekannte Definition des Wortes *Hebamme*, »diejenige, die bei der Geburt hilft«, war offenbar vollkommen falsch. Richtig wäre »diejenige, die überhaupt nichts unternimmt und Blödsinn redet, während die Geburt ganz allein vor sich geht, ohne ein Minimum an effektiver Hilfe«.

Unter äußerster Anstrengung, die ihr einen Schrei entlockte, konnte ihre Mutter sie schließlich auf die Welt bringen. Zusammen mit einem Schwall frischen Bluts, das ebenfalls eklig war, glitt das Kind aus ihrem Körper. Endlich konnte es atmen. Es stieß ein Gebrüll aus und hoffte, es möge all seinen Groll, seinen Hass, seine schreckliche Wut zum Ausdruck bringen, es hoffte, es möge durch die Mauern dringen und allen verraten, wie besonders es war.

»Das Weinen von Neugeborenen ist doch bei allen gleich«, murmelte die Hebamme traurig.

Nein, niemand hatte erfahren, wie besonders sie war. Ihre Wut hatte niemanden erschreckt, keiner hatte sie gespürt.

Na ja.

Wenigstens konnte sie atmen.

Die Hebamme nahm Mariel das Kind ab.

Das kleine Mädchen sah sie sich an. Die Frau war von furchterregender Hässlichkeit: rot angelaufenes Gesicht, Äderchen auf den schlaffen Wangen, Tränensäcke, tief liegende Augen, ein schauerliches behaartes Muttermal, violette Knollennase. Unter den Dingen, die das Kind wusste, seit jeher wusste, die es wusste und basta, war die Unterscheidung zwischen Schön und Hässlich. Die Hebamme war hässlich wie die äußeren Blätter am Kohlkopf, die man wegwirft, wie die Flügel einer uralten Fledermaus, wie der Schlamm, der unter den Schuhen festklebt.

Euer liebes Gesicht, hatte ihre Mutter gesäuselt. Das *liebe Gesicht* der Hebamme und die *Intelligenz von Mutter Natur* – die passten zusammen, wie füreinander geschaffen! Wenn ihr Vater, der Herr der Abgründe, kommen und die Welt in Finsternis hüllen würde, bliebe wenigstens die schauerliche Hässlichkeit der Hebamme verborgen und würde niemanden mehr stören: Ein glorreicher Tag würde das sein.

»Verzeiht, meine junge Herrin«, flehte die Hebamme mit zitternder Stimme. »Verzeiht, ich muss den Befehl ausführen.« Sie betonte das scharfe Doppel-S von *muss*. »Ich muss es tun, meine junge Herrin, nicht nur, weil es ein Befehl ist, sondern auch, weil die Welt zugrunde geht, wenn ich es nicht tue. Und wir alle auch: Ihr, ich, meine Kinder, Eure Mutter, alle Menschen. Alle Dinge. Ich werde tun, was ich versprochen habe. Ich habe keine zwei Gesichter.«

Sinnloser Satz. Sicher hatte sie keine zwei Gesichter. Hätte sie noch ein anderes gehabt, hätte sie bestimmt nicht dieses hier getragen.

Ihr Vater hatte sie in einer Welt ausgesetzt, die von idiotischen Verrückten bevölkert war, die sinnlose Dinge sagten und sie umbringen wollten. Und sie im Körper eines Neugeborenen war unfähig, irgendetwas zu tun, außer ein verzweifeltes Weinen auszustoßen, das aber niemanden sonderlich zu interessieren schien.

Die Hebamme hob das Kind hoch. Der kleine Körper war voller Blut, und instinktiv hüllte die alte Frau es in ihren Schal, damit ihm nicht kalt wurde. Das Mädchen war beeindruckt von dem kompletten Mangel an Logik in diesem Verhalten. Sie waren im Begriff, sie umzubringen, und sorgten sich, dass ihr kalt wurde. Unentwegt schwafelten sie von ihrer unendlichen Güte und doch waren sie im Begriff, *sie umzubringen*, ein Verhalten, das sogar Stachelschweine, Schakale und Kanalratten als Beleidigung jeder Ethik abgelehnt hätten.

Doch ihre Überlegungen zur Intelligenz der Menschen beziehungsweise dem Mangel daran wurden verdrängt von der Angst. Diese überschwemmte ihr ganzes Sein, ihren ganzen Geist. *Sie sollte getötet werden.* Ihr Herz würde stehen bleiben. Der Atem, eben erst geschöpft, würde stocken. Die Angst würgte sie schlimmer, als der Schmerz des Geborenwerdens es getan hatte.

»Nein, liebe Hebamme«, sagte Mariel, ihre junge Mutter. Zum ersten Mal konnte das Mädchen ihr ins Gesicht schauen. *Sie war schön.* Ihre Mutter war wunderschön, auch so, die blonden Haare zerrauft, das Gesicht gezeichnet von den Strapazen der Geburt, die blauen Augen umgeben von Augenringen, war ihre Mutter wunderschön.

»Das ist, wie ein Huhn zu töten«, sagte die Hebamme. Sie hatte ein Messer hervorgezogen.

Beim Sprechen bewegte sich das Muttermal und die Haare darauf wippten. Das Mädchen fragte sich, ob sie mit diesem hässlichen Anblick vor Augen sterben müsste. So etwas sollte verboten sein, in einer vernünftigen Welt müsste einem so hässlichen Wesen das Leben verboten sein. Außerdem war ihre Tüchtigkeit als Hebamme genauso groß wie ihre Anmut. Beinah wären sie und ihre Mutter ums Leben gekommen, da diese dumme Kuh nicht einmal in der Lage gewesen war, helfend einzugreifen.

»Wie eine Gans, wie ein Kaninchen schlachten. Wie ein Kätzchen töten«, zählte die Hebamme derweil auf, offensichtlich in dem Versuch, sich Mut zu machen.

Mühsam hatte sich die junge Frau erhoben. In einer Ecke der Kammer neben dem Bett lag ihr Mantel – blau wie der Himmel bei Sonnenuntergang, der genaue Name der Farbe war Indigoblau –, den sie achtlos dorthin geworfen hatte.

Sie hob ihn auf, und darunter lag ein Schwert. Die junge Frau legte sich den Mantel um die Schultern, knöpfte ihn zu, band sich das Schwert um, zückte es und richtete es auf die Hebamme.

Schönes Schwert. Insgesamt drei Fuß lang, den Griff mitgerechnet, Knauf und Heft aus getriebenem Silber.

»Gebt mir das Kind«, sagte sie zur Hebamme.

Zum ersten Mal befand sich die Kleine in den Armen ihrer Mutter. Ein schauerliches Gefühl überkam sie. Sie suchte in dem unermesslichen Wortschatz, den sie im Kopf hatte, und fand das richtige Wort: *Ekel.* In den Armen ihrer Mutter zu sein, erfüllte sie mit Ekel, wie zuvor das Schwimmen in der Flüssigkeit. Aber wenigstens war diese blöde Gans dabei, ihr das Leben zu retten. Selbst in diesem Augenblick bemerkte das Kind die auf dem Knauf des Schwertes eingravierten sieben Gipfel und die tiefe Rille, die bis ungefähr zur Hälfte der Klinge verlief und ihr Gewicht verringerte. Das war ein Schwert für einen nicht allzu starken Krieger, in dessen Geschichte sieben Gipfel vorkamen.

Das Kind im Arm, entfernte sich die junge Frau. Sie verließ den Raum und stieg die Treppe hinunter, die zum Hof des Palasts führte.

»Meine Herrin«, rief die Hebamme. »Dieses Geschöpf muss getötet werden.«

»Ich weiß, ich weiß«, antwortete die junge Mutter, ohne sich umzusehen. »Ich bin es, die das tun muss. Ich bin Mariel aus dem Herrschergeschlecht der sieben Gipfel, es ist meine Verantwortung.«

Das Mädchen erkannte, dass dieses Schwert eigens für ihre Mutter geschmiedet worden war und dass ihre Tötung aufgeschoben war. Sie hatte Zeit gewonnen: ein Punkt zu ihren Gunsten. Man wusste nicht, was die Zeit bringen würde, und nach dieser verdammten Strapaze der Geburt war das jedenfalls besser, als sofort getötet zu werden. Ihre grenzenlosen Kenntnisse militärischer Taktik besagten: *Im Zweifel Zeit gewinnen*; und das hatte sie erst mal geschafft.

Wenigstens würde sie nicht sterben mit diesem Gesicht vor sich, in dem ein Muttermal so groß wie eine Kakerlake saß.

Das war der einzige Trost, den sie hatte, zusammen mit der Hoffnung, dass ihr Vater die Welt zerstören möge, bevor die Welt *sie* zerstörte.

4

Ein Ritter ergibt sich nie

Angesichts des unlogischen Handelns der Hebamme war Mariel zusammengezuckt. Diese Frau war im Begriff, das Kind zu töten, und sorgte sich, dass ihm kalt werden könnte … Doch dann sah Mariel ein, dass es weder unvernünftig noch unlogisch war. Die Hebamme wollte die Kleine nur töten, damit das Böse nicht über die Erde kam, aber dass ein Neugeborenes fror, war etwas Böses, unnötiger Schmerz.

Die Hebamme hatte das Messer erhoben. Die Verkleinerungsform für *Katze* zu verwenden, war ein Fehler gewesen, ihr Mut hatte sie verlassen und vor dieser schrecklichen Tat zurückschrecken lassen. Die Hebamme hatte innegehalten.

Da raffte Mariel sich auf. Sie würde das nicht zulassen. Das hatte sie schon beschlossen, lange vor dem schrecklichen Augenblick der Geburt.

Die Hebamme würde keine Mörderin werden. Weder die Hebamme noch irgendwer sonst. Mariel legte sich den Mantel um und nahm das Schwert, in aller Ruhe: Dem Mädchen drohte keine Gefahr von dieser Person.

Sie zückte das Schwert und setzte es der Hebamme an die Kehle, mehr aus Höflichkeit, um der alten Frau die Gelegenheit zu eröffnen, kampflos aufzugeben. Dann nahm Mariel ihr Kind, diese schauerliche Kreatur des Herrn der Finsternis, und machte sich auf den Weg.

Es gab eine Stelle im Garten, die sie besonders gern mochte: Vor einer Felswand erhob sich eine riesige Eiche über einer Gruppe von Olivenbäumen, sodass eine Art Höhle entstand, eingeschmiegt in grüne und silbrige Wipfel.

Die Olivenbäume standen an der sonnigsten und am besten geschützten Stelle im Garten, Jahr für Jahr trotzten sie hier dem Frost. Mariels Heimatort lag auf zu großer Höhe, als dass Oliven hier zur Reife gelangen konnten. Doch von den südlichsten Ausläufern ihres Reichs, aus den fruchtbaren, sonnigen Landstrichen von jenseits der Wüste der Verlorenen Türme, kamen Oliven, Seide und Körbe voll getrockneter Aprikosen und Mandeln, kostbare Delikatessen. Ihrem Großvater war es gelungen, die Olivenbäume selbst hier oben heimisch zu machen, und da standen sie in ihrem kargen Farbenschmuck.

In diesem Olivenhain hatte Mariel ihr Pferd stehen lassen, am Morgen dieses langen Tages, als die ersten Wehen sie überkamen. Da wartete es nun auf sie, einen Quersack mit dem Notwendigsten auf der einen Seite des Sattels, eine Feldflasche mit Wasser für unterwegs auf der anderen.

Mariel war verzweifelt bis in die Tiefe ihrer Seele und Schmerz erfüllte jeden Teil ihres Körpers. Es waren nicht nur die Schmerzen der Geburt, sondern auch der Widerwille gegenüber jenem Wesen, das sie nie gewollt hatte.

Wie Feuer brannte dieser Schmerz in ihr, weil diese Kreatur existierte, die sie nicht als ihr Kind annehmen konnte. Es war auf die Welt gekommen, um jede Form der Zärtlichkeit, die dort noch überlebt hatte, zunichtezumachen. Diese Welt war schon genug geplagt von Kriegen, Seuchen, Dürre und Überschwemmungen, Heuschrecken und Missernten. Sie konnten es sich nicht leisten, wie ihre Mutter sagte. Die Menschheit würde es nicht verkraften, wenn der Schmerz auf der Erde auch nur um ein Jota zunahm. Die Welt würde für immer vernichtet sein. Dunkel würde das Licht verschlucken, Dürre würde alles Leben auslöschen.

Mariel nahm ihr Schwert und befestigte es neben dem Quersack, den sie schon vorbereitet hatte: Alles Nötige zum Nähen. Windeln. Ein einziges Hemd zum Wechseln. Brot. Käse, zwei Äpfel, eine Handvoll Nüsse und was vom königlichen Vorrat an Mandeln und getrockneten Aprikosen blieb, eine letzte Erinnerung an schöne Zeiten, sicher, aber auch ein Gebot der Vernunft, die Mariel nie vermissen ließ und die all ihre Handlungen lenkte.

»Eine Handvoll Nüsse kann einen Menschen einen Tag lang am Leben halten«, hatte ihr Vater gesagt.

Eine Feldflasche mit Wasser, weil die Dürre überall zunahm, Mariel wusste nicht, ob und wann sie unterwegs Wasser finden würden, und Durst war eine Qual.

Verborgen in der Jacke, eingenäht ins Futter, hatte sie eine winzige Börse mit zwölf Goldstücken, ihr ganzer Besitz. Um den Hals trug sie eine feine Goldkette, darin eingraviert die sieben Gipfel, Zeichen ihres Rangs.

Mariel nahm das Kind, das immer noch in den Schal der Hebamme gehüllt war, band ihn sich um und stieg in den Sattel.

Ihr Körper tat weh, aber den Sattel unter sich zu spüren, hatte etwas sanft Vertrautes.

Nach einer Geburt zu reiten, war das Schlimmste, was man sich denken kann, aber sie hatte keine Wahl.

Das Kind weinte nicht. Aus wachsamen Augen sah es sie an. Neugeborene schauen nicht, heften den Blick nicht auf etwas, das wusste Mariel, die meisten jungen Frauen ihres Alters hatten bereits ein Kind oder zwei. Dieses infernalische Mädchen dagegen heftete seinen Blick auf etwas und schaute, weil es kein Kind war, sondern ein Etwas in Gestalt eines Kindes.

Die Welt würde für immer von dieser schändlichen Kreatur zerstört werden.

Sie musste sie töten.

Das wusste sie.

Dieses Kind musste getötet werden, und sie war es, die das tun musste: Weder ihre Mutter noch die Hebamme noch die Amme mussten die Last dieser Schuld auf sich nehmen.

Denn das war der Punkt: Es war eine Sünde. Das war der Plan des Herrn der Finsternis: die Menschen zu einer grauenhaften Sünde zu zwingen. Und nur *sie*, die Mutter dieses Wesens, konnte ihre Seele der Verdammnis anheimgeben, um die Welt zu retten.

Sie würde das Kind töten und dann für immer fortgehen, eine heimatlos in der Welt Umherirrende, denn wer ein so schreckliches Verbrechen begangen hatte, musste heimatlos bleiben, er konnte nicht verlangen, dass sein Leben weiterging, warm und behaglich in den eigenen vier Wänden. Niemand von denen, die Mariel liebte und die sie liebten, durften ihr je wieder ins Gesicht sehen – das Gesicht einer Frau, die ihr Kind getötet hatte.

Mariel verließ den Königspalast durch eine kleine, unbewachte Pforte, die versteckt zwischen zwei riesigen Eichen lag, eine innerhalb, eine außerhalb der Einfassungsmauer, die Wipfel ineinander verflochten.

Sie hatte den Schlüssel. Sie hatte das, was man den Hauptschlüssel nennt, der sämtliche Schlösser des Königspalasts öffnete. Der Schüssel und sämtliche Schlösser waren das Werk eines einzigen Schmieds gewesen, wie auch ihr herrliches Schwert, das aus reinstem, unbezwinglichen Stahl gemacht war.

Durch diese Pforte hatte sie vor Jahren den Sohn dieses Schmieds geschleust, der wegen eines kleinen Diebstahls von ihrem Großvater, dem König, zum Tode verurteilt worden war. Es war derselbe Junge, der ihr in dem kleinen Wäldchen die Eichhörnchen gezeigt und sie gelehrt hatte, mit dem Schwert umzugehen. Ihr Großvater war ein guter König gewesen und ein guter Magier, aber manchmal war er übertrieben streng, absurd streng, und Mariel hatte mit ihrem Schlüssel eingegriffen.

Nachdem sie das Tor hinter sich wieder verschlossen hatte, steckte sie diesen Schlüssel als letztes Andenken in ihren Quersack. Mariel ritt durch den kleinen Kastanien- und Nussbaumwald bis an dessen Rand, wo das kahle Gebirge begann, das Gras gelb wurde und nur hier und da eine vom Wind zerzauste Kiefer wuchs. Hier sollte es geschehen. In diesem Wald, den sie als Kind liebte, wo das Grauen begonnen hatte, hier würde es enden.

Mariel wollte keinen letzten Blick zurück werfen auf die Einfassungsmauer aus roten Ziegeln und Steinen oder auf die zwei großen Küchenkamine mit ihren mütterlichen Rauchfahnen, nicht auf den Turm in der Mitte mit seinem Spitzdach aus grauen Ziegeln, in dem hoch oben ihr Zimmer lag, von dem aus sie alles überblickt hatte. Von dieser ruhigen, runden Welt aus hatte sie das gesamte Tal in seiner Schönheit vor sich gesehen, überzeugt, das Leben bestünde aus Ehrhaftigkeit und Anmut und sie werde darin stets eine bevorzugte Rolle spielen. Mariel wusste, dass in der Ferne der Fluss Dovor in der

Sonne glänzte und die blauen und gelben Häuser der Hauptstadt des Reichs leuchteten, und sie sah sich nicht um. Sie hatte alles im Gedächtnis. Sie brauchte die Welt, die sie dabei war zu verlassen, nicht noch einmal zu sehen, ja sie durfte es nicht, denn sonst hätte sie der Mut verlassen zu tun, was sie im Begriff war zu tun.

Im Inneren des Wäldchens stieg Mariel vom Pferd. Es war, als wollte ihr Körper vor Schmerz auseinanderbrechen. Beine, Rücken, Schultern, alles tat ihr weh. Sie war nicht mehr ans Reiten gewöhnt. Das war schließlich auch keine Aktivität, die Hebammen und Ammen schwangeren Frauen oder solchen, die niedergekommen waren, empfahlen.

Mariel legte das Kind auf den feuchten, von Laub bedeckten Boden, zückte das Schwert und stellte es mit der Spitze auf den Boden, dann kniete sie nieder, legte beide Hände um das Heft und stützte die Stirn dagegen, die Knie eine Spanne von dem Kind entfernt.

Ihr Körper war eiskalt.

Ihre Stirn glühte im Fieber.

Sie begann zu zittern.

»Jetzt«, sagte sie. »Ich muss es jetzt tun.« Sie sagte es mit lauter Stimme. »Ich muss dich töten, Kreatur, oder die Welt ist verloren. Ich muss töten, vielleicht kann die Welt dann weiterleben.«

Mariel ergriff das Schwert, sie kniete immer noch und richtete die noch vom Erdreich schmutzige Spitze auf die Kehle der Kleinen. Sie war wunderschön. Ein letzter

Trug des Herrn der Finsternis. Aber das Mal am linken Handgelenk ließ keinen Zweifel zu. Es war das richtige Kind. Es war die richtige Tat.

Ein dünnes Rinnsal von Blut begann zu fließen. Die Kleine fing an zu weinen. Das normale Weinen eines ganz normalen Kindes. Offenbar hatte sie auch eine menschliche Seite.

Milch trat in Tropfen aus Mariels Brüsten und nässte ihre Jacke. Jemand hatte ihr gesagt, vielleicht eine der Ammen oder die Hebamme, dass das Weinen des Kindes die Milch zum Fließen bringen würde. Eine Reaktion, die sicherstellte, dass Menschenkinder ernährt wurden und gediehen.

»Vater, ich flehe Euch an, helft mir«, sagte Mariel laut und vernehmlich.

Mariel war als spätes und einziges Kind einer Mutter zur Welt gekommen, die von dieser ersten Geburt so mitgenommen war, dass sie keine weiteren Kinder bekommen konnte.

Ihr Vater hatte sie leidenschaftlich geliebt. Mariels ganze Kindheit hindurch war sie mehr Tochter ihres Vaters als ihrer Mutter gewesen.

Eines Tages hatte er sie im Geflügelstall ertappt, wie sie mit einem Holzstab, den sie wie ein Schwert benutzte, fette weiße Gänse scheuchte. Er war begeistert.

Von nun an erzog er sie wie den Sohn, den er nicht gehabt hatte. Mariel war sein Knappe. Der Schmied des Königreichs hatte für sie ein Schwert aus demselben unbezwinglichen Stahl gemacht wie das ihres Vaters, und er hatte den König davon überzeugt, seinen Sohn Dartred, der ein paar Jahre älter war als Mariel, damit zu beauftragen, mit der Prinzessin im Hinterhof des Königspalasts zu üben, unter den höflich missbilligenden Blicken des gesamten Hofstaats. Während der Übungsstunden erzählte der Vater von den außergewöhnlichen Abenteuern des Ritters des Lichts, und die beiden Kinder hörten mit offenem Mund zu, die Augen gingen ihnen über angesichts von dessen ungeheurem Mut. Es war Dartred gewesen, der Sohn des Schmieds, der sie in den Nussbaum- und Kastanienwald geführt, ihr die Eichhörnchen gezeigt und sie beim Tod ihres Vaters getröstet hatte. Die Eichhörnchen erkannten ihn und kamen zu ihm: Der Junge hatte sie mit etwas Futter zutraulich gemacht. Für Mariel war das von diesem Tag an der Wald der Eichhörnchen. Jetzt würde es der verwunschene Wald sein. Manchmal hatte der Vater sie ohne Wissen der Mutter rittlings reiten lassen wie einen Jungen. Er hatte ihr ein Paar Hosen und eine Jägermütze aus Wolfsfell geschenkt, worunter sie ihre goldblonden Haare verbergen konnte. Die Mutter hatte es nie erfahren: Keine der Ammen und Gouvernanten hatte das Geheimnis je verraten.

Besonders gut war Mariel mit dem Schwert, im Bogenschießen hatte sie eine unglaublich hohe Treffsicherheit. Ihre Schwachpunkte waren Armbrust und Lanze, die zu schwer waren für einen nicht männlichen Krieger. Besonders gut konnte sie mit Pferden umgehen, sie schienen sie seit jeher zu kennen, hörten ohne Zuruf auf sie und schienen es für eine Ehre zu halten, sie zu tragen.

Ihr Pferd hieß Aliin und war ein prachtvoller Schimmelhengst.

»Du bist der geborene Krieger«, hatte ihr Vater zu ihr gesagt. »Aber denk immer an das Gesetz des Rittertums, an die Regeln des Ritters des Lichts. Ich lehre dich zu töten. Das Schwert, das du trägst, kann den Tod bringen, kann Schmerzen verursachen, kann Kinder zu Waisen und eine Frau zur Witwe machen, kann einen gesunden Mann für immer zum Krüppel schlagen. Denk dran, das Schwert ist furchtbar und heilig, denn wenn es nicht heilig ist, kann es nur furchtbar sein. Ein Schwert zu tragen, ist eine Ehre, aber auch eine Last. Es gibt Regeln, die Regeln des Rittertums, die niemals, ich betone es: niemals verletzt werden dürfen. Niemals greift ein Ritter jemanden an, der sich ergeben hat. Niemals greift ein Ritter einen Unbewaffneten an. Niemals greift ein Ritter eine Frau an. Außer, die Frau ist bewaffnet wie du, aber ich glaube, da gibt es keine zweite, in diesem Fall könntest du eine Ausnahme machen, aber nur in diesem Fall. Fast wage ich es nicht, den Satz auszusprechen: *Niemals greift ein Ritter ein Kind an*, denn das wäre eine so schwerwiegende, so verwerfliche und grausame Tat, dass alle ritterliche Ehre für immer von der Welt verschwinden würde.«

Das war der Punkt.

Alle Ehre würde für immer von der Welt verschwinden. Die Baumwipfel regten sich leise. Dieser höfliche Laut ließ Mariel aufschrecken. Sie wollte nicht, dass der Wald der Eichhörnchen durch dieses Verbrechen noch mehr entweiht würde.

Mariel ließ das Schwert fallen.

Sie setzte sich auf den Boden, nahm den Kopf zwischen die Hände, raffte sich aber gleich wieder auf.

»Zur Hölle«, sagte sie laut. Dann wurde ihr bewusst, was sie gesagt hatte, und das gab ihr Mut.

»Zur Hölle«, sagte sie noch lauter.

Die Ehre würde nicht von der Welt verschwinden.

Der Herr der Finsternis würde besiegt werden.

Er hatte nur zwei Möglichkeiten gelassen: Entweder das Kind töten, womit die Menschen ihre Ehre und ihre Seele verlieren würden, oder aber es am Leben lassen und die Menschheit dem Schmerz und der Zerstörung ausliefern.

Ein echter Ritter ergibt sich niemandem, auch nicht den Ränken, die ihn um seine Ehre bringen sollen.

»Wenn du mit dem Rücken an der Wand stehst, vor einer Alternative, die in beiden Fällen auf eine Niederlage hinausläuft, ersinne einen dritten Weg«, pflegte der Ritter des Lichts zu sagen.

Mariel wusste nicht und es war ihr auch nie in den Sinn gekommen zu fragen, ob ihr Vater diese Geschichten erfand oder ob er Gehörtes nacherzählte. Ganze Nachmittage hatte sie wie verzaubert damit zugebracht, diesen Abenteuern zu lauschen.

Jetzt konnte man beginnen, sie in die Tat umzusetzen.

Sie würde einen dritten Weg finden.

Sie würde das Kind nehmen und es weit weg von allen und von allem bringen.

Sie würde in den Süden ziehen, wo keine Dürre die Trostlosigkeit der Wüsten verschlimmern konnte. In den Süden, wo es ein Tal geben sollte, das Tal der Sprudelnden Quellen, wo ein besonderes heiliges Wasser floss, das die Mächte der Dunkelheit abschwächte und dämonische Kräfte zum Verschwinden brachte. Dort würde sie mit dem Kind bis ans Ende ihrer Tage leben. Wenn die Geschichte wahr war, würde die Kleine ihre dämonischen Kräfte verlieren. Wenn es ein Märchen war und es das Heilige Wasser nicht gab, würde ihr Eremitendasein für immer dauern. Sie würde ihr ganzes Leben mit dem Kind in der Wüste verbringen.

Sie würde ihre Tage damit hinbringen, Wurzeln und ein paar Stängel Grünes zu sammeln, um zu überleben, und wenn sie nichts finden konnte, war das Problem ihres Überlebens ein für allemal gelöst. Für sie beide.

Wenn sie aber überlebten, würde sie selbst früher oder später sterben, und das Kind wäre erwachsen und ohne Aufsicht: Ihre letzte Aufgabe würde also darin bestehen, jemanden zu finden, dem sie das Mädchen anvertrauen konnte, einen Ort, an den man sie verbannen konnte.

Sie verscheuchte den Gedanken. Das Heilige Wasser gab es bestimmt, sie durfte gar nicht daran denken, dass es nicht existieren könnte, sie musste methodisch vorgehen, einen Schritt nach dem andern tun, musste die Probleme in dem Moment angehen, in dem sie sich stellten, nicht vorher, sonst würde sie zusammenbrechen. Und sie durfte nicht zusammenbrechen. Sie war der einzige Ritter, der imstande war, diesen Krieg zu führen.

Sie dachte an ihre Träume.

Ihre Träume als kleines Mädchen: ein Ritter sein wie ihr Vater, für die Ehre kämpfen. Schimmerndes Schwert, schimmernder Helm, schimmernde Ehre. Ein glanzvolles Leben.

Und dann ihre Träume als junges Mädchen: Ein großartiger und starker Mann würde kommen und ihr sein Leben zu Füßen legen, um ihre Liebe zu gewinnen.

»Gebt mir Gelegenheit, Euch zu zeigen, Herrin, was ich wert bin«, würde er vor ihr niederkniend sagen. »Für einen Blick von euch bin ich bereit, mein Leben hinzugeben.«

Verdoppelter Glanz und Schimmer. Zum darin Versinken.

In Wirklichkeit erwartete sie jemanden. Vor zehn Jahren hatte es da einen Mann gegeben, als alle umliegenden Reiche irre wurden und sie angriffen, der hatte ein Söldnerheer gegen die barbarischen Truppen geführt und sie vernichtend geschlagen. Er wurde nur »der Kühne« genannt, niemand kannte seinen Namen, nur seinen unbezwinglichen Mut. Sie hatte von ihm reden hören, und sie hatte es für selbstverständlich gehalten, dass der Held früher oder später zu ihr kommen würde, der wunderschönen Prinzessin des Königreichs, um ihr seinen Mut und seine Glut zu Füßen zu legen.

Doch niemand ließ sich blicken. Vielleicht hatte der Kühne schon eine Frau oder er war tot, und keiner wusste es, vielleicht lag er unbestattet unter dem ewigen Eis der Gipfel. Sie hatte ihn sich wunderschön und strahlend vorgestellt.

Doch um ehrlich zu sein, musste sie zugeben, dass gar nicht so wenige um ihre Hand angehalten hatten. Aber keiner hatte den Glanz oder die Redegewandtheit, die sie sich vorgestellt hatte, und sie knieten nicht einmal nieder. Sie träumte von einem Helden, und gekommen waren ehrbare, handfeste, wirkliche Männer, also hatte sie einen nach dem anderen abgewiesen. Die Anwärter waren immer weniger geworden, wie Wassertropfen einer versiegenden Quelle, und dann war niemand mehr gekommen, wie eben aus einer versiegten Quelle kein Wasser kommt. Es musste sich herumgesprochen haben, dass sie alle abwies. Sie hatte nie darüber nachgedacht, aber es durfte ja für einen Mann, der sein Leben darbot, wirklich kein Spaß sein, abgefertigt zu werden mit einem: »Ich danke Euch unendlich für Euer Angebot, mir fehlen die Worte, Euch zu sagen, wie sehr ich mich geehrt fühle, ich versinke vor Dankbarkeit, doch ich möchte diese Ehre lieber ausschlagen. Möchtet Ihr noch eine Schale Cidre?«

Ihre Mutter hatte den Kopf geschüttelt, die Köchin, eine dicke Frau mit starkem Bartwuchs und rauen Manieren hatte sie gewarnt: »Gebt Acht. Die Linie, die zwischen Stolz und Hochmut verläuft, ist fein wie ein Haar, eins von denen, die in der Suppe landen, wenn man nicht aufpasst. Und dann, unverheiratete Frauen werden früher oder später Beute des Herrn der Finsternis, das wissen alle.«

Mariel hatte sich kaputt gelacht angesichts solcher Torheiten. Weibischer Aberglaube, wie er an Kaminen und in Küchen gedeiht. Doch jetzt lachte sie nicht mehr. Hätte es da einen Mann gegeben, einen Gatten in ihrem Bett, ein oder zwei Kinder in ihrem Haus, wäre sie dem Herrn der Finsternis nicht über den Weg gelaufen.

Sie hatte sich eine Menge Dinge zusammengeträumt, wirklich geworden war davon jedoch nichts.

Und nun? Viele Kinder träumten davon, wenn sie groß sind, Ritter, Schmied oder Bandit zu werden, und starben an der Pest, noch bevor sie das Alter von fünf Jahren erreichten. Viele Soldaten träumten davon, lebend aus dem Krieg heimzukehren, vielleicht mit einer Beförderung, etwas Gold, einem Acker oder einem Weinberg, als Lohn für den Dienst, den sie dem König geleistet hatten, indem sie für ihn kämpften und siegten, während alles, was sie schließlich bekamen, der Platz in einem Massengrab war, das Gesicht unter den Füßen des Leichnams über ihnen, das Blut vermischt mit dem des Leichnams neben ihnen, die Würmer, die von einem zum anderen krochen wie die Marktweiber zwischen den Ständen auf dem Marktplatz. Viele Frauen träumten davon, ein Kind in den Armen zu wiegen, und dann starben sie bei der Geburt. Andere träumten davon, ein gesundes Kind in den Armen zu wiegen, und dann stellten sie fest, dass ihnen das nicht vergönnt war.

Aber der Herr der Finsternis würde unterliegen: Er würde Mariel nicht zur Mörderin machen. Sie würde das Kind schützen .Die Welt würde ihre Ehre nicht verlieren. Mariels Ritterehre würde vielleicht nicht glänzen, aber gewiss würde sie nicht in den Schmutz gezogen.

»Man weiß nie, vor welche Prüfungen einen das Leben stellt«, hatte ihr Vater immer gesagt. »Aber du weißt, wie du sie angehen wirst. Mit Ehre, Mut und ohne zu klagen. Was immer du tust, du musst ein Ritter sein.«

Sie würde ein Ritter sein.

Sie würde das Kind nicht töten. Sie würde es von der Menschenwelt fernhalten, damit es keinen Schaden anrichten konnte. Sie würde ihm beibringen, in der Wüste zu leben, die Wüste zu lieben und sie nie zu verlassen.

Sie war ein Ritter.

Ein echter Ritter ergibt sich nie, niemandem, und schon gar nicht den Ränken, die ihn um seine Ehre bringen sollen, und es war ein Glück, dass die Auserwählte sie war, ein Glück, dass sie nicht verheiratet war und keine zwei Kinder hatte, denn nur sie konnte den Machenschaften der Finsternis Einhalt gebieten. Ein ärmeres Mädchen, ungebildet und unwissend, ohne ein Pferd und ohne Schwert, würde das vielleicht nicht zuwege bringen, sie würde es nicht einmal versuchen, sie würde der spontanen Regung nachgeben, das Kind zu töten.

»Ein Punkt für dich, Herr der Finsternis, bravo«, sagte sie mit lauter Stimme. »Deine verdammte, verwerfliche Kreatur hat die Gestalt eines kleinen Kindes, wenn wir sie also töten, geht der Welt die Ehre verloren. Schlau. Beachtlich. Das muss ich anerkennen. Aber du hast nicht mit mir gerechnet. Du hast mich mit dem Rücken an die Wand und vor eine Alternative gestellt, die in beiden Fällen katastrophal ist. Also wähle ich zwischen den beiden Möglichkeiten die dritte.«

Sie würde in den Süden ziehen, immer weiter nach Süden, ohne zur Mörderin zu werden. Sie würde das Gebiet der Hochwälder durchqueren, an den Ufern des Zaubersees entlang, vorbei an den Städten Baar und Kaam, und dann waren da die großen Wüsten, die sie mit ihrem Säugling aufnehmen würden, dort würde sie leben und überleben können. ohne jemandem Schaden zuzufügen.

»Du hast nicht mit mir gerechnet, ich bin ein Ritter wie mein Vater«, murmelte Mariel noch.

Mit den Fingern fühlte sie nach den in die Jacke eingenähten zwölf Goldmünzen, nach dem Käse, den Mandeln und dem Säckchen mit getrockneten Aprikosen im Quersack.

»Ich werde dich Hania nennen«, sagte sie zu dem Kind gewandt. »Irgendwie muss ich dich ja nennen. Das war der Name meiner Puppe.« Das war ein schöner Name, zärtlich und stark zugleich, und es war schön, dass dies Mädchen hieß wie ihre Puppe, die sie als Kind geliebt hatte.

Dann griff sie auf einen weiteren der Lieblingssätze ihres Vaters zurück: »Nur Mut, es hätte schlimmer kommen können.«

Das musste sie sich immer wieder vorsagen.

5

Wie eine Puppe

Wie eine Puppe? Wie konnte sie sich unterstehen? Die Empörung war allerdings nur oberflächlich. Der Name gefiel dem Kind. Die zwei wiederholten Vokale, das doppelte A, vermittelten ein Gefühl der Offenheit! Sicherlich hätte sie anderes verdient, Hochtrabenderes, etwas wie *Schimmernde Nachfahrin des Herrn der Schatten* oder *Jungfrau des Reichs der Finsternis*, das wären schöne Namen gewesen, aber es war nicht von der Hand zu weisen, dass ein kurzer Name praktisch war.

Vorläufig wäre sie Hania.

Ihre ersten Tage verbrachte Hania in einer winzigen Hütte im dichtesten und verborgensten Teil des Kastanien- und Nussbaumwaldes, nicht der, wo sie gezeugt worden war, sondern in einer ganz gewöhnlichen Holzhütte mit Schieferdach. In der Hütte gab es einen gemauerten Kamin mit aufgeschichtetem Holz, ein Bett, einen Hocker, etwas Geschirr und Besteck. Der Boden war aus gestampftem Lehm und sehr sauber. Zu den angeborenen Kenntnissen Hanias gehörte auch die Unterscheidung zwischen schmutzig und sauber, zwischen unangenehm und bequem: Schmutzig war unangenehm, sauber bequem. Es war klar, dass ihre Mutter alles im Vorhinein geplant haben musste. Sie hatte ihre Flucht vorbereitet, wenn schon nicht mit Intelligenz, dann doch mit gesundem Menschenverstand. Auch für den Fall, dass Hania getötet worden wäre, auch für den Fall, dass sie von anderen getötet worden wäre – von der reizenden Großmutter, der barmherzigen Hebamme, deren Schönheit mit ihrer Tüchtigkeit wetteiferte –, Mariel wäre fortgegangen, weit weg, allein. Wenn sie jetzt genauer darüber nachdachte, erinnerte Hania sich an die Gedanken, den immer wiederkehrenden Gedanken »Ich muss fortgehen«, sie erinnerte sich vage an den Tag, an dem Mariel in zerstreutem und beiläufigem Ton jemandem, vermutlich einem Jagdhüter, den Befehl gegeben hatte, die Hütte herzurichten. Im ersten Moment hatte sie dem keine Bedeutung beigemessen. Im Geist ihrer Mutter gab es eine Flut von Gedanken, die fast immer albern, und von Handlungen, die fast immer sinnlos waren. Die Welterfahrung, die Hania gehabt hatte, als sie noch in ihrem Bauch war, war geringer als die, die sie als Neugeborenes hatte: Nicht immer hatte sie unterscheiden können, welche Dinge sie selbst betrafen und welche für sie belanglos waren.

In der Hütte blieben sie ein paar Tage. Ihre Mutter aß Brot, Käse und Nüsse, und sie, Hania, hatte ein Anrecht auf die Milch. Sie wusste, dass sie essen musste, wenn sie leben wollte. Sie wusste, dass sie dieses lauwarme und flüssige Zeug hinunterschlucken musste. In ihr kämpften ständig Hunger und Ekel miteinander. Sie trank bloß ein Minimum, das unerlässlich war, um nicht zu verhungern, dann löste sie sich von der Brust der Mutter und begann verzweifelt zu weinen, wegen des Ekels, der ihr ganzes winziges Sein ausfüllte.

Hania hasste Wasser.

Der ganze dumme Körper, in den sie eingeschlossen war, bestand im Wesentlichen aus Wasser. Sie musste die Milch trinken, wenn sie leben wollte, und ein erschreckend großer Teil dieser Milch verwandelte sich in die ekelhafte, warme Brühe, die ihr zwischen den Beinen herauskam, diese gab sie nur von sich, wenn ihr Körper ganz unbedeckt war, denn die Vorstellung, dieses Nass könne den Stoff, in den sie gekleidet war, tränken, war unerträglich. Und dann war da diese andere klebrige und widerwärtige Flüssigkeit, die ihre Haut absonderte, wenn es zu warm war.

Vor allem ekelte es sie. Alles war Ekel.

Alles war Wasser.

Regen war Wasser, die Flüsse, das Meer, die Seen. Alles Zeug, das die Leute ungemein gern mochten, ein weiterer Beweis für die Blödheit der Menschen und die Wertlosigkeit des Wassers. Die einzigen annehmbaren Dinge auf der Welt, die weiten, ununterbrochenen Sandflächen und die feuerspeienden Berge, Wüsten und Vulkane, wurden eher gefürchtet und gemieden.

Ihre Mutter ging nach Süden. Die Wüste war der Ort, wo sie auf die Herrlichkeit ihres Vaters treffen würde.

Als Brot, Käse und Nüsse aufgebraucht waren, machte ihre Mutter sich auf den Weg. Eine Zeichen von gesundem Menschenverstand und ein weiterer Punkt zu ihren Gunsten, außer dem, Hania nicht getötet zu haben, aber eine dumme Gans war Mariel trotzdem. Sie hatte nur wenig Nahrung mitgenommen, die aufgebraucht, und nun hatte sie nichts mehr. So mussten sie fortgehen, eine Katastrophe. In der Hütte war ein Kamin, in dem man viel schönes Holz verbrennen konnte, sodass man warme Füße hatte. Auch eine warme Nase und einen warmen Po. Sie hatte ein Dach, was bedeutete, wenn es regnete, blieben ihre Körper trocken, insbesondere ihrer, blieben ihre Gesichter trocken, insbesondere ihres. Die Hoffnung, als Tochter einer Prinzessin ein bequemes Leben zu führen, war dahin. Sie war am Leben, das war immerhin etwas, aber sie lebte sehr schlecht. Ihr Leben bestand aus Ekel, Kälte, Hunger, einem unstillbaren Hunger, auch weil die schauderhafte Milch, die ihre Mutter ihr gab, ekelhaft war.

Es gab Augenblicke, in denen Hania sich nicht sicher war, ob man ihr einen Gefallen getan hatte, als man sie am Leben ließ.

Unterwegs war es kalt, und ab und zu regnete es. Die Dürre lastete auf dem Land, alle klagten, aber auf *sie* fielen die einzigen Tropfen im ganzen Umkreis. Und es waren viele und sie waren sehr kalt. Hania hoffte, dass ihre Mutter nicht wieder anfangen würde, von der Vollkommenheit der Schöpfung zu schwafeln, denn eiskalte Füße senkten ihre an sich schon niedrige Toleranzschwelle noch weiter.

In den Tagen in der Hütte hatte ihre Mutter aus ihrem Rock Kleidung für Hania gemacht. Für sich hatte sie Hosen und einen Herrenüberrock mitgenommen. Sie hatte ihre Haare gelöst, dann hatte sie sie mit einem einzigen Schwerthieb abgeschnitten, hatte sie in der Hand gehalten und dann ins Feuer geworfen. Sie hatte sich den Busen eingeschnürt, damit man ihn weniger sah.

»Gehen wir, Mädchen«, sagte die Mutter. »Ich muss einen Ort finden, wo ich etwas zum Essen kaufen kann, dann müssen wir nach Süden reiten, immer weiter nach Süden. Ich weiß nicht, ab wann du gefährlich wirst. Wenn das geschieht, solltest du schon an einem Ort sein, wo du niemandem mehr schaden kannst.«

In den paar Tagen, die sie in der Hütte zubrachten, war ihre Mutter wieder zu Kräften gekommen. Sie wurde immer beweglicher. Sie stöhnte nicht mehr, wenn sie sich bücken musste. Mit Leichtigkeit schwang sie sich auf ihr weißes Pferd, Hania immer noch mit dem Tuch der Hebamme vor den Körper gebunden und unter dem Mantel versteckt.

Hania stellte fest, dass sie die Karte der gesamten Region vollständig im Kopf hatte, wie von oben, wie durch das Auge eines Falken gesehen. Sie kannte auch die Namen der Städte und Schlösser. Sie waren unterwegs in die Stadt Baar. Hania wusste auch, dass Baar das Handelszentrum des kleinen Königreichs war und von dort aus die großen Straßen in den Süden abgingen. Ab und zu zog ihre Mutter ein Pergament heraus und schaute nach dem richtigen Weg.

Ihre Mutter mied die Hauptstraßen und ritt auf Nebenwegen. Die seltenen Male, da sie einem Wanderer begegneten, zog sie sich die Kapuze über, senkte den Kopf und antwortete nicht auf den Gruß. Wenn das eine Taktik sein sollte, um unbemerkt zu bleiben, war sie nicht eben genial. Eine Frau allein mit einem indigoblauen Mantel auf einem weißen Pferd mitten in der Landschaft war auch mit übergezogener Kapuze wie ein Sperling im Schnee.

Endlich, als die Nacht schon hereingebrochen war und eisiger Nebel sich auf die Welt herabsenkte, gelangten sie zu einem Gasthaus, dem *Gasthof zum Fetten Ochsen*. Wie es schien, ihr Ziel. Obwohl Hania erst eine Woche auf der Welt war, wusste sie sofort, dass dies der letzte Ort war, an den sich eine notdürftig als Mann verkleidete junge Frau mit unschätzbaren Gütern wie einem Samtmantel und einem Rassepferd begeben sollte.

Im *Gasthof zum Fetten Ochsen* war absolut nichts fett. Ihre Mutter band das Pferd mit den Zügeln an einem

Zaun fest und betrat den Gasthof, der – das war sogar ihr als Neugeborener klar – insgesamt weniger wert war als das Pferd. Hier war es schmutzig, dunkel und kalt, auf einem spärlichen Flämmchen köchelte in einem Topf eine Gemüsesuppe.

An der Hauptstraße nach Baar hätte es schöne und gemütliche Gasthöfe gegeben, wo ein Ritter mit Samtmantel und einem kostbaren Pferd bequeme Unterkunft finden und die Gewissheit haben konnte, nicht am nächsten Morgen mit durchschnittener Kehle aufzuwachen. Hier war diese Hoffnung völlig abwegig.

Drinnen sahen sie sich einem langen und hageren Wirt gegenüber, was schon nichts Gutes verhieß, mit einer Henkersfratze, die schief war, weil ihm die Zähne einseitig ausgefallen waren.

Drei Gäste saßen im Schatten, die Gesichter im Dunkeln nicht zu erkennen.

»Ich suche eine Unterkunft für die Nacht«, sagte ihre Mutter. »Ich kann bezahlen.«

Ich kann bezahlen. Einfach so. Zuerst hätte sie fragen müssen, was die Übernachtung kostete, dann hätte sie erbarmungslos feilschen müssen, als ob ihr jeder Groschen aus dem Fleisch geschnitten würde. *Ich kann bezahlen* war gleichbedeutend mit: *Ich habe einen hübschen Batzen Gold bei mir, schneidet mir doch die Kehle durch, ich bitte euch, enttäuscht mich nicht.* Hania war sehr klein, aber früher oder später würde sie groß werden, wenn sie nicht vorher starb. Ihre Mutter war dumm, und das war eine Tatsache, der nur der Tod ein Ende setzen konnte.

»Aber gewiss, gute Frau«, antwortete der Wirt. Er hatte wirklich eine Henkersfratze. Er hatte einen Augenblick gezögert, bevor er *gute Frau* sagte, wobei er in bösartig spöttischem Ton jede Silbe einzeln betonte. Die dumme Gans hätte sich das Haareabschneiden auch sparen können. Mariel fühlte sich so unbehaglich, dass der Mantel aufging und man sah, dass sie ein in einen Schal gewickeltes Neugeborenes vor dem Bauch trug, was typisch weiblich war. Typisch weiblich war auch der Mantel. Welcher Mann lief denn schon in Indigoblau herum?

Von draußen vor dem Gasthof hörte man ein Wiehern. Jemand versuchte, das Pferd zu stehlen.

Perfekt.

»Ihr wurdet schon auf der Straße gesehen, und wir haben Euch erwartet. Wir hofften, dass Ihr bei uns absteigen würdet, sonst hätten wir nach Euch gesucht, gute Frau«, fügte der Wirt hinzu.

Die drei auf der Bank erhoben sich und traten aus dem Schatten, und tatsächlich sahen sie besser aus, wenn man sie nicht sah.

Endlich wurde auch der dummen Gans klar, dass sie im Begriff war, eine Dummheit zu begehen, eine kolossale Dummheit, die nicht nur ihr Leben aufs Spiel setzte – das wäre ja nicht weiter schlimm –, sondern vor allem das kostbare Leben von Hania, und das war unverzeihlich.

»Ich habe es mir anders überlegt«, sagte Mariel unvermittelt, als ihr endlich klar wurde, in welch tödlicher Gefahr sie schwebte.

Zu spät.

»Zu spät, schöne Frau«, bestätigte der Wirt höhnisch. Die drei im Schatten, die nicht mehr im Schatten waren, gaben ihrer freudigen Erregung Ausdruck.

»Du hast ein Balg bei dir. Bälger mögen wir nicht, schöne Frauen aber wohl«, sagte der Wirt.

Er mochte keine Kinder? Na und? Hania mochte keine Idioten und musste doch unter ihnen leben. Das Leben war voll von ungeliebten oder verabscheuten Dingen, man musste sich anpassen.

Hania wurde ärgerlich. Ihre Mutter war zwar eine dumme Gans, ja sicher, und auch die Sorte von alberner Gans, die das Unheil förmlich sucht, aber Hania brauchte sie gesund und am Leben. Und vor allem mochte sie nicht, dass man sie selbst bedrohte. *Sie* zu bedrohen, war ein Fehler gewesen. Drohen war immer ein Fehler: »Wenn du in der Lage bist, etwas zu tun, tu es ohne vorherige Ankündigung«, lautete die erste Regel der Militärtaktik. Der Bedrohte könnte sonst Gegenmaßnahmen ergreifen.

Auch wenn der Bedrohte ein Neugeborenes ist, das wehrlose Wesen schlechthin.

Man sollte sich da aber lieber nicht so sicher sein.

Hanias Geist flog in alle Richtungen und in jeden Winkel der alten, stinkenden Kaschemme. Sie sondierte die Lage: Fledermäuse oben, Feuer im Kamin, Ratten überall, und dann war da noch die gute alte Schwerkraft, im Kampf immer nützlich. Es gab eine solche Menge Ratten dort drin, dass sie gereicht hätten, ein Heer aufzuhalten. In Wahrheit beherrschten die Ratten den Ort, wussten es aber nicht, und die Menschen waren die Eindringlinge, wussten es aber nicht. Die Ratten lebten im Verborgenen und wussten nicht um ihre Macht, die Menschen herrschten und wussten nicht um ihre Ohnmacht. Die Hauptdarsteller in dieser Geschichte mussten sich nur über ihre wahre Macht klar werden, und das Kräfteverhältnis würde sich umkehren.

Hanias Geist fand die Ratten, holte sie aus dem Dunkel und entfesselte sie. Es waren dumme Tiere, ihrer Natur nach blieben sie lieber im Schatten.

Sie erfüllte das Denken der Ratten mit Schrecken und Raserei, scharenweise strömten sie auf den Boden des schäbigen Raums, wie ein Heer, eine Einheit nach der anderen. Sie waren groß, schwarz, es waren Unmengen mit Unmengen von Zähnen, sie waren wild und wütend. Alle zusammen bildeten einen Teppich, einen Rattenteppich, dick und dicht, ständig in Bewegung, versehen mit Zähnen und Krallen. Die drei von der Bank strauchelten. Sie fielen zu Boden und die ekligen Viecher waren über ihnen.

Jeder hat seine Talente. Die Ratten hatten mächtige Kinnladen und die Fähigkeit, als Menge zu handeln, sie wurden ein einziges Wesen mit Tausenden von Zähnen, die alles angriffen, was anzugreifen möglich war. Es ist leichter, mit einem einzelnen Wolf zu kämpfen, als gegen hundert Ratten, und das hier waren viel mehr. In diesem Augenblick flogen alle Fledermäuse gleichzeitig auf, warfen sich gegen die Kette, an der der Topf über dem Feuer hing. Die Kette löste sich vom Haken, der Topf fiel herab und eine grünliche, kochend heiße Brühe ergoss sich über die Unglückseligen und über die Ratten, die quiekten und noch aggressiver wurden. Ein brennendes Scheit rollte auf den Boden und das Feuer kam dem Holz der Bank gefährlich nah.

Die Mutter hatte das Schwert gezückt und setzte es dem Wirt an die Kehle.

»Ich will dich nicht töten«, zischte die Mutter.

Nein? Warum nicht? Was wäre daran falsch gewesen? Und warum Verhandlungen aufnehmen, wenn die Angst, die man dem Gegner einjagen konnte, eine der wenigen Waffen war, die man zur Verfügung hatte?

Der Wirt wich zurück.

»Geht mir aus dem Weg und ich lasse Euch am Leben«, sagte die Mutter.

Das war dumm. Es bestand die Gefahr, dass man ihm früher oder später wiederbegegnen würde, und dann musste man erneut mit ihm kämpfen. Und vielleicht würde beim nächsten Mal er gewinnen. Ein toter Feind kann einem nicht mehr schaden. Außerdem war das hier einer, der Frauen und Kindern wehtat. Hania war ein Kind, und wenn es ihr gelang zu überleben, würde sie eine Frau werden: besser, man sorgte vor.

Die Fledermäuse saßen dem Wirt im Nacken, wenn es denn ein Wirt war, er sah nicht so aus, als hätte er jemals etwas gekocht. Hania begann zu vermuten, sie hätten es hier mit einer Bande von Banditen zu tun, die das Gasthaus besetzt hatten, nachdem sie die Eigentümer ermordet hatten. In diesem Fall war die Gefahr noch um vieles größer: Leute, die nichts zu verlieren hatten und die sie verfolgen konnten.

Von den Fledermäusen aus dem Gleichgewicht gebracht, kippte der vermeintliche Wirt vornüber in Mariels Schwert, dann fiel er zu Boden.

Die dumme Gans beugte sich über ihn, um ihm zu helfen, aber er war ganz offenkundig mausetot, zum Glück, sonst hätte die Idiotin ihn auch noch gerettet. In diesem Moment fing die Bank Feuer, und Mariel beschloss zu fliehen. Sie rannte aus dem Haus. Ein kleiner Junge, nur Haut, Knochen und Flöhe, versuchte gerade ihr Pferd mitzunehmen, aber das Pferd hatte das Problem schon selbst gelöst, indem es sich aufbäumte und wie wild ausschlug.

Mariel stieg in den Sattel und gab dem Tier die Sporen.

»Ich habe einen Menschen getötet«, murmelte sie. »Zum ersten Mal in meinem Leben«, setzte sie hinzu.

Hania war empört über diese unverschämte Anmaßung. Ihr allein stand der Ruhm für diese gute Tat zu!

»Auch du hattest eine Mutter, die dich liebte, durch deinen Tod hast du jede Möglichkeit der Erlösung verloren. Dafür bitte ich dich um Verzeihung, und gleichzeitig verzeihe ich dir, dass du mich gezwungen hast, dich zu töten«, murmelte Mariel. Ganz entschieden, Hanias Mutter war das dümmste Huhn im ganzen Königreich. »Ich frage mich, ob die anderen in dem Brand umgekommen sind«, murmelte sie. Hania befragte den Geist der Ratten. Leider hatten sie sich retten können. Man konnte nicht alles haben im Leben.

Es war vollkommen finster. Mariel wusste nicht, wohin sie sich wenden sollte. Zum Glück war die Landkarte in Hanias Geist völlig klar und das Pferd war leicht zu lenken. Ihm den Weg zu weisen, war viel leichter, als es vor dem Gasthaus ausschlagen und sich aufbäumen zu lassen.

Sie kamen wieder auf die Hauptstraße und tief in der Nacht gelangten sie zum *Gasthaus zum Neumond.* Ein sauberer Stall mit Hafer für das Pferd, ein Zimmer mit Kamin für sie beide, alles sauber und ordentlich, hier würde einem keiner in der Nacht die Kehle durchschneiden: Das war der richtige Ort.

Es gelang ihrer Mutter, die Männerrolle mit einer gewissen Glaubwürdigkeit zu spielen, und endlich konnten sie schlafen gehen.

Mariel legte Hania neben sich, nachdem sie ihr etwas Milch zu trinken gegeben hatte, aber der Ekel und die Übelkeit waren unerträglich, und Hania begann wieder zu wimmern. Ihre Mutter bereitete ihr ein Lager, auf dem sie allein liegen konnte, sie nahm dazu ihren Mantel, der eine lächerliche Farbe hatte, aber herrlich weich war, und endlich beruhigte sich Hania.

»Wir haben Glück gehabt«, murmelte Mariel schließlich.

So konnte man es auch sehen.

»Vielleicht war ich etwas voreilig«, setzte sie hinzu.

Rundheraus gesagt, selbst das Pferd war intelligenter als diese junge Frau!

»Jedenfalls ist es gut gegangen. Der Himmel steht uns weiterhin bei«, schloss sie.

Ja sicher, der Himmel. Der Himmel stand ihr bei, die Natur war schön und intelligent, alles würde gut werden, es hätte schlimmer kommen können.

Hania wurde vom Schlaf übermannt. Der Tag war vorbei. Und sie war noch am Leben. Wirklich, es hätte schlimmer kommen können.

Der Morgen dämmerte. Hania hoffte, dass sie eine Weile bleiben könnten, aber ihre Mutter hatte zu große Angst, erkannt zu werden, sie waren wenig mehr als eine Tagesreise vom Königspalast entfernt, und so brachen sie auf.

Zum Glück konnte Mariel, bevor sie loszogen, einen Mantel aus dunklem Filz kaufen, der wesentlich nüchterner und männlicher war als der, den sie trug, und der auch weiter war, sodass Hania bequem darunter verborgen werden konnte.

Wieder mied Mariel die Hauptstraßen, hielt sich aber in Richtung Süden.

Vor ihnen tat sich ein Tal auf, an dessen Ende blau ein See schimmerte. Es war Herbst: Die Welt war überall grau, braun und rot. Das Grau der Erde, das Braun der nackten Bäume, das Rot der Blätter und wilden Beeren. Das Tal hingegen war grün, Buchen- und Lärchenwälder – Hania kannte die Namen – bedeckten seine Hänge. Einer der sieben Gipfel, die das kleine Königreich umstanden, erhob sich von Schnee bedeckt in der Ferne und spiegelte sich im Wasser des Sees.

»Hier sind wir in Sicherheit«, murmelte ihre Mutter.

Ihre Verkleidung als Mann war passabel. Fest geschlossener dunkler Mantel. Sie hustete oft beim Sprechen. Die Leute waren immer entsetzt, wenn jemand hustete. Sie wichen einem aus, gingen weg, schauten einen nicht einmal an.

Im Tausch für eine ihrer Goldmünzen konnte sie einen Fischer davon überzeugen, ihr den ganzen Winter über die abgelegenste Hütte im Dorf zu überlassen, die offenbar sein Eigentum war. Es war eine nackte, ärmliche Hütte, aber es war eine Zuflucht.

Ihre Mutter nahm ein paar Verbesserungen vor: Im Kamin brannte immer Feuer, und das konnte einen Ort schon behaglich machen. Hania war immer an der Grenze zum Verhungern, und wie alle Unterernährten fröstelte sie unentwegt. Mariel besorgte zwei schöne

Bettsäcke aus sauberem Stroh, und unter denen blieben sie, während die Zeit verging und der Frühling kam.

Sie gingen kaum aus, hie und da ein Spaziergang im Schilf, wenn niemand in Sicht war. Mariel schlug ihren Mantel auf, damit die Kleine ein wenig Sonne abbekam.

Niemand hatte die Anwesenheit Hanias bemerkt, die Kleine war vollkommen still. Abgesehen von dem Weinen bei ihrer Geburt hatte sie nie wirklich geweint. Sie beschränkte sich auf leises Wimmern. Das konnte sie einfach nicht lassen, wenn es sie vor Ekel schüttelte, weil sie Milch trinken musste, oder wenn ihre Mutter sie in den Arm nahm ohne das Tuch zwischen ihnen, das alles erträglich machte. Das Wichtigste war, dass es keinen direkten Hautkontakt gab.

Hania schlief sehr wenig. Nachts lag sie mit offenen Augen wach. Ihre Mutter hatte versucht, ihr Wiegenlieder vorzusingen. Aber das hatte noch schlimmeren Ekel verursacht als das Milchtrinken. Sie hatte derart durchdringend und laut geklagt, dass die dumme Gans sofort aufgehört hatte.

Der Winter war besonders hart in diesem Jahr. Manchmal kamen die Fischer mit nur wenig Fisch oder mit gar nichts heim, und die Preise stiegen. Mariel gab all ihre Münzen aus. Hania war sehr besorgt deswegen.

Diese Münzen waren alles, was ihre Mutter hatte, um sie in den Süden zu bringen, wo sie endlich der Großartigkeit ihres Vaters begegnen würde.

Die Gans hatte keine Ahnung, wie man feilschte.

Unter den zahlreichen Kenntnissen, die Hania besaß, war auch die Fähigkeit zu feilschen.

Jeder will immer so viel wie möglich haben, und jeder will so wenig wie möglich geben. Also ist Feilschen unerlässlich. Jeder soll auf seine Kosten kommen. Wenn man Geld verleiht, muss man den Zinssatz festlegen, mit dem die Summe rückerstattet werden muss, und dieser Zinssatz ist umso höher, je länger die Laufzeit des Kredits ist.

Das sind fundamentale Regeln.

Man konnte sie nicht nicht kennen.

Man konnte nicht leben, ohne die Bedeutung der Worte Pferd, Haus, Zins zu kennen.

Das gehörte zur Grundausstattung. Offenbar fehlte die ihrer Mutter. Sie war eine dumme Gans. Hania musste selbst eingreifen, wenn sie in den Süden kommen wollte.

Sie kramte im unendlichen Gepäck ihres Wissens und fand die Information, dass je reichlicher ein Gut vorhanden ist, desto mehr sein Preis fällt.

Sie suchte den Geist der Fische und gab den Befehl.

Die Fische warfen sich förmlich in die Netze. Unter dem Gewicht drohten die Boote der Fischer zu kentern.

Hania wurde klar, dass sie die Unfähigkeit der Menschen, einen logischen Gedanken zu fassen, üblicherweise *Dummheit* genannt, unterschätzt hatte. Die Fischer holten aus dem Wasser, was sie konnten. Sie taten das auch noch, als jedem klar sein musste, dass es undenkbar war, all diese Fische zu essen oder zu verkaufen.

Tausende Fische wurden gefangen und auf die Mole geworfen, wo sie verfaulten.

Die Preise fielen, die Luft war verpestet, woraufhin die Preise ins Unermessliche stiegen, weil es im See fast keine Fische mehr gab, sie verfaulten alle auf der Mole. Angelockt von dem Gestank, vermehrten sich die Krähen und wurden in einem Wirbel von schwarzen Federn die unumschränkten Herrscher des Orts. Da hätte man Krähen fangen und sie zu Fleischbällchen und Frikassee verarbeiten können, aber keiner kam auf die Idee, und das Dorf litt Hunger.

Da beschloss Hanias Mutter, dass der Zeitpunkt gekommen war, in den Süden zu ziehen. Auch wenn es noch kalt war, aber der Frühling stand vor der Tür.

6

Ein Wesen in der Gestalt eines Neugeborenen

Mariel wurde immer besorgter. Die Vorgänge im Gasthof *Zum Fetten Ochsen* ließen keinen Zweifel. Dieses Wesen in Gestalt eines Neugeborenen, das sie bei sich hatte, beherrschte die Sprache vollkommen, durchschaute Situationen und besaß erschreckende Kräfte.

Es war klar, dass es sich mit dem Geist der Tiere in Verbindung setzen und diesen beherrschen konnte. Die Tatsache, dass all dies Mariel das Leben gerettet hatte, machte es nicht weniger unheimlich.

Außerdem hatte sie durch das Eingreifen der Fledermäuse, das heißt ihrer Tochter, wenn man sie so nennen wollte, einen unbewaffneten Menschen getötet. Der Wirt oder besser derjenige, der sich als Wirt des *Fetten Ochsen* ausgab, war von ihrem Schwert durchbohrt worden, während er keine Waffe in der Hand hatte. Sicher, er war größer und stärker als sie, und er hatte drei Komplizen, was man als Waffe ansehen konnte, aber trotzdem, die Regeln der Ritterlichkeit, die ohne Ausnahme befolgt werden mussten, waren verletzt worden. Dabei waren es gerade diese Regeln gewesen, die Hanias Leben gerettet hatten.

Mariel hatte oft – vor allem von ihrer Amme – vom Zaubersee gehört, an dem sie gerade mit Hania lebte. Dessen Zauber lag schlicht in der Schönheit dieses Orts, da war keine Magie im Spiel. Als sie in dem Fischerdorf ankamen, hatte sie einen wunderschönen Anblick vor sich gesehen. Im Wasser spiegelte sich einer der sieben Gipfel des Königreichs, und dichte Buchen- und Lärchenwälder zogen sich smaragdgrün die Berghänge hinauf. Angesichts all dieser Schönheit und angesichts dieser Ruhe hatte sich Mariels Gemütslage aufgehellt. Sie beschloss, an diesen stillen Ufern den Winter zu verbringen. So beängstigend die Kräfte des Mädchens auch waren, so hatte Hania sie doch zu ihren Gunsten eingesetzt. Und im Übrigen hatte Mariel soeben eine Geburt überstanden und ein Neugeborenes bei sich. An diesem Ort zu bleiben, war ihr als das einzig Richtige erschienen.

Mariel und Hania waren bis zum Frühjahr im Fischerdorf geblieben.

Mariel hielt die Kleine mit dem Tuch um den Leib gebunden und unter dem Mantel verborgen, sodass man sie nicht sah. Niemand bemerkte, dass Mariel kein junger Mann war und ein Baby bei sich hatte. Also fiel auch niemandem dessen gelinde gesagt sonderbares Wachstum auf.

Die Kleine weinte nie, bis auf ihr Wimmern während des Stillens, was Mariel immer geschützt vor allen Blicken tat. Die Kleine trank sehr wenig. Sie war nur Haut und Knochen und immer an der Schwelle zum Verhungern.

Während sie die steile Dorfstraße hinaufging, blieb Mariel einmal stehen und sah einer jungen Mutter beim Stillen zu. Sie beobachtete mehr das Kind als die Mutter. Es hatte einen seligen Gesichtsausdruck. Seine Augen schwammen im Blick der Mutter. Sein Händchen bewegte sich sacht zwischen der Brust und der Schulter der Mutter. Zweimal unterbrach es das Trinken und lächelte. Am Ende schlief es ein, müde vom Saugen, sich Ernähren, Lächeln und Glücklichsein. Ein letzter Tropfen Milch lief ihm aus dem halb geöffneten Mund. Das war alles so zärtlich, so schön. So gut. So richtig, wie es sein sollte.

Hania hasste es, ihre Milch zu trinken, deshalb war sie mager, ja nur Haut und Knochen. Sie trank nur widerwillig, dann hörte sie auf und begann zu jammern, dann trank sie weiter, wütend, voller Groll: Man sah, dass sie es nicht mochte, aber tun musste, weil sie darauf angewiesen war. Ihr Überleben war unauflöslich daran geknüpft. Sie trank mit Widerwillen und Ekel. Das machte Mariel das Zusammensein mit ihr umso schwerer und weckte in der jungen Mutter den Wunsch, ihrem eisigen Blick und dem hasserfüllten Gewimmer zu entfliehen.

Eines Tages gab es im Dorf eine Hochzeit. Die Braut

mochte sechzehn Jahre alt sein. Der Schleier, der ihr bis auf die Schultern fiel, war von einem Kranz aus Blättern und Beeren gehalten. Sie war so glücklich wie der junge Mann, den sie heiratete. Auf der Schwelle zu ihrem Haus wurde ein Krug Wasser vergossen und Salz verstreut.

Mariel musste sich abwenden, um nicht in Tränen auszubrechen. Wieder in ihrer Hütte, holte sie das Schwert hervor, und der Anblick beruhigte sie.

Jeder hat sein Schicksal, und ihres war es, ein Ritter zu sein, jemand, der die Welt rettete, indem er sie davor bewahrte, den Mord an einem Kind zu begehen, und der dieses Kind beschützte.

Das Ziel ihrer Reise hatte sie nie laut ausgesprochen, weil ihr mittlerweile klar war, dass die Kleine jedes Wort verstand.

Mariel hatte bei Nachfragen bloß gemurmelt, dass sie nach Süden zögen, in die Wüste. Mit Sicherheit zogen sie nach Süden, und mit Sicherheit war ihr Ziel die große Wüste jenseits der südlichen Berge, aber ihr genaues Ziel war die Quelle des Heiligen Wassers im Tal der Sprudelnden Quellen.

Dort würde das Wunder geschehen, dass Hania ihre Bösartigkeit ablegte und nicht länger eine Gefahr war.

Gegen Ende des Winters ereignete sich etwas Schreckliches. Tausende Fische warfen sich in die Netze der Fischer. Das war kein glücklicher Fischzug, es war ein Massenselbstmord. Gewöhnt an die ständige Knappheit, an den Hunger, der sie seit jeher begleitete, das Elend, das ihr Leben im Griff hatte wie ein gemeiner und unerbittlicher Kerkermeister, begingen die Fischer die Verrücktheit, all diese Fische an Land zu ziehen, sie besaßen nicht die Weisheit, sie wieder ins Wasser zu werfen. Eines Tages fielen Krähen über die Mole her, dann kamen die Mäuse und schließlich die Würmer. Ein tödlicher Gestank lag über dem Tal. Endlich beschloss man, diesen ganzen ekelhaften Reichtum ins Wasser zu werfen, aber da war es schon zu spät. Das faulige Zeug vergiftete den See und verursachte ein Fischsterben.

Der See konnte niemanden mehr ernähren.

Er war tot.

Es war klar, dass der Grund für all dies nur Hania sein konnte. Und dass ihr Beweggrund die reine Bosheit gewesen war.

Mariel musste sie fortbringen. Nach Süden, sofort. Wo sie keinen Schaden anrichten konnte.

Sie verabschiedete sich von ihrem Pferd, Aliin, das ihr geliebter Vater ihr geschenkt hatte, sie band es fest und ließ es bei der Hütte zurück, die sie beherbergt hatte. Sie musste eine Entschädigung für dieses Desaster zurücklassen, das ihre Tochter angerichtet hatte.

Es war ein äußerst wertvolles Pferd.

Außerdem fiel sie mit diesem Pferd auf und zog womöglich Bösewichte an. Zudem hatte sie begriffen, dass Hania seinen Geist beherrschen konnte, und sie wollte dem Kind lieber keine Macht geben, schon gar nicht die, ihren Weg zu bestimmen.

Der Verlust machte ihre Einsamkeit vollständig. Aliin war wie ein Freund, die letzte Verbindung mit ihrem früheren Leben, das zerbrochen war, er war warm und stark. Für einen Ritter war ein Pferd unerlässlich. Sie hatte der Trauer beim Verlassen ihres Zuhauses widerstanden, hatte sie nicht zu Verzweiflung werden lassen, weil sie das Pferd bei sich hatte.

Jetzt fühlte Mariel, wie ihr Leben haltlos abdriftete.

Ihr Alltag wurde plötzlich ärmer, schwieriger und unbequem.

Mariel machte sich zu Fuß auf den Weg nach Süden, sie legte jeden Tag fünf, sechs Meilen zurück, schlief, wo es sich ergab, aß, was sie fand, das Kind unterm Mantel. Die Beine taten ihr weh, die Schultern taten ihr weh, Blasen an den Füßen waren ihre ständigen Begleiter und blieben es für lange Zeit.

Sobald die Kleine drei Monate alt war, musste Mariel sie entwöhnen. Viel früher als alle normalen Kinder bekam Hania die Zähne: alle auf einmal, blendend weiß und scharf.

Die Kleine biss sie bis aufs Blut. Mariel musste ihre ganze Ritterlichkeit aufbieten, um sie nicht zu erwürgen, und entwöhnte sie. Das war zweifellos eine Erleichterung: Sie zu stillen, war eine solche Tortur! Sie hatte die Hoffnung, dass Hania so etwas mehr essen würde als das unumgänglich Notwendige für ihr zaundürres Überleben. Mariel versuchte es mit allen Speisen, die man kleinen Kindern gibt: Ziegenmilch mit Honig, in Wasser eingeweichtes Brot. Die Kleine nahm etwas zu sich, widerspenstig und widerwillig, dann hörte sie auf und begann zu spucken und ließ dabei ein zugleich schwaches und zorniges Wimmern hören, ein unerträglicher Laut, der in den Ohren gellte, nicht weil er so laut gewesen wäre, im Gegenteil, er war kaum vernehmbar, hallte aber im Inneren wider, verursachte Ekel und den Wunsch zu sterben, den Wunsch nach allem, was nicht Leben war, denn Leben war Ekel und würde es immer sein.

Überall im Königreich nahmen Elend und Hunger überhand. Die Dürre wütete. Es wurde für Mariel immer schwieriger, etwas zu essen zu besorgen, und immer schwieriger, es der Kleinen zu geben, die jetzt imstande war davonzulaufen, wenn sie mit Essen kam. Damit sie nicht starb, musste Mariel ihr mit Gewalt etwas in den Mund stecken und ihn dann zuhalten, bis sie geschluckt hatte.

Als Hania sechs Monate alt wurde, herrschten warme Maitage. Es wurde Juni, und das Getreide verdorrte auf den Halmen, ohne zu reifen.

Von einem Tag auf den anderen, ohne jeden Übergang, war Hania imstande zu gehen und zu laufen, also davonzulaufen und irgendwo hinaufzuklettern. Sie besaß eine Beweglichkeit, wie sie bei einem normalen Kind von mindestens zwei Jahren üblich war. Mit acht Monaten war Hania unglaublich schnell und behände: wie eine Katze, ein Wolf, ein Raubtier. Sie war viel größer als ein normales Kind mit acht Monaten, und durch dieses unnatürliche in die Höheschießen war sie noch magerer geworden. Sie war groß, gewiss, aber nicht so groß wie ein normales Kind mit zwei Jahren. Das Resultat war ein sonderbares Geschöpf: zu beweglich für ein Kind mit einem Jahr, zu klein für ein Kind mit zwei Jahren.

Hania war eine Art überaus gelenkiger Kobold, ein nicht ganz menschliches Wesen.

Dafür sprach sie nicht. Außer ihrem seltenen, schwachen und quälenden Wimmern gab sie keinen Laut von sich. Sie lachte nicht, stammelte nicht, machte keinen Ansatz zu einem Trällern.

Mariel redete nach wie vor mit ihr, in der Hoffnung auf irgendeine Antwort, immer vergeblich.

Das Mädchen verharrte stets mit einem finsteren Ausdruck von Groll im Gesicht. Sie lachte nie. Sie veränderte auch nie den Gesichtsausdruck. Sie hörte auch auf, Mariel direkt ins Gesicht zu schauen. Das hatte sie in den ersten Tagen ihres Lebens getan, als es unnatürlich und beunruhigend war, und sie hörte damit auf, als sie es hätte tun sollen. Die Kleine sah sie nur von der Seite her an, mit einem scheelen Blick, nie direkt.

Mariel ertappte sich dabei, dass sie sie bei sich »Igel« nannte.

Es war mühsam, auf das Mädchen aufzupassen. Im Ausgleich dafür war Hania vom ersten Tag ihres Lebens an sauber, sie verrichtete ihr Geschäft nur in den Momenten, wenn sie unten herum nackt war. Auch das war ein beunruhigendes Detail, der Beweis dafür, dass sie nie ein Neugeborenes gewesen war und jetzt kein Mädchen war, denn von beidem hatte sie nur die äußere Gestalt.

Auch so, dünn und mit finsterer Miene, war Hania wunderschön. Ihre tief liegenden, leuchtend blauen Augen überstrahlten das schmollende und missmutige Gesicht. Ihr Haar war blond, in einem etwas wärmeren Ton als Mariels Haar, eher wie Kastanien- als Lindenblütenhonig.

Wenigstens musste Hania nicht mehr getragen werden. Mariel ging voraus und die Kleine trottete hinter ihr her. Manchmal vergaß Mariel, dass sie da war. Das Mädchen war vollkommen still, nicht nur dass sie nicht redete, nicht weinte, nicht sang, nieste oder hustete, sondern auch ihre Schritte waren merkwürdig leise für ein Kind. Nie war da das Geräusch eines abgebrochenen Asts, des Tritts gegen einen Stein oder einen Pinienzapfen.

Die wenigen Menschen, denen sie begegneten, sahen zuerst Mariel an, dann das Mädchen und dann wieder sie. Die Wohlerzogenen unter ihnen beschränkten sich darauf, ihre Missbilligung durch ein Kopfschütteln und ein Schulterzucken zu bekunden.

Die anderen gaben laute Kommentare ab.

»He, Junge, du musst dem Mädchen zu essen geben. Es ist ja nur Haut und Knochen.«

Viele Kinder waren nur Haut und Knochen, denn das

Elend griff um sich, aber diese Kinder steckten in Lumpen und hatten zaundürre Mütter in ebensolchen Lumpen. Hania war in indigoblauen Samt und blaue Wolle gekleidet, die aus Mariels Mantel und aus ihrem Rock stammten, den sie durch Hosen ersetzt hatte. Mariel suchte nach einer plausiblen Antwort.

»Ich weiß, ich weiß. Meint Ihr, ich wüsste das nicht? Das Mädchen ist krank. Sie leidet an einer Krankheit, die von innen kommt und macht, dass sie nicht isst.«

In gewissem Sinn stimmte das. Nur dass die Krankheit sie selbst war, Hania. Sie war die Krankheit, für sich selbst und für die Welt.

Die Dürre hatte das Land im Griff. Hunger machte sich breit. Der Wahnsinn griff um sich. Sie kamen durch ein Dorf, wo ein alter Mann und ein Junge aufgehängt wurden. Der Junge hatte drei Ziegen gestohlen, der Alte ein Pferd. Die Menge jubelte bei ihrem Tod.

Das Elend setzte allen zu, und in Mariels Herz regte sich der Verdacht, dass Hanias bloße Anwesenheit in der Welt, die Tatsache, dass sie einen Schatten warf, den Schmerz in der Welt vergrößerte.

»Bei meiner Ritterehre«, sagte sie leise zu sich selbst.

Mariel würde sie nicht töten. Niemals. Sie würde Hania auch nicht allein und Hungers sterben lassen, aber sie musste sich immer wieder vorsagen, dass ihre Ritterehre das verlangte, immer öfter. Ebenso wenig würde sie zulassen, dass die Kleine die Welt vernichtete. Sie würde sie fortschaffen und würde ihr ganzes

Leben damit zubringen, auf diesen kleinen mürrischen Igel aufzupassen.

Bei ihrer Ritterehre. Das würde ihr gelingen.

Mariel redete immer mit dem Mädchen. Sie erklärte ihr alles und sprach mit ihr wie mit einer Erwachsenen.

Sie erläuterte ihr das, was sie sahen.

»Das ist ein Ofen, hier wird Brot gebacken. Man merkt das am Geruch nach frischem Brot.«

Der Igel reagierte nicht. Verstand aber alles.

»Unter dieser Eiche ist es recht schlammig«, sagte Mariel zerstreut, und die Kleine mied den Baum.

Sie ließ sich nie etwas anmerken, aber sie verstand alles und hörte immer zu. Im Grunde war sie nicht nur ein Geschöpf des Herrn der Finsternis. Zur Hälfte war die Kleine *ihr* Geschöpf. Mariel fragte sich, ob sie diesen kleinen menschlichen Anteil nicht entwickeln könnte, indem sie ihr Geschichten erzählte. So wie ihr Vater ihr selbst Geschichten erzählt hatte, als sie ein Kind war.

7

Entdeckungen

Die dumme Gans hatte das Pferd weggegeben. Das überstieg jede Vorstellung. Sicher, sogar Hania war klar geworden, dass sie mit den Fischen Mist gebaut hatte, aber wären sie dort geblieben, hätten sie bequem und im Warmen leben können und früher oder später hätte Hania den Schaden wiedergutgemacht. Immerhin war sie ein Kind von wenigen Monaten, da konnte einem schon mal ein Fehler unterlaufen.

Sie war sich absolut sicher, dass es nicht ihre Schuld gewesen war. Die Menschen hatten das Ihre zu dem Desaster beigetragen. Jetzt hatte sie verstanden: Sie hätte nur einer gewissen Anzahl von Fischen den Befehl geben sollen, sich in die Netze zu werfen, weil die Menschen nicht klug genug waren, aufzuhören, wenn sie genug Fisch gefangen hatten. Sie hatte die Dummheit der Menschen nicht bedacht, sie hatte sie unterschätzt. Ihr Fehler, sicher, aber ebenso sicher war auch, dass sie ihn nie wieder begehen würde.

Hoffnungslos und unwiderruflich hingegen war die Tat ihrer Mutter gewesen, die das Pferd weggegeben hatte, dieses großartige und vor allem kostbare Tier, denn das Pferd musste mit seinen Hufen durch Schlamm, Wasser und Staub laufen.

Jetzt, da sie kein Pferd mehr hatten, mussten sie selbst mit den Füßen durch den Schlamm stapfen. Das Pferd wegzugeben, war gegen *sie* gerichtet gewesen. Vor allem, weil sie den Geist des Pferdes kontrollieren konnte. Indem Mariel es weggab, vergrößerte sie ihre Ohnmacht. Wenn sie auf dem Rücken des Pferdes saß, konnte sie Distanz zum Körper ihrer Mutter halten, während wenn Mariel sie auf dem Arm trug, der Kontakt enger war und der Ekel sich einstellte. Eine schreckliche Geschichte. Außerdem blieben sie dauernd stehen.

Hania konnte nun laufen, und das vergrößerte die Müdigkeit und den Hunger, das heißt, die Notwendigkeit, etwas zu essen, aber alles, was ihre Mutter ihr gab, verursachte ihr Ekel.

Trotzdem wollte sie lieber alleine laufen und nicht getragen werden.

Laufen war interessant, es hatte seine Vorteile. Man setzte einen Fuß vor den anderen und war Herr seiner Bewegungen und Handlungen, und man konnte die Richtung bestimmen. Man musste nicht unter dem Mantel versteckt sein. Man konnte die Welt sehen. Ohne Pferd ging es langsamer, sicher, aber in gewisser Weise war es auch sicherer. Sie waren ein junger Mann und ein kleines Mädchen, die auf der Straße dahingingen, ohne große Werte mit sich zu führen, so war es weniger wahrscheinlich, dass sie Bösewichte anzogen.

Sie selbst hatte gar nichts. Ihre Mutter hatte ihr den Namen einer Puppe gegeben, also hatte sie eine gehabt. Warum hatte Hania keine? Auch an den Farben gab es etwas auszusetzen. Indigoblau war eine blöde Farbe. Sie liebte Rosa.

Abends ließen sie sich an einer geschützten Stelle nieder oder schliefen in einer Herberge, wenn eine am Weg lag. Wenn jemand sie in ein Gespräch verwickelte, antwortete die Mutter unter vielem Husten, dass sie Geschwister seien. Die Eltern seien an einer furchtbaren ansteckenden Krankheit gestorben und sie beide seien nun unterwegs zu Verwandten in den fern gelegenen Landesteilen. Sie und ihre Mutter ähnelten sich sehr, die Geschichte, dass sie Bruder und Schwester seien, passte sehr gut. Der große Bruder hustete, die kleine Schwester schien ein Gerippe: Die Geschichte mit der Krankheit war glaubhaft.

Die Traurigkeit der Geschichte, der Husten und die mögliche Ansteckung durch eine Krankheit, die zuvor eine Familie dahingerafft hatte, lähmte jede Unterhaltung und hielt die große Schar der Neugierigen, Störenfriede und auch der möglichen Banditen fern. Keiner wollte sich von tragischen und tristen Geschichten bedrücken lassen, keiner wollte in geringem Abstand von jemandem sein, der mit einer schrecklichen Krankheit in Berührung gekommen war und sie vielleicht in sich trug. Alle rückten von ihnen ab und ließen sie in Ruhe.

An einem Tag mit selten heftigem Regen suchten sie Zuflucht unter einer Brücke, die einen von Schilf gesäumten Bach überspannte. Der Regen war zu heftig. Zu viel Schlamm. Sie hockten sich in ihrem Unterstand hin und blieben dort. Die Kälte war unangenehm und kroch einem in die Knochen, und das steigerte Hanias Hunger. Ihre Mutter nickte in ihren Mantel gehüllt ein. Hania sah sich um, ebenfalls in triefnassen Kleidern steckend, als ein Frosch vorbeikam.

Instinktiv schnappte Hania nach ihm. Das war nicht allzu schwierig: sie war sehr schnell und der Frosch hatte von ihr den Befehl bekommen, sich nicht zu rühren. Den hatte er nur zum Teil ausgeführt, sein Geist war zu grob, um vollkommen beherrscht zu werden, aber es funktionierte.

Sobald sie das Tier in der Hand hielt, drückte sie instinktiv zu, bis es sich nicht mehr rührte. Das gab ihr ein wundervolles Gefühl von Macht. Es war das zweite Mal nach der Episode im Gasthof, das dritte Mal, wenn man auch die Fische mitrechnete, dass sie sich aus ihrer Ohnmacht befreite, zu der sie ihr Dasein im Körper eines kleinen Menschen verdammte. Sie war ohnmächtig gegenüber dem Ekel, ohnmächtig gegen die Kälte, gegen den Hunger, doch über den Frosch hatte sie absolute Macht.

Das freute und amüsierte sie. Jemandes Tod herbeigeführt zu haben, war eine Form von Macht, kraftvolle Macht, eine schöne, runde Sache.

Hania betrachtete den kleinen Körper in ihrer Hand. Schlangen fraßen Frösche. Auch alle Vögel, die es schafften, sie zu fangen. Wer weiß … wenn er für eine Schlange gut war …

Hania steckte sich den kleinen Körper in den Mund und kaute. Sie fühlte das wenige Fleisch und das sehr wenige Blut. Alles war so gut, so warm. Zum ersten Mal in ihrem Leben empfand sie Lust beim Essen und keinen Ekel. Sie fühlte sich sehr wohl, bei jedem Bissen weniger schwach, weniger verzweifelt, weniger leer.

Eine sagenhafte Jagd auf Frösche begann. Hania war von Glück erfüllt. Glücklich lief sie durchs Schilf. Sie ging ins Wasser, durchnässt war sie ja schon, fing Händevoll Kaulquappen und steckte sie sich in den Mund. Sie spürte sie lebendig an ihrem Gaumen und dann tot zwischen ihren Zähnen. Es war herrlich.

Zum ersten Mal im Leben brauchte sie keinen Hunger zu haben. Macht hatte Einzug in ihr Wesen gehalten: die Macht des Wolfs, der zum ersten Mal auf Lämmer losgeht, die Macht des Falken über das Taubennest. Sie empfand die Freude, stark zu sein, Hunger war Ohnmacht. Wie die Kälte. Wer unter Hunger und Kälte leidet, weiß, dass er nicht genug Macht hatte, um sich Feuer oder etwas zu essen zu verschaffen. Es war, als würde das Universum sagen: »Du taugst nichts, du bist nicht imstande, dir zu essen oder Wärme zu besorgen.« Jetzt produzierte ihr Körper, da er ausreichend zu essen hatte, Wärme, endlich. Hania stand im kalten Wasser und hatte ihre Freude, Wasserspritzer, Kaulquappen: Zum ersten Mal in ihrem Leben spielte sie, hatte sie keinen Hunger, ihr war nicht kalt, sie war glücklich.

Und gleichzeitig mit der Freude überkam sie heftige Wut auf ihre Mutter. Sie hatte ihr immer nur Sachen gegeben, von denen Hania schlecht wurde, Milch, Kekse, lauwarme Breis aus irgendwas. Sie hatte sie zum Skelett abmagern lassen. Warum hatte sie ihr nie Frösche gegeben, warum nie Kaulquappen? Warum hatte sie ihr nie Gelegenheit gegeben, zu essen und stark und glücklich zu sein?

Ihre Mutter erwachte, sah sie mitten im Wasser stehen und merkte besorgt, dass sie klitschnass war, ihr entging, dass Hania Mund und Bauch voll hatte, sie warf ihr etwas Trockenes über, und sie machten sich wieder auf den Weg.

Von diesem Zeitpunkt an waren Hanias Augen ständig auf der Suche nach etwas Essbarem.

Am Abend fanden sie eine Herberge. Das war ein Glück, denn sie waren bis auf die Knochen durchnässt, die Straßen und Wege waren Schlammbäche: Die Dürre hatte den Boden hart werden lassen und in eine undurchdringliche Schicht verwandelt, das Wasser lief in wilden Bächen darüber hin.

In der Herberge wimmelte es von Ratten. Sie waren überall, es war herrlich, ihr Getrippel und ihr Piepsen zu hören.

Als Mariel eingeschlafen war, rief Hania eine Ratte heran, es waren so viele, dass es schwerfiel, eine auszuwählen, zuletzt entschied sie sich für die, die am nächsten war: Besser, man vereinfachte die Dinge. Ratten waren jedoch um einiges größer als Frösche, sie besaßen ein großes Skelett und ein Fell, das man abziehen musste. Leise nahm Hania den Dolch, den ihre Mutter immer am Gürtel trug, und köpfte die Ratte. Das Blut spritzte überallhin. Ihr Kleid war schrecklich befleckt. Das hatte Hania nicht vorhergesehen. Sie musste lernen, die Folgen ihrer Handlungen abzusehen. Dann gab es noch das Problem mit dem Fell, das Abziehen war nicht leicht. Der Dolch war nicht das geeignete Werkzeug dafür, er war lang und gerade, man hätte aber etwas Kurzes und Krummes gebraucht, und es war das erste Mal, dass sie ein Tier häutete.

Zuletzt gelang es ihr: Ihr gelang immer alles. Wieder erfüllte die Macht sie mit Freude, dann begann sie zu essen. Die Ratte war viel fester als der Frosch, man brauchte wirklich scharfe Zähne dafür, aber sie war auch unendlich viel besser und wärmer. Der reine Genuss. Zum zweiten Mal in ihrem Leben war sie nicht hungrig.

Während sie aß und schluckte und sich diese ganze Wärme und Kraft einverleibte, sah sie sich ihrer Mutter gegenüber. Mariel war aufgewacht und sah sie bestürzt an. Hania hörte nicht auf zu essen. Die Ratte gehörte ihr, sie hatte sie gefangen. Sie hatte sich eine Beute gefangen und verzehrte sie. Ein elementares Recht. Niemand hatte ihr da etwas dreinzureden.

Mariel wischte den Dolch ab. Sie schien nachdenklich.

Dann holte sie aus den Tiefen ihres Quersacks eine Mandel und eine getrocknete Aprikose hervor, die letzten. Hania hatte oft gesehen, wie sie davon aß. Ihr gab sie nie etwas davon. Jetzt hatte sie sich offenbar endlich dazu entschlossen. Der Verdruss darüber, sie satt und mit vollem Bauch zu sehen, hatte sie bewogen, das nachzuholen. Mariel legte ihre Gabe auf den Boden. Hania war verdutzt, doch dann bewegte die Neugier sie zu probieren. Das Zeug war gut. Es löste keinen Ekel aus. Und ihre Mutter hatte es ihr nie zuvor gegeben! Sie hatte es immer für sich behalten! Hania verschlang diese Köstlichkeit, ließ aber gleichzeitig auch die Ratte nicht los, bis sie das letzte Stückchen Fleisch davon abgenagt hatte. Und der Groll auf ihre Mutter blieb, stärker als zuvor.

Am folgenden Morgen bestellte ihre Mutter Wurst und Zwiebeln für sich und eine Brotsuppe mit Milch für sie, und als niemand hersah, vertauschte sie die Teller.

Unschlüssig sah Hania auf den Teller, dann probierte sie. Es war gut, nicht so gut wie die rohe Ratte, sicher, aber man konnte es ohne Ekel essen, so viel man wollte.

Wieder fühlte das Mädchen sich glücklich, es war so schön, glücklich zu sein, es war schön, sich wohl zu fühlen, sich gut zu fühlen, es war schön, zu essen, zu schlucken, Lust auf mehr zu haben, keinen Hunger und keine Kälte zu spüren.

In gewisser Weise konnte man, ohne Übertreibung, sagen, dass es schön war zu leben.

Während sie ihre Zähne in das stark gewürzte Fleisch schlug, während sie den kräftigen und guten Geschmack wahrnahm, gingen ihr eine Reihe von Gedanken durch den Kopf. Hania war imstande zu begreifen, auch wenn das eine schwierige Einsicht war, dass ihre Kenntnisse in vielen Bereichen außerordentlich waren, in anderen hingegen außerordentlich gering. Sie wusste alles über die Straßen, den Preis der Dinge und sie brauchte den Leuten nur ins Gesicht zu schauen, um zu sagen, wer eine Gefahr darstellte und wer angreifen würde. Auf der anderen Seite aber war ihr alles, was mit gern Beieinandersein zu tun hatte, vollkommen fremd, ganz und gar unverständlich. Sie begriff, dass es da etwas zu wissen gab, das ihr abging.

Oft hatte Hania andere Kinder im Arm ihrer Mütter

gesehen. Sie hatte sie lang beobachtet, so lang sie konnte. Die Mütter wiegten ihre Kinder, erzählten Schwachsinn, sangen schauerliche Wiegenlieder, und die Kinder waren froh und zufrieden wie Honigkuchenpferde, wie Maden im Speck.

Endlich begriff sie, und das war wie ein Sonnenstrahl, der nach einem Unwetter die ganze Ebene mit Licht durchflutet, dass die anderen Kinder keinen Ekel empfanden, weder dabei, in den Armen ihre Mütter zu sein, noch beim Milchtrinken und auch nicht beim Hören der schauerlichen Wiegenlieder. Sie mussten dumm sein, wenn sie dieses Zeug hören mochten, aber sich langweilen ist eine Sache, sich elend fühlen eine andere. Hania hatte sich bei all dem nicht gelangweilt, sondern sich schlecht gefühlt.

Diese Wahrheit war eine Offenbarung für sie. Die eigene Andersheit zu entdecken, oder besser, zu entdecken, dass die anderen anders waren als sie selbst, war eine schwierige Einsicht, aber am Ende hatte sie keine Zweifel mehr. Zusammen mit dieser Erkenntnis regte sich in ihrem Geist der Funken von etwas anderem. Sie identifizierte es als winzige farbige Kugel, die Farbe war Indigoblau. Nein, das stimmte nicht. Die Farbe war Indigoblau, aber da war auch ein grünes Schillern, grün wie junges Gras.

Sie dachte an die Kugel und versuchte, ihr einen Namen zu geben, und in der unbegrenzten Zahl von Wörtern in allen nur erdenklichen Sprachen, die in dem Teil ihres Geistes mit den angeborenen Kenntnissen lagerten, fand sie mit Mühe das richtige Wort.

Es war »Sehnsucht«. Aber auch dieses Wort war ungenau, denn Sehnsucht verwies auf eine schon gemachte Erfahrung, eine sehr liebe und verlorene Erfahrung, während es in ihrem Fall auf etwas verwies, was man *fühlen sollte* und hingegen … und hingegen, was? Was sie hingegen nicht gefühlt hatte, weil sie es nicht oder nur um den Preis eines vernichtenden Ekels fühlen konnte. Noch vernichtender als die Einsamkeit, die sie umschloss.

Ein winziges indigoblaues und grasgrünes Licht, das in ihrer grenzenlosen Einsamkeit tanzte: eine grenzenlose Einsamkeit, in der zu leben sie gezwungen war, eingeschlossen von dem Ekel, der sie plagte und quälte und sie an allem hinderte, was nicht Einsamkeit, Ekel, Kälte und Hunger war, wie ein Vögelchen im Käfig, wie ein Gefangener in seinem Verlies. Sie war allein in einer bedrohlichen und gewalttätigen Welt, die ihr, wenn sie liebevoll und wohlwollend wurde, Ekel einflößte. Sie war eingekerkert zwischen Stäben, die sie in sich trug. Die anderen lagen in den Armen ihrer Mütter und schliefen, von abscheulichen Wiegenliedern gewiegt, ein.

Sie war allein.

»Junge, du solltest der Kleinen nicht solches Zeug geben, gib ihr Sachen, die sich für ein Kind gehören«, murrte mit missbilligendem Blick eine alte Frau, die an ihrem Tisch vorbeikam. Mariel antwortete nur mit einer ausweichenden Geste, und die Alte ging brummend und achselzuckend davon.

Gab es Speisen für Kinder und andere, die nicht passten? Und nur von den ersteren wurde ihr schlecht? Von den Würsten, die ihre Mutter ihr vorgesetzt hatte, konnte sie sich endlich satt essen, und zu dem ersten Gedanken kam ein zweiter hinzu, und der war, dass ihre Mutter keine Ahnung hatte von ihrem Ekel.

Es stimmte nicht, dass Mariel sie hasste. Sie hatte ganz einfach versucht, es so zu machen, wie Mütter es gewöhnlich machten, ohne zu verstehen, dass Hania anders war. Sie hätte es verstehen müssen, aber dass sie keine Leuchte war, stand ja mittlerweile fest, sie hasste und verabscheute sie jedoch nicht, sie hatte es nicht vorsätzlich getan.

Das war eine sensationelle Neuigkeit. Hanias Einsamkeit wurde etwas leichter. Schwebend.

Sie hatte den Bauch voll und war nicht von Hass umgeben.

Von diesem Tag an ernährte ihre Mutter sie anständig. Nichts aber war so gut wie selbst gejagte Beute. Sobald ihre Mutter ihr den Rücken kehrte, suchte Hania nach Jagdbeute.

Töten war eine Lust, die höchste aller Lüste: Im Tod des anderen verspürte Hania ihre Macht.

Es gelang ihr, eine Katze zu fangen, pfundweise bestes Fleisch. Sie lockte sie zu sich her, doch als sie sie schon in Händen hielt, griff ihre Mutter ein. Ebenso ging es mit einem Hündchen. Ihre Mutter erlaubte ihr nicht, es anzurühren.

8

Ein langer Weg voller Dinge

Zu Fuß gehen hieß langsam vorankommen. Zum Zeitvertreib hatte Mariel angefangen, ihr Geschichten aus ihrer eigenen Kindheit zu erzählen. Dabei wiederholte sie, was ihre Mutter, die Königin, und dann die Amme ihr immer erklärt hatten, nämlich dass man brav sein musste und dass brav sein besser war als nicht brav sein.

Sein Zimmer aufräumen hieß brav sein, während es nicht brav war, den Sohn des Kochs zu hauen, der kleiner war als sie; einer Katze oder einem Hündchen etwas zuleide zu tun, die doch nette, wehrlose und sympathische Tiere sind, war böse.

Hania kamen Zweifel, ob ihre Mutter womöglich zu ihrem ursprünglichen Plan, sie umzubringen, zurückgekehrt war, aber beschlossen hatte, das durch Langeweile zu bewerkstelligen. Das hätte auch gelingen können. Abgesehen von allem anderen riefen diese Reden, wenn auch in abgeschwächter Form, einen alten Bekannten wieder auf den Plan: den Ekel. Bestimmt war da auch Übertreibung mit im Spiel: Schweinswürste durfte man essen, Katzen nicht, weil das böse war. Sie konnte essen, was ein anderer getötet hatte, aber nicht das, was sie selbst getötet hatte, weil das böse war. Ihr Vater, der Herr der Lügen und des Betrugs, war ein blutiger Anfänger im Vergleich zu den raffinierten Unterscheidungen zwischen Gut und Böse, die die Amme ihrer Mutter dieser beigebracht hatte.

Es war böse, Schwache und Wehrlose anzugreifen. Na klar: Bestimmt hatten sie das Schwein, aus dem die Würste gemacht waren, im bewaffneten Zweikampf erlegt.

Dann hörte ihre Mutter auf, von der Amme zu reden, und erzählte von den Abenteuern des Ritters des Lichts.

»Es war einmal eine Welt, die in Tyrannei und Ungerechtigkeit dahinsiechte, da kam ein Ritter mit einer in der Sonne schimmernden Rüstung und stellte die Regeln der Ehre wieder her. Der Ritter des Lichts tauchte überall dort auf, wo die Gerechtigkeit seine Unterstützung brauchte …«

Das ja, *das* war eine Geschichte.

Die Geschichten vom Ritter des Lichts gefielen Hania ausnehmend gut. Zunächst war es nur wie eine unfassliche Luftblase, doch dann nahm immer konkreter die Idee in ihr Gestalt an, ihm nachzueifern.

Wenn sie etwas tötete, Frösche, Mäuse, Eichhörnchen, ging ihre Ohnmacht im Schrecken des anderen unter und wurde zur Lust, der immensen Lust, Macht zu verspüren. Aber im Töten eines Kleineren, Schwächeren, durch die Kontrolle ihres Geistes Unterworfenen, wo war da die Stärke? Und wo vor allem, wo war das Heldentum? Wo war der Mut?

Es war wie der Wettlauf mit einem Lahmen, wie ein Wettkampf im Bogenschießen mit einem Blinden.

Während jemand wirklich Bösen zu töten, jemanden, der andere umgebracht hatte, jemanden der ein Dorf in seiner Gewalt gehabt, der Kinder geschlagen hatte … Das war Macht.

Wenn sie als Rächer auftrat, würde sie ihre ganze Macht spüren können.

Die Idee war genial. Je länger Hania darüber nachdachte, desto besser gefiel sie ihr. Jemandem, der anderen nie wehgetan hat, darf man nicht wehtun, hatte ihre Mutter gesagt. Sicher, wo lag denn da der Witz? Wie zeigte sich der eigene Wert? Wenn jemand so schwach war, dass er nie jemanden umgebracht hatte, welche Macht verschaffte es einem dann, ihn zu töten?

Jemanden zu töten, der schwer bewaffnet war, der getötet, gefoltert und verstümmelt hatte: Das wäre ein Zeichen von Macht, von wahrer Macht.

Sie würde einen dieser starken Namen haben wie *der Richter, der Rächer* oder so. Sicher, Hania, der Schrecken der Menschheit, Hania die Blutrünstige, wären klangvolle Namen, aber Hania die Richterin, Hania die Rächerin wären noch bedeutendere Namen, denn wer jemand

Schrecklichen oder Grausamen überwindet, zeigt, dass er der Stärkere ist.

Wenn sie ein Verteidiger der Gerechtigkeit wurde, wäre auch ihre Mutter zufrieden. Obwohl sie die Tochter ihres Vaters war, des Herrn der Finsternis, während ihre Mutter nur die dumme Gans war, die diese Schwangerschaft ausgetragen hatte, war Mariel doch nicht ohne Bedeutung für Hania, das musste sie zugeben. Wenn es ihrer Mutter schlecht ging, wenn sie wütend war, wurde sie unangenehm. Es war angenehmer, mit ihr umzugehen, wenn sie zufrieden war: Da strengte sie sich mehr an, etwas zum Essen zu finden, da erzählte sie mehr Geschichten. Und wenn sie wirklich ganz zufrieden war, gab sie die wirklich guten Geschichten zum Besten.

Hania bemerkte, dass ein Mann ihnen folgte. Hania versuchte, ihre Mutter auf ihn aufmerksam zu machen, dabei wurde ihr klar, dass das nicht so einfach war.

Als Neugeborenes hatte sie ihrer Mutter ins Gesicht schauen können, dann hatte ihr das Ekel verursacht, und jetzt konnte sie es ganz einfach nicht mehr. Sie deutete in die Richtung, aber ohne ihre Mutter anzusehen, ohne sie gezielt darauf hinzuweisen. Ihre Mutter war nicht besonders schlau und brauchte immer so lang, bis sie etwas begriff, und wenn sie sich dann endlich umdrehte, war der Mann verschwunden.

Der ihnen folgte, war ein großer, kräftiger Mann, er trug Lumpen und Felle, ein Jäger oder ein Wilderer. Anfangs war Hania nicht sicher, ob er ihnen folgte. Es konnte auch jemand sein, der seines Weges ging, rein zufällig auf derselben Straße wie sie, doch sobald ihre Mutter Nebenwege einschlug, wurde es weniger wahrscheinlich, dass es sich um einen Zufall handelte, und es konnte keinen Zweifel mehr geben. Der Mann folgte ihnen, und er tat das insgeheim.

Und die dumme Gans, die ihre Mutter nun mal war, merkte natürlich nichts.

Sie marschierten weiter. Manchmal gab es ganze Tage, die fast angenehm waren, mit einem leichten Lüftchen, das die Atmosphäre erfrischte, andere Male waren die Tage total unangenehm: Mühsal, schmerzende Beine, Mühsal, Blasen, Mühsal, Sand in den Haaren, in den Kleidern, in der Nase.

Endlich beschloss ihre Mutter, dass sie genug hatte vom Gehen.

Es war Oktober, trotzdem war die Sonne um die Mittagszeit heiß, unerträglich heiß. Das verdorrte Gras färbte die Landschaft gelb, ab und zu gab es ein paar schmale Flussläufe, die man an dem Smaragdgrün des Oleanders und des Schilfs erkannte, die sie säumten. In einem Dorf schickte man sie zu einem Bauernhof, wo ein Bierbrauer wohnte, Besitzer eines Karrens, mit dem er oft nach Süden fuhr, um seine Fässer zu verkaufen. Ihn könne sie fragen, ob sie mitfahren durften.

Sie folgten der Wegbeschreibung und kamen über Hopfenfelder, die längst abgeerntet waren, und mittendrin zu einem Bauernhof. Da waren eine verzweifelte Frau und ein Haufen Kinder. Wenn ein Ort, der nach Brot riecht, eine Brotfabrik ist, dann war das hier eindeutig eine Urinfabrik.

Der Mann, den sie suchten, der Bierbrauer, war krank, und die verzweifelte Frau war seine Gattin, seine künftige Witwe, hätte man richtiger sagen müssen, Mutter einer Reihe von Bälgern, die bald Waisen sein würden. Die Kinder weinten und wimmerten. Wenn es schien, dass ihr Gejammer aufhören würde, fing eines wieder an, und es ging von vorne los. Sie waren ein Haufen zerlumpter Rotznasen, doch selbst in diesem armseligen Haus hatten die Mädchen alle eine Puppe.

»Er ist heiß wie ein Huhn, blind wie eine Fledermaus, rot wie eine rote Rübe und verrückt wie ein Hase im August«, erklärte seine Frau seufzend. »Wir erwarten das Schlimmste. Der Herr der Finsternis muss eine seiner Verwünschungen zurückgelassen haben. Wenn ich ins Zimmer meines Mannes gehe, spüre ich jeden Tag deutlicher sein böses Fluidum.«

Hanias Herz tat einen Sprung: Ihr Vater war hier? Oder er war jedenfalls hier gewesen und hatte eine Spur hinterlassen? Sie würde ihn kennenlernen, sie würde vor ihn hintreten können, er würde sie erretten aus dieser albernen, schmutzigen, elenden und schwachsinnigen Welt, in der zu leben sie gezwungen war.

Überglücklich stürzte sie ins Zimmer des Sterbenden. Die Enttäuschung war schrecklich. Die Luft im Zimmer war muffig, es roch nach Verwestem, nach fauligem Atem und Urin, ein Geruch, der in diesem armseligen Haus nirgends fehlte. Keine Spur von der Dunkelheit und Großartigkeit ihres Vaters. Hier war er nicht und war es nie gewesen. Ihr Glück, ihr erster und einziger Moment reinsten Glücks, etwas, das nichts mit trockenen Füßen oder vollem Bauch zu tun hatte, fiel auf der Stelle in sich zusammen. Hania warf einen zerstreuten Blick auf den Sterbenden, dann verließ sie das Zimmer mit schlurfenden Schritten.

»Sogar deine kleine Schwester ist traurig über das Leiden meines Mannes«, bemerkte die Bäuerin. »Erstaunlich bei einem so kleinen Mädchen.«

»Ja, wirklich erstaunlich«, kommentierte Mariel verwundert.

Nach der Hoffnung, ihn zu sehen, war der Schmerz über das Ausbleiben ihres herrlichen dunklen Vaters wirklich unerträglich. Einige Stunden lang war Hania wie benommen. Dann erholte sie sich langsam und sah sich um. Der Ort war wirklich elend und düster, unerhört trist. Dürre Obstbäume, von Unkraut überwucherte Felder, zwei Gänse, ein paar Hühner, ein winziger Schafstall und überall das Gewimmer der Kinder. Hania überraschte die beiden Frauen, die Frau des Sterbenden und ihre Mutter bei einem langen und angeregten Gespräch, und ihr wurde klar, dass sie nicht weiterziehen würden, solange der Mann krank war, ja, in dem wesentlich wahrscheinlicheren Fall, dass er starb, riskierte sie, tagelang hierzubleiben, vielleicht wochenlang. Außerdem gab es im Haus wenig Holz und nachts kam man sicher um vor Kälte.

Hania sprang von der Bank, auf der sie kauerte. Hierzubleiben kam überhaupt nicht infrage. Der im Sterben liegende Mann war ihr herzlich egal, das Gewimmer seiner Kinder noch mehr, aber sie wollte weg hier, und so würde sie das dafür Nötige tun.

Sie kehrte zurück ins Zimmer und warf einen raschen Blick auf ihn. Seine Frau hatte ihn richtig beschrieben: hohe Temperatur, die Pupillen geweitet, Schweiß- und Speichelfluss waren gehemmt, Blutandrang in Gesicht und Hals, und er litt an Halluzinationen. Ihr Vater hatte damit gar nichts zu tun, es war auch kein Zauber ausgeübt worden. Der arme Idiot musste Belladonna-Beeren gegessen haben, vielleicht hatte er sie mit Blaubeeren verwechselt.

Hania lief hinaus. Es war fast dunkel, aber für sie war das kein Problem: Das Dunkel nahm sie auf wie eine Höhle. Ihre Augen spielten mit den Schatten. Sie zog die Schuhe aus und lief mit nackten Füßen durch den Hof und durchs Gras, bis sie zwischen Hühner- und Schafstall fand, was sie suchte, sie spürte es unter sich. Die Alraunwurzel war da und erwartete sie, Hania grub sie aus, mit Blicken und Händen streichelte sie das Gewächs: Die Wurzel hatte einen Kopf, Arme und Beine und eine vollkommene Form. Sie war von der heimlichtuerischen Art, die nur echte Hexen finden konnten, weil sie ganz unterirdisch wuchs, kein grünes Büschel verriet ihre Anwesenheit, und sie war das absolute Gegengift. Im Mondlicht pflückte Hania auch ein paar Blätter Rutakraut, Löwenzahn und Hamamelis. Auch ein paar Blüten vom Vergissmeinnicht wären nützlich gewesen, aber es war nicht die Jahreszeit dafür, und man musste sich bescheiden. Mit ihren scharfen Zähnchen schälte Hania die Alraunwurzel, dann zerbiss sie sie in winzige Stücke, außer dem Kopf, den sie in der Tasche ihres Kleids, das Mariel ihr gemacht hatte, verstaute, zusammen mit etwas Arnika, das sie auf ihrem Weg gefunden hatte und das man immer brauchen konnte. Zu viel Alraunwurzel und zu viel Arnika konnten tödlich sein: Man musste die Elemente richtig dosieren und im richtigen Verhältnis mischen, wie bei allen anderen Dingen auch. Sie setzte ihre Zähne ein, nicht nur weil das praktisch war, sondern weil ihr Speichel eine der nötigen Zutaten war.

Hania kehrte ins Haus zurück und warf alles in den Topf mit Hühnerbrühe, der auf dem Feuer stand, und wartete. Kaum hatte die Frau eine Schale davon geholt und dem Kranken eingeflößt, erholte er sich sofort. Er begriff, dass die Flüssigkeit, die er zu sich nahm, seine Rettung war, verlangte mehr davon, bis er alles aufgegessen hatte.

Das Haus lebte auf, die Kinder jammerten nicht mehr, die Bäuerin erzählte unsinniges Zeug über die Heilkraft der Hühnerbrühe und die Güte des Himmels. Ihre Mutter setzte hinzu, dass das Leben schön und die Natur wohltätig sei, und alle waren froh. Das hatte sein Gutes, denn frohe Menschen holen Würste aus der Vorratskammer und braten Zwiebeln an, um sie zu rösten.

Nicht nur aß man gut, sondern es wurde auch die Entscheidung getroffen, dass sie in ein paar Tagen in Richtung Süden aufbrechen würden.

Hania verbachte die Nacht auf ihrer Bank hockend und überdachte die ganze Sache. Sie fühlte sich irgendwie zufrieden. Sie würde nach Süden ziehen, und dort, in diesen grenzenlosen Wüsten, würde sie früher oder später ihrem Vater begegnen. Deshalb hatte sie das getan.

Doch da war etwas an dieser Angelegenheit, was sie erstaunte und verwunderte. Der Mann war ihr völlig egal, sie hatte das nur getan, weil es ihr zugute kam, sicher, und doch lag in dem ganzen Elend, das sich aufgelöst hatte, in dem Weinen, das sich in Lachen verwandelt hatte, den Würsten, die aufgetaucht waren, eine gewisse dunkle Macht. In gewisser Weise war sie der Ritter des Lichts gewesen: Auch er heilte die Menschen. Zweifellos war das eine Macht, und diese Macht gab einem Freude.

9

Unterwegs

Ein paar Tage später brachen sie auf. Der Wagen war mit vier Fässern Bier beladen. Gezogen wurde er von einem großen Pferd mit zotteligem braunen Fell und weißen Füßen.

Die Mutter saß mit dem Fuhrmann vorne, Hania saß hinten zwischen den Fässern. Sie verkroch sich in ihren Mantel wie in einer Höhle und betrachtete den blauen Himmel und die still daliegende Welt. Es war viel besser, auf einem Karren die Wolken zu beobachten, als zu Fuß zu gehen. Hania war sehr froh, dass sie den Mann geheilt hatte. Denn wirklich, in einer Welt mit gesunden und glücklichen Menschen lebte es sich einfach bequemer und angenehmer. Zufriedene Menschen kochten besser und boten einem mehr zu essen an. Sie hatte den Bauch noch voll von dem gebratenen Speck am Morgen: eine Köstlichkeit. Sie nahm sich vor, dafür zu sorgen, dass es den Menschen, mit denen sie zu tun hatte, gut ging, wenn es sie nichts kostete und sie gerade nichts Interessanteres zu tun hatte, denn wahrscheinlich würde es dann ihr auch besser gehen.

Der Mann, der ihnen schon eine Weile lang folgte, war immer noch hinter ihnen. Einen Moment lang war er zu sehen, dann verschwand er wieder. Wie üblich bemerkte ihre Mutter ihn nicht.

Sie trafen auf eine Bettlerin, die mit einem ein paar Monate alten Kind auf dem Arm um Almosen bat. Die Augen des Kleinen lagen unter dicken Krusten, die Wimpern waren gelb verklebt, die Lider rot und geschwollen. Das Kind wimmerte leise.

»Barmherzigkeit, ich bitte Euch, meine Herrschaften. Mein Kind ist krank und wird blind werden«, sagte sie. »Ich bitte Euch, hohe Herrschaften«, sagte sie vor allem zur Mutter gewandt. Sie hatte erahnt, und das war nicht schwer zu erraten, dass sie als Erste nachgeben würde, vorbehaltlos und mit Begeisterung. *Hohe Herrschaften* hatten damit nichts zu tun: Mariel trug Kleider, die mittlerweile so zerschlissen und schmutzig waren, dass sie aussah wie ein Bauer, und der Fuhrmann war gekleidet eben wie ein Fuhrmann. Diese hochtrabende Anrede machte die ganze Szene nur noch peinlicher. »Mein Kind ist blind. Ich bitte Euch, meine Herrschaften, ich flehe Euch an«, wiederholte sie mit banger Stimme. »Ich bitte Euch im Namen des Himmels, Euer Mädchen hat so schöne Augen, seid gut zu meinem Kind.«

»Weg da«, rief der Fuhrmann wutentbrannt und knallte mit der Peitsche, er schlug nicht die Frau, sondern ließ sie nur in der Luft knallen, aber auch das erschreckte sie. Die Frau wich zurück und hätte fast das Gleichgewicht verloren, ihr Kind auf dem Arm. »Geh mir aus dem Weg und wage nie wieder, ihn zu kreuzen.«

»Aber Herr!«, rief ihre Mutter voller Abscheu. Sie hatte schon ihre Börse geöffnet, um der Frau ein paar Münzen zu geben. Sie war empört. »Eine arme Frau und ihr Kind …«

Sie konnte nicht zu Ende sprechen.

»Ihr Kind ist gesund auf die Welt gekommen, mit gesunden Augen«, unterbrach sie der Fuhrmann. »Sie ist es, die es so zurichtet. Sie reibt ihm die Augen mit einer höllischen Tinktur ein, eine Mischung aus Senf, Paprika und Brennnesseln. Vorerst sind die Augen nur krank und könnten wieder gesund werden. Aber über kurz oder lang wird das Kind wirklich und für immer blind, dann hat sie zum Betteln ein blindes Kind, das bringt mehr ein. *Aus dem Weg da!* Und es gibt noch viele andere Mütter, die diesen Namen nicht verdienen. Da gibt es ein Kind, das sitzt auf einem Brett mit vier Rädern darunter. Seine Mutter hat ihm mit einem großen Prügel die Knochen zertrümmert, und als sie zu verheilen begannen, hat sie sie ihm wieder zertrümmert, wieder und immer wieder. Jetzt sind sie verwachsen und der Junge ist lebenslang ein Krüppel. Manchmal bringt er bis zu zehn Talern an Almosen nach Haus, manchmal einen ganzen Laib Brot. Es ist nicht gesagt, dass alle Mütter gut sind. Der Herr der Finsternis kann sich jedes Geistes bedienen, kann sich jeder Seele bemächtigen und sie zugrunde richten, wenn man nicht aufpasst, vor allem jetzt in diesen finsteren Zeiten.«

Die Mutter ließ die Münze wieder zurückgleiten und schloss die Börse. Dann legte sie den Kopf in die Hände.

Sogar Hania war verwirrt. Ausnahmsweise wusste sie nicht, was sie davon halten sollte, und ihre Gedanken sprangen hin und her.

Sie strengte sich an, gab sich Mühe, die Geschichte von der komischen Seite zu sehen, wie da die barmherzigen Spender ausgetrickst und verspottet wurden, als eine Art lustiger Streich. Doch es gelang ihr nicht. Alles was mit dem Verletzen von Kindern zu tun hatte, brachte eine Saite in ihr zum Klingen. Der Abscheu war zu groß. Eine Mutter, die ihr eigenes Kind verkrüppelte, war so abartig, dass ihr Kinderherz rebellierte, denn auch sie hatte, wenngleich verborgen unter einer Schicht von Groll und Sarkasmus, ein Herz.

Hania traf ihre Wahl: Es war so schrecklich, dass auch sie Grauen davor empfand. Der Schmerz der Kinder, die von ihren Müttern geblendet und verkrüppelt wurden, war so groß, dass auch sie ihn empfand und sich dagegen auflehnte.

Der Ritter des Lichts würde das nicht zulassen.

In diesem Augenblick wusste sie noch nicht, dass dieser Gedanke, der ihr harmlos vorkam, in Wirklichkeit eine Art großer Riss in der Mauer aus Dunkelheit war, die ihr Vater in ihr angelegt hatte, und dass diese Mauer zu bröckeln begann.

Der Fuhrmann begleitete sie bis an die Grenze im Süden, bis zu der wunderschönen Stadt Baar, vielleicht die reichste Stadt in dem kleinen Königreich. Ihre Mutter gab ihm eine Münze dafür, natürlich ohne zu feilschen.

Die Leichtigkeit, mit der ihre Mutter das Geld zum Fenster hinauswarf, das sie und vor allem Hania vor dem Hunger bewahren sollte, war erschreckend. Zum Glück lehnte der Fuhrmann ab.

»Es war mir ein Vergnügen«, sagte er, »dir und deiner Schwester zu helfen. Der Schatten des Todes lag über meinem Haus, und bei Eurer Ankunft ist er gewichen. Ihr habt mir Glück gebracht und ich segne Euch. Euer Gewicht hat das Pferd keine große Mühe gekostet und hat meine Reise nicht verlangsamt. Es wird Zeit, dass wieder Freundlichkeit einkehrt unter den Menschen, jetzt mehr denn je, eben weil die Zeiten schwierig sind. Man sagt, der Herr der Finsternis habe eines seiner grausamen Wunder gewirkt und habe hier in der Menschenwelt, im Reich der Sieben Gipfel, ein Kind, sein Kind zur Welt kommen lassen.«

»*Was?*«, fragte Mariel mit erstickter Stimme.

»Erinnert Ihr Euch an die schreckliche Nacht, als die

roten Meteoriten am Himmel erschienen? Ich habe sie betrachtet: Absoluter Schmerz packte mich, eine Verzweiflung der Seele, aber auch körperliche Übelkeit. Ich begriff – es war unmöglich, das nicht zu begreifen –, dass sie weiter anzusehen, meinen Tod bedeuten würde. Aber die Seher und Magier des Landes haben geschaut. Die ganze Nacht über haben sie den Himmel beobachtet. Sie sind daran gestorben. Man sagt, so sei auch der alte Magierkönig gestorben. Es ist sicher, dass so der Eremit gestorben ist, der in den Wüsten des Südens lebte, ebenso die alte Hexe von Baar und ein Schäfer-Zauberer aus dem Norden. Sie mussten ihr Leben lassen; dafür haben sie erfahren, dass ein Kind des Herrn der Finsternis geboren würde, das am linken Handgelenk ein Zeichen in Form eines Meteoriten tragen wird. Dieses Kind müsste jetzt ein Jahr alt sein. Ich weiß nicht, ob all das wahr ist oder ob es Geschwätz ist, doch so lautet das Gerücht. Die Leute glauben daran: Auf den Straßen stürzen sich die Leute wie besessen auf Kinder im entsprechenden Alter und reißen ihnen die Ärmel hoch, um ihre Handgelenke zu sehen. Zum Glück ist deine Schwester zu groß.«

Die Mutter dankte und lief schnellen Schrittes davon. Hania trottete hinter ihr her.

Der Stadt Baar war durchzogen von Kanälen. Sie war entstanden auf einer Unmenge von kleinen Inseln in einem Hochgebirgsmoor. Wasser und Land, Land und Wasser wechselten sich ab. Um so wenig wie möglich von dem kostbaren Grund zu verbrauchen, waren die Häuser sehr hoch. Sie waren aus Holz, mit blauem und grünem Anstrich, die Gitter gelb gestrichen, ausnahmslos in der ganzen Stadt. Die Häuser waren überwuchert von Kletterpflanzen und durch sehr leichte, mit Schnitzereien verzierte Holzstege miteinander verbunden. Der wenige zur Verfügung stehende Boden war ganz bedeckt von Lavendel, Rosmarin und Zitronenbäumen. Baar war eine grün-gelbe Stadt voller Düfte und Stimmen. Auf den Wassern der Kanäle schwammen Unmengen von Gänsen, blühten Seerosen, Boote, beladen mit Kohl, Wirsing, Zwiebeln und Eiern, kamen vom Land, um den Städtern ihre Fracht feilzubieten. Hanias Augen schwelgten in den Farben. Im Wasser spiegelten sich das Weiß der Gänse, die Stadt und das Licht. Überall flogen Möwen und Reiher.

In der Mitte der Kanalstadt lag ein kleiner Platz aus weißem Granit, und dort tanzte zum Klang eines Tamburins, einer Flöte und einer Mandoline ein Mädchen mit einem Bären. Der Bär hing an einer Kette, die ihn daran hindern sollte, zu fliehen und jemanden aus dem Publikum anzufallen, das Mädchen aber stand ganz unbekümmert neben ihm, in Reichweite seiner Pranken und Krallen. Am Boden stand ein gelber Filzhut mit roten Schellen, und da hinein warfen die Leute spontan und großzügig Geldstücke.

Hania war fasziniert und erstaunt von diesem unglaublichen, außerordentlichen Schauspiel. Sie erkundete den Geist des Bären, da gab es keinerlei Kontrolle seitens des Mädchens. Die kleine Tänzerin riskierte in jedem Augenblick ihr Leben, indem sie ihre Pirouetten drehte neben einem Tier, das sie mit einem einzigen Prankenhieb töten konnte.

An diesem Ort voller Licht, in diesem Moment voller Grazie entdeckte Hania die Musik.

In dem Fischerdorf am Zaubersee hatte es einen Flötenspieler gegeben und ab und zu hatte jemand ein paar Lieder gesungen, aber sie war mit ihrer Mutter immer in der Hütte eingesperrt gewesen. Musik war etwas anderes, wenn man an dem Ort war, wo sie gespielt wurde und auch andere ihr zuhörten. Der Tanz des Mädchens wurde gleich von drei Instrumenten begleitet, Tamburin, Mandoline und Flöte, und das Ergebnis war wunderbar.

Das Mädchen tanzte auf dem lichtüberfluteten Platz mit dem Bären. Ihre Bewegungen und die Musik waren eins, etwas, das einen ergriff. Es war wie die Erzählungen vom Ritter des Lichts: Etwas war außerhalb des Kopfes, kam in ihn hinein und veränderte das, was darin war. Man hätte das vielleicht besser ausdrücken können, aber so war klar, was gemeint war. Selbst im grenzenlosen Meer ihrer Kenntnisse fand Hania keine Art, es besser zu formulieren, und wieder kam ihr der Verdacht, dass in dem grenzenlosen Meer ihrer Kenntnisse etwas fehlte.

Im Tanz des Mädchens mit dem Bären lagen Grazie und Kraft zugleich. Der Tanz drückte Herausforderung, Vertrauen und Liebe zwischen den beiden aus. Das Mädchen tanzte mit einem wilden Tier, ohne dessen Geist zu kontrollieren: Das bedeutete Grazie, Kraft und Mut. Die drei Dinge gemeinsam erinnerten irgendwie an Hanias Mutter. Der Gedanke war seltsam, aber in einer Weise hatte er Sinn. Der Bär verzichtete auf seine Kraft, um mit dem Mädchen zu tanzen. Grazie, Kraft und Mut, und dann war da die Musik. Hania spürte, wie die Rhythmen des Tamburins Luft und Erde durchdrangen.

Auch sie hätte sich gern zu den Klängen bewegt. Alle anwesenden Kinder hatten in gebührendem Abstand von dem Bären zu tanzen begonnen. Hania musste sich zwingen, es nicht zu tun, und während sie sich zur Zurückhaltung zwang, fragte sie sich, warum sie das tat. Es war, als ob ein Teil von ihr sie zwinge, immer traurig und missmutig zu sein, reglos, die Hände auf dem Rücken gefaltet, ein anderer Teil aber tanzen wollte.

Die Musik: das Tamburin, die Mandoline, die Flöte.

Die Flöte faszinierte Hania. Das Tamburin konnte man auch ersetzen, man brauchte nur mit einem beliebigen Gegenstand auf den Boden zu schlagen, man brauchte nur in die Hände zu klatschen. Die Mandoline war zu groß und zu schwer. Die Flöte aber konnte auch ein Kind tragen, sie ließ sich unter dem Mantel oder in einem Quersack verstecken. Die Flöte besaß Kraft und Harmonie. Hania schwor sich, dass sie bis zum Abend im Besitz der Flöte sein würde.

Als das Mädchen aufgehört hatte zu tanzen, warfen viele eine Münze in den Hut, eine Sache, die Hania richtig erschien, und es faszinierte sie, dass dabei nicht gefeilscht wurde. Das Mädchen und der Bär hatten getanzt im Vertrauen darauf, dass die Menschen etwas geben würden, weil das Zuschauen ihnen Spaß gemacht hatte.

Die Musikinstrumente wurden auf einem Hocker abgelegt, der im Inneren eines Zeltes stand, ein großes braunes Stoffzelt, in dem man auch schlafen und die alltäglichen Dinge verrichten konnte.

Brav ging Hania hinter ihrer Mutter her, dann, als sie weit genug weg waren, huschte sie zurück auf den Platz.

Hania suchte den Geist des Bären und gab ihm den Befehl. Das Tier fing an zu tanzen, ohne das Mädchen. Der Bär war tollpatschig, in seinem Tanz lag keine Grazie, aber es funktionierte: Die Leute waren abgelenkt, sodass sie in das Zelt schlüpfen konnte.

Sie hatte das Instrument schon in Händen, als sie bemerkte, dass da jemand war.

Es war ein dicker, untersetzter Mann mit glänzendem, kahlen Schädel, dem Haare aus der Nase wuchsen.

»He, du Rotznase, wie willst du hier wieder hinauskommen?«, fragte der Mann, wobei er sich vor den Eingang stellte. Er hatte einen großen, knorrigen Stock und hob ihn.

Gute Frage. Wie wollte sie hinauskommen? Sicher, jetzt fiel es ihr ein. Sie war intelligenter und schneller, und der Idiot bedachte nicht, dass man aus einem Zelt überall hinauskann: Man brauchte sich nur auf den Boden zu werfen und unter der Stoffplane durchzukriechen. Sie würde hinten durchkriechen und ein schnelleres Tempo vorlegen als dieser Kerl.

Flink und glücklich witschte Hania davon, die Flöte in Händen, verfolgt von den wütenden Schreien des Mannes, die sich in der Menge verloren. Sie fand ihre Mutter dort, wo sie sie verlassen hatte, sie stand auf der Straße und fragte alle, ob sie ein Mädchen im indigoblauen Kleid gesehen hatten. Das sei ihr Schwesterchen, und sie beschrieb sie als dreijähriges Kind. Hania war mächtig stolz: Bis vor Kurzem hatte sie noch ausgesehen wie zwei.

Triumphierend zeigte Hania ihr die Flöte. Sie zeigte sie ihr nicht wirklich, sie beschränkte sich darauf, sie nicht zu verstecken, und der triumphierende Ausdruck war hinter ihrer gewöhnlich etwas schmollenden Miene verborgen.

»Du hast gestohlen«, sagte ihre Mutter.

Hania jubelte. Sicher. Sie hatte gestohlen. Allein durch ihre Intelligenz, ihren Mut und ihre Flinkheit hatte sie sich diesen fabelhaften Gegenstand verschafft, der Freude machte, auch wenn er nicht zum Essen war.

»Man darf nicht stehlen«, sagte ihre Mutter streng, »Niemals.«

Man darf nicht stehlen? Was sollte das denn heißen? Und wozu eine so unsinnige Regel? Und außerdem: *Man darf nicht stehlen* kam im Kodex des Rittertums nicht vor, schließlich kann man die Regeln nicht jeden Tag neu erfinden, je nachdem, wie es einem gerade passt und mit welchem Bein man am Morgen aufgestanden ist. Es war ein mehr als fairer Wettkampf gewesen. Mehr noch: Sie war das Kind, sie war das Küken gewesen und der andere hatte die längeren Beine und den Stock auf seiner Seite gehabt. Kühnheit, Wagemut und Unternehmungsgeist waren die Waffen gewesen, mit denen Hania sich diesen wunderschönen Gegenstand beschafft hatte, mit dem man Musik machen konnte, und Musik war die schönste Sache auf der Welt, neben rohen Mäusen und Würsten.

»Wir müssen das zurückgeben«, sagte die Mutter.

Hania zuckte zusammen. *Zurückgeben?* Das würde sie vernichten.

»Oder wir können dafür bezahlen.«

Gute Idee. Sollte die Mutter doch gehen und die Flöte zurückgeben oder sie bezahlen, während Hania herauszufinden suchte, wie man sie spielte. Nachdem die Mutter als Diebin gehenkt worden war, würde Hania allein zurückbleiben, und so allein zu sein, war sicher besser als in Gesellschaft einer Idiotin.

»Gehen wir, du bist ein Kind, es kann dir nichts Böses geschehen, auch das gehört zu den Regeln des Ritters des Lichts«, versprach Mariel und nahm ihr die Flöte aus der Hand.

10

Mäuse, Zaunkönige, Sperlinge und andere Tierchen

Mariel war gerührt von der Begeisterung, mit der Hania der Musik gelauscht hatte. Ein paar Augenblicke lang hatte sie aufgehört, der *Igel* zu sein. Sie hatte gewirkt wie ein normales Mädchen.

Auch der Diebstahl der Flöte hatte sie nicht bekümmert, sondern ihr fast einen Moment der Freude beschert. Dass ein Mädchen, das den Tod von Mäusen und Eidechsen genoss, bevor sie sie verzehrte, einen Diebstahl beging, war, ehrlich gesagt, das geringste Problem. Außerdem kam in den Erzählungen vom Ritter des Lichts und in den Regeln des Rittertums Diebstahl nicht vor, man hatte vergessen, ihn zu behandeln, weil man das entsprechende Verbot dummerweise für selbstverständlich hielt.

Dass Hania die Flöte begehrte, sie besitzen wollte und sie sich beschafft hatte, war im Gegenteil ein Zeichen von Menschlichkeit, ein Punkt zu ihren Gunsten.

Freude war der Weg, dieses Spiel zu gewinnen, das Glücksgefühl, das von der Musik ausgeht, vom Tanz und von der Freundschaft zwischen einem Mädchen und einem Bären.

Die Flöte allerdings mussten sie zurückgeben: Sie war und blieb Mariel von den Sieben Gipfeln, und ihre Aufgabe war es, auch ohne ihren Namen und ihren Rang zu erkennen zu geben, Hüterin des Rechts zu sein.

Mariel fand den Platz wieder, wo der Bär getanzt hatte, und das Zelt, in dem ein Mann die Musikinstrumente auf einem Hocker abgelegt hatte. Der Mann war noch immer da. Der Hocker auch. Mariel legte die Flöte neben das Tamburin und die Mandoline.

»Verzeiht, Herr, mein Brüderchen war etwas ungestüm«, sagte Mariel.

»Brüderchen? Aber ist das nicht ein Mädchen?«, wandte der Mann ein.

Ja, sicher, Hania war ein Mädchen und sah aus wie ein Mädchen. Sie selbst war als Mann verkleidet. Im Durcheinander dieser ganzen Situation hatte sie sich vertan. Es war, als ob ein Teil von ihr, empört darüber, dass sie log, sie in allem lügen ließ, sodass sie entdeckt werden musste.

»Verzeiht, manchmal finde ich nicht die richtigen Worte. Wir sind noch so erschüttert vom Fiebertod unserer Eltern«, Husten, noch mal Husten. »Wir sind unterwegs zu unseren Verwandten im Süden«, Husten und Schluchzen. Der Teil von ihr, dem beigebracht worden war, nie zu lügen, unter gar keinen Umständen, war empört und gekränkt, aber so war ihr Leben nun mal, und in dem schrecklichen Spiel, das sie spielte, waren alle Waffen zulässig, außer Grausamkeit. »Seht Ihr, ich hatte eine Flöte und musste sie zurücklassen und mein Brü … mein Schwesterchen, wollte ich sagen, wollte eine mitnehmen. Es war die unbesonnene Tat eines Kindes, ich bitte Euch, vergebt ihm und nehmt meine Entschuldigung an«, sagte Mariel.

»Kinder muss man bestrafen«, brüllte der Mann.

Erst da bemerkte sie, dass er einen Stock hatte. Instinktiv legte sie die Hand auf das Heft ihres Schwerts, dann zog sie sie zurück. Sie durfte nicht Desaster auf Desaster häufen, sondern musste sich mit Höflichkeit aus der Affäre ziehen. Hania beibringen, auf den Diebstahl zu verzichten, und ihr gleichzeitig die Flöte geben, eine Möglichkeit erlaubter Freude, reinen Glücks.

»Das Leben hat meine Schwester schon hart genug gestraft, jedenfalls werde ich mich darum kümmern. Nehmt bitte meine Entschuldigung an«, entgegnete Mariel trocken. Der Mann wurde ärgerlich.

»Es gibt eine Behandlung für Diebe«, legte er nach und zeigte den Stock. »Für dich und deinen Bruder.«

Ihre Tochter musste die Flöte ausgerechnet dem widerwärtigsten Individuum der Stadt gestohlen haben.

Mariel überlegte, dass sie den Idioten daran hindern musste, etwas zu unternehmen, und gleichzeitig das Prinzip der Ehrlichkeit retten, in der vagen Hoffnung, dass ihre Tochter das mitbekäme oder doch zumindest ahnte, dass es ein solches Prinzip gab.

»Ich biete Euch einen Golddukaten für die Flöte«, sagte sie. Das war eine Verrücktheit. Sie hatte nur noch drei Goldmünzen in der Tasche, weder Silberlinge noch Kupfermünzen.

»Dieser Preis liegt weit über dem Wert der Flöte und soll Euch für die Unannehmlichkeiten entschädigen, die wir Euch bereitet haben. Außerdem soll davon auch etwas bezahlt werden für das wunderschöne Schauspiel des Mädchens, das mit dem Bären tanzt. Ich habe vorhin nichts gegeben, weil ich weder Silberlinge noch Kupfermünzen hatte, und jetzt kann ich diese kleine Verfehlung, das Schauspiel genossen zu haben, ohne zu zahlen, wettmachen. Was meine Schwester angeht, braucht Ihr Euch keine Umstände zu machen. Ich kümmere mich um ihre Erziehung, wie das vor mir schon meine Eltern taten.«

Mariel holte das Goldstück hervor und legte es auf den Hocker. Sie nahm die Flöte, wartete noch einen Augenblick, dann sagte ihr das Schweigen des Mannes, dass er, wie auch nicht anders zu erwarten, annahm, aber, wie ebenfalls nicht anders zu erwarten, das nicht laut sagen wollte.

Sie nahm ihre Tochter bei der Hand, auch wenn sie begriffen hatte, dass sie sie nicht anfassen sollte, glücklicherweise muckte Hania aber nicht auf. Sobald sie außer Sichtweite waren, ließ sie los und gab der Kleinen die

Flöte. Einen Augenblick lang öffnete sich das verschlossene Igelgesichtchen, die Augen strahlten fast.

Mit dem Mädchen im Gefolge machte Mariel sich auf die Suche nach einer Herberge: Bestimmt gab es in Baar eine. Dort konnten sie unterkommen und fragen, ob es Karren gab, die in den Süden fuhren.

Der Herberge war umgeben von Lavendel und Zitronenbäumen und hatte ein schönes Strohdach, die Wände waren weiß gestrichen. Sie hieß *Zur fetten Gans*. Die Gans war auf dem Wirtshausschild dargestellt und ähnelte stark der Wirtin.

Sie konnten in der Herberge unterkommen, und die Wirtin zeigte ihnen auch einen Fuhrmann, der an einem der Tische saß und in den Süden fahren würde. Im Unterschied zu dem vorherigen, der von ausgesuchter Freundlichkeit und Großzügigkeit gewesen war, verlangte dieser ein ganzes Goldstück für die Reise. Mariel versuchte zu handeln, aber es war ihr zu peinlich und schließlich gab sie auf und akzeptierte den Preis. Außerdem würde der Fuhrmann erst in einer Woche fahren, und in der Zwischenzeit kostete der Aufenthalt in der Herberge ein weiteres Goldstück. Sie hätten weniger bezahlt, wenn sie im Gemeinschaftsraum schliefen, aber Mariel musste jeden nahen Kontakt vermeiden, wenn sie wollte, dass man sie weiterhin für einen Mann hielt, so blieb ihr keine Wahl.

»Baar ist eine Stadt, wo alles etwas kostet und alles teuer ist«, erklärte die Wirtin gelassen.

Mariel nickte. Sie konnten nicht unter den Brücken schlafen, und sie konnten das Gebirge nicht allein zu Fuß durchqueren. Sie würde kein Geld mehr haben, aber sie war eine Frau, beziehungsweise, sie war ein kräftiger junger Mann, sie konnte arbeiten.

Für alle, die nicht Kinder von Königen oder Adeligen waren, war das ganz normal: Sie verdienten sich ihren Lebensunterhalt durch Arbeit, also würde sie das auch tun. Sie würde es tun, ganz sicher.

Sie ging im Kopf durch, was sie konnte. Im Nähen und Sticken war sie eher gut. Ab und zu schaute sie mit einer gewissen Befriedigung auf die Kleider, die sie für ihre Tochter genäht hatte. Aber sie musste sich ihrer Rolle gemäß verhalten: Zuschneiden, Nähen und Sticken waren ausgesprochen weibliche Tätigkeiten. Etwas anderes war es mit Brot, Torten und Wildschweinbraten. An Regentagen hatte sie sich im Königspalast oft in der Küche aufgehalten. Dort war es warm und behaglich und immer voller Farben, Gerüche und sehr guten Dingen zum Essen. Die Köchinnen hatten sie die Kochkunst gelehrt, einfach weil es schön und ein Vergnügen war, weil es eine Form der Liebe zum Leben war.

»Wenn man eine gute Torte backen kann«, sagten die Köchinnen, »auch als Königin, kann man Trost oder Freude bringen. Torten können über die Trauer hinweghelfen. Wenn jemand gestorben ist, bring eine Torte, die du mit deinen eigenen Händen gemacht hast, auch wenn du Königin bist; und die den Verstorbenen liebten, werden getröstet sein. Wenn jemand glücklich ist und die Geburt seines Kindes oder Hochzeit feiert, bring eine selbst gemachte Torte und er weiß, dass dein Herz sich mit ihm freut. Auch wenn du Prinzessin bist, eine Torte musst du machen können, und sie soll gut sein.«

Die Amme war etwas pikiert, aber die Königin hatte sie gewähren lassen.

Mariel konnte einen Braten aufsetzen und auch Würste machen, aber wirklich gut war sie in der Bäckerskunst: Brot und Torten. Und das war als Arbeit nicht notwendigerweise weiblich, also konnte man es als mögliche Option betrachten.

Außerdem konnte sie mit dem Schwert umgehen, aber im Augenblick bestand kein Bedarf, und sie konnte auch eine Axt handhaben. Äxte wurden von Holzfällern eingesetzt und fanden auch in der Militärausbildung Verwendung, ihr Gebrauch war weder leicht noch selbstverständlich. Man brauchte dazu Kraft und Präzision, um den zweiten Schlag genau in die Kerbe des ersten zu setzen. Mariel konnte Holz hacken und Lasten bewegen: Säcke, Kufen, Bretter, Bänke.

Sie forschte lang in ihren Erinnerungen, um herauszufinden, was sie alles tun könnte, um sich ihren Lebensunterhalt zu verdienen. Im Königspalast gab es einen Obstgarten, auch Früchte ernten konnte sie. Sie konnte Geschirr spülen, sie hatte es zum Spaß gelernt. Sie war allerdings intelligent genug zu begreifen, dass das, wenn man es stundenlang tat, nachdem man hatte Wasser holen und es heiß machen müssen, nicht so lustig sein würde, wie es mit der Köchin im Schloss gewesen war. Aber immerhin noch etwas, das sie beherrschte.

»Meint Ihr, es ist leicht, hier eine Arbeit zu finden, sodass man etwas verdienen kann?«, fragte Mariel die Wirtin.

»Arbeit findest du bestimmt, mein Junge«, antwortete die Frau gelassen. »Was den Verdienst angeht, dafür würde ich meine Hand nicht ins Feuer legen«, lautete der sonderbare Schluss.

Mariel fragte, ob sie in der Herberge Hilfe benötigten, aber die Wirtin antwortete, sie habe genug Leute, aber sie habe gehört, dass der Holzfäller auf der anderen Seite der Stadt jemanden bräuchte, der ihm zur Hand ging.

Am nächsten Morgen begab sich Mariel mit ihrem Kind auf die Suche nach Arbeit, einer ehrlichen Arbeit. Der Holzfäller stellte sie an.

Die Arbeit war schrecklich. Sie musste große Holzscheite aufschichten. Das Holz war natürlich Schwarzeiche, der kostbarste Baum des Reichs der Sieben Gipfel. Die Schwarzeiche war wunderschön, ihre herrlichen Wälder bedeckten die Ebenen und Hänge des Reichs, ihr Holz brachte Reichtum; es hielt allem stand, Wasser und sogar Feuer, wenn man es ihm nicht zu lang aussetzte, es war besonders schwer, viel schwerer als das Holz aller anderen Bäume.

Mariel war eine starke Frau, aber doch weniger stark als ein Mann, und sie war nicht geübt. Nach wenigen Stunden taten ihr Schultern und Arme weh, aber sie biss die Zähne zusammen und machte weiter.

Ihre Tochter saß auf einem Holzstoß, die Sonne fiel auf ihr blondes Haar, und sie versuchte sich an der Flöte, mit beachtlicher Ausdauer und brauchbarem Ergebnis. Brauchbar, aber nicht außerordentlich. Die Kleine wirkte wie ein normales Mädchen, sehr begabt, gewiss, aber die kleinen Melodien, die sie erfand, hatten nichts Übernatürliches oder Beunruhigendes.

Als endlich der Sonnenuntergang kam, ging Mariel mit ihren aufgeschürften, schwieligen Händen zum Holzfäller und verlangte ihren Lohn, Lohn, den sie vorab nicht vereinbart hatten. Sie vertraute auf die Ehrlichkeit der Leute, und sie hasste es zu verhandeln. Außerdem hatte sie keine Ahnung, was ihre Arbeit wert sein könnte, und so hatte sie dieses Thema lieber nicht angeschnitten. Schließlich waren sie im Reich der Sieben Gipfel; Ehrlichkeit und Loyalität waren hier Tradition und Gesetz seit jeher.

Auch wenn sie nicht wusste, wie viel sie bekommen würde, war sie sich doch sicher, dass es mehr als nichts sein würde.

»Ach wirklich, du hast gearbeitet? Du hast viel gearbeitet?«, verspottete sie der Holzfäller. »Und kannst du das beweisen, Junge?«

»Schultern und Arme tun mir weh«, stotterte Mariel.

Das war die idiotischste, kläglichste, schüchternste, ängstlichste Antwort, die ihr hatte einfallen können.

»Oh, du Armer, das muss schrecklich sein, aber so wirst du kräftiger«, höhnte der Holzfäller weiter.

Mariel ließ sich auf keine weiteren Diskussionen ein. Sie kannte das Gesetz: Es war eine ihrer Aufgaben als Prinzessin gewesen, die großen Gesetzbücher zu studieren, die dem Reich seinen rechtlichen Rahmen gaben.

Sie machte sich auf die Suche nach dem Gendarm, Hania immer in ihrem Gefolge. Zur üblichen Schmollmiene hatte sich im Gesicht der Kleinen ein Anflug von Sarkasmus gesellt. Der Gendarm war nicht schwer zu finden. Jede Stadt musste einen haben, und gewöhnlich hielt er sich auf dem Hauptplatz auf, also dort, wo der Bär getanzt hatte. Der Gendarm war ein dicker Mann, ausgestattet mit Schwert, Hellebarde und einem Panzerhemd aus Stücken gekochten Leders und Eisenplättchen, das als Harnisch weniger gut schützte, aber bequemer und weniger schwer war als ein Kettenhemd. Er hatte einen großen rötlichen Schnurrbart und das Aussehen eines gutmütigen Menschen.

Der Gendarm kam mit zum Hof des Holzfällers, der ihn mit großer Herzlichkeit und Freundschaft begrüßte, Umarmung, Erinnerung an vergangene Gelage, Aussicht auf kommende Gelage, Erinnerungen an bewegte Momente der Gemeinsamkeit. Der Anflug von Sarkasmus auf Hanias Gesicht verstärkte sich. Mariel kam der

Gedanke, dass gute Gesetze zu haben, eine notwendige aber nicht ausreichende Bedingung für Gerechtigkeit ist.

»Gibt es einen Zeugen dafür, dass ihr verhandelt habt?«, fragte der Gendarm wohlwollend.

»Wir haben nicht verhandelt«, räumte Mariel ein. »In unserer Beziehung war die Annahme einer Entlohnung stillschweigend enthalten, im gegenseitigen Vertrauen und im gemeinsamen Glauben an das Gesetz und an die Gesetzeshüter in diesem Reich, so wie es in unserem Zivilgesetzbuch im Paragrafen über mündliche Verträge vorgeschrieben ist«, sagte sie in schärferem Ton.

Sie war nun nicht länger das furchtsame Mädchen, meilenweit von zu Hause entfernt, verängstigt von der Vorstellung, ihre Verkleidung könnte entdeckt werden, sie wurde wieder die Tochter ihres Vaters.

»Sehr gelehrt«, kommentierte der Gendarm immer wohlwollender. »Was du nicht alles studiert hast! Der Holzfäller hätte annehmen können, dass du aus Lust an der Arbeit arbeitest. Also glaube ich, dass er dir nichts schuldet. Im Übrigen, hast du Zeugen für die Tatsache, dass du gearbeitet hast?«

»Ja, sicher, meine kleine Schwester«, antwortete Mariel.

»Das Mädchen mit der Flöte, sicher, niedlich«, sagte er, und die beiden lachten gemeinsam. Hart das Lachen des Holzfällers, extrem wohlwollend das des Gendarmen. Der Mann und sein Schnurrbart waren der Inbegriff des Wohlwollens, sie trieften davon wie eine Honigwabe.

Dann fügte der Gendarm hinzu: »Ach übrigens, ist das nicht das Mädchen, das eine Flöte gestohlen hat? Eine kleine Diebin! Als Zeuge ideal.«

»Die Flöte ist reichlich bezahlt worden«, Mariels Ton war wieder scharf. »Eben weil ich dafür bezahlt habe, muss ich jetzt Geld verdienen, und ich glaube nicht, dass die Königin dieses Reichs Eure Art der Rechtspflege gutheißen wird, wenn sie davon erfährt.«

Sie stellte sich vor, dass durch die bloße Nennung des Namens der Königin der Sinn für Gerechtigkeit und Ehre aus dem Boden sprudeln würde wie ein Quell reinen Wassers. Das war ein Irrtum.

Der Gendarm streifte sein Wohlwollen ab und wurde richtiggehend unangenehm.

»Hier bin *ich* der König«, sagte er. »Ich bin das Gesetz, ich habe den Oberbefehl. Versuch erst gar nicht, mir zu widersprechen, du dahergelaufener Rotzlümmel mit dieser kleinen Diebin, die du bei dir hast.« Der Gendarm verstummte. Sein Blick war anderswohin gerichtet, nach oben hinter Mariels Kopf. »Bewegen sich diese Baumstämme?«, fragte er bestürzt.

Mariel wandte sich um und schaute hinter sich. Ein paar Momente lang hatte auch sie den Eindruck, als würden diese Stämme sich bewegen, endlich begriff sie.

Es war, als hätten sich sämtliche Mäuse und Ratten der Gegend hier ein Stelldichein gegeben und sich verschworen, gemeinsam die schweren, dunklen Stücke

Schwarzeiche auf den Gendarm und den Holzfäller zu schieben. Baar war durchzogen von Kanälen, und Mäuse und Ratten gab es zur Genüge. Ein Heer von Ratten hatte sich auf die oberen Stämme der Stöße gestürzt, und statt das zu tun, was sie für gewöhnlich taten – fressen, sich verstecken, sich um ihre Angelegenheiten kümmern –, drückten sie sich alle gemeinsam dagegen. Die zuoberst liegenden Stämme kamen ins Rollen, sämtliche Stämme in den Holzstößen verloren ihren Halt und purzelten mit den Ratten in den Hof.

Mariel und Hania begriffen schnell und liefen davon, der Gendarm und der Holzfäller, vor Überraschung gelähmt, wurden über den Haufen geworfen. Tausende Hölzer fielen in die Kanäle, verloren sich zwischen den lieblichen Inseln der Stadt, und teilten das Schicksal aller Dinge, die im Wasser schwimmen: Sie gehörten dem, der sie fand und barg. Der Holzfäller und der Gendarm hatten keine Zeit, sich deswegen zu grämen. Sie hatten die Holzstämme überlebt, wurden nun aber von einem Schwarm großer schwarzer Ratten überrannt, die gepackt von Schreck und Raserei einen dicken braunen Teppich aus winzigen Krallen und nicht so kleinen und unendlich zahlreichen Reißzähnen bildeten, der sie in die Flucht schlug. Vorbei war es mit ihren überheblichen Sprüchen und ihnen blieb nichts als eine wilde Flucht.

Mariel ging davon, gefolgt von ihrer Tochter.

»Die Regeln der Ritterehre schreiben vor, dass die Gerechtigkeit mit dem Schwert verteidigt wird«, sagte sie laut. »Aber Ausnahmen sind möglich«, räumte sie ein.

Zwei Tage lang war an Arbeit nicht zu denken. Die Schmerzen, die Mariel in Armen und Schultern hatte, erschwerten ihr sogar das Atmen. Mariel hielt sich ruhig, sie saß in einem Wäldchen aus Zitronenbäumen, das sich im Wasser der Kanäle spiegelte.

Hania hockte neben ihr und spielte Flöte. Mariel erzählte vom Ritter des Lichts, und manchmal flocht sie auch Lieder ein, und die gefielen der Kleinen ausnehmend gut. Keine Wiegenlieder, gewiss, sie hatte verstanden, dass ihre Tochter die hasste. Hania hatte ausgefallene und vor allem sehr ausgeprägte Abneigungen. Was ihr nicht gefiel, gefiel ihr nicht nur einfach nicht. Es schien ihr eine Art Unbehagen und eine Form von physischem Schmerz zu verursachen. Und diese Dinge waren genau das, was Neugeborene normalerweise mochten: Milch, Wiegenlieder, im Arm gehalten werden, Brei. Ein verzweifeltes kleines Mädchen, das zu versorgen Schmerz und Unbehagen bereitete. Es war nicht schwer zu verstehen, dass der Herr der Finsternis dies in ihr angelegt hatte, damit ihre Mutter sie hasste und versucht wäre, sie zu töten. Ein Kind allein zu lassen und nicht zu ernähren, genügt, um es zu töten, und so etwas ist genauso schlimm wie Mord. Der Plan des Herrn der Finsternis sah vor, dass Hania getötet wurde, damit die Welt ihre Ehre verlor, damit die Menschheit der Verdammnis anheimfiel.

Es gab eine Erzählung, in der der Ritter des Lichts mit dem Herrn der Finsternis Schach spielen sollte. Mariel wurde klar, dass es genau das war, was sie tat. Kein Duell, sondern eine Partie Schach. Sie musste verstehen, aus welchem Grund all die seltsamen Dinge in dem Mädchen angelegt waren, genauso wie ein guter Schachspieler sich fragt, aus welchem Grund der Gegner einen bestimmten Zug gemacht hat, weshalb er einen Bauern statt einem Springer bewegt hat.

»He du«, die Herbergswirtin wandte sich an Mariel. »Du kannst Torten backen, nicht wahr?«

»Ja«, antwortete Mariel, »mein Vater war Müller.« Auf eine Lüge mehr oder weniger kam es jetzt auch schon nicht mehr an. Wenn eine Frau als Mann verkleidet herumzog, war das an sich schon eine Lüge. Die Regel der Ritterehre, die solche Lüge verbot, musste in den sinnvolleren Rat abgewandelt werden, sie nur einzusetzen, wenn es keine andere Möglichkeit gab.

»Ach wirklich? Das trifft sich gut, der Müller braucht Hilfe. Er ist leicht zu finden, frag nur nach dem Weg«, erklärte die Wirtin.

Der Müller wohnte in einem weißen Gehöft auf der kleinsten Insel der Stadt. Zum Haus gehörten zwei große Kamine und eine Mühle, deren Flügel sich im nahen Kanal spiegelten, zusammen mit einer Glyzinie, das alles umgeben von Oliven- und Zitronenbäumen, zwischen deren Wurzeln weiße Hühnchen scharrten. Die kleine Insel war durch einen schmalen Steg mit der Umgebung verbunden, den der Müller herunterließ und hochzog, sodass er für sich bleiben konnte.

Die ganze Nacht hindurch knetete und buk Mariel Brot und Torten, während Hania in ihren Mantel gehüllt dasaß. Das Kind schlief sehr wenig. Flöte spielen durfte sie nicht, denn sonst hätte sie die Kinder des Müllers geweckt, sie verbrachte ihre Zeit damit, zu beobachten, wie die Dachschindeln ineinandergefügt waren, oder die winzigen Ritzen in den Fensterläden zu betrachten.

Der Morgen kam, und Mariel war müde, aber glücklich. Sie hatte es geschafft, sie hatte fünfzig Brote und dreißig Torten gebacken, die Hälfte mit Honig, die andere Hälfte mit Mandeln.

Von allen drei Dingen hatte sie eine kleine Form gebacken: ein kleines Brot, eine kleine Torte mit Honig und eine mit Mandeln für sich, um sie am Morgen zu essen, einesteils weil sie etwas brauchte, um nicht vor Müdigkeit umzufallen, andernteils um zu sehen, wie sie geworden waren.

Sie waren perfekt.

Die Köchinnen im Königspalast hatten recht: Kochen und Backen zu können, war eine große Gabe – eine Gabe für die Welt.

Am Morgen kam der Müller. Er probierte ein Stück Brot und je ein Stück von den Torten, dann spuckte er auf den Boden aus und tobte in wütender Empörung.

»Das ist scheußlich, du hast meinen Honig, mein Mehl und meine Mandeln vergeudet.«

»Das ist nicht wahr«, sagte Mariel bestimmt. »Sie sind gut, sehr gut, ich habe sie probiert. Und jetzt gebt mir den halben Silbertaler, so war es vereinbart«, schloss sie mit fester Stimme.

»Du hast probiert! Du Dieb, wie kannst du es dir erlauben, von meinen Sachen zu essen? Raus hier.«

»Das ist mein Recht«, antwortete Mariel. »So steht es im Gesetz. Wer viele Stunden gearbeitet hat und alle, die nachts arbeiten, haben ein Anrecht auf Essen, das Gesetz schreibt vor, dass es reichlich und gut sein soll. Ich gehe nicht ohne meinen halben Silbertaler«, sagte sie eisig.

»Verschwinde, oder ich hetze die Hunde auf dich«, brüllte der Müller.

Mariel fragte sich, was sie tun könnte. Den Gendarmen holen? Nein, das ließ sie besser bleiben. Es gab nichts, was sie tun konnte, außer das Schwert mit dem silbernen Knauf zu ziehen. Und dann? Jemanden damit erstechen? Sodass sie außer des Diebstahls auch des Mordes bezichtigt wurde? Wie sollte sie den Besitz dieses Schwertes rechtfertigen?

Und auch das wäre ja keine Gerechtigkeit, es wäre mehr Rache als Gerechtigkeit.

Sie konnte nichts tun, außer zu bedauern, dass weder sie noch ihre Mutter sich je der Frage gestellt hatten, inwieweit die Gesetze des Landes bekannt waren, inwieweit sie angewandt und befolgt wurden. Aber es gab etwas, das sie tun konnte, was Gerechtigkeit und nicht Rache war.

»Die Ratten dürften ein Problem für Euch sein«, sagte sie sehr laut.

»Was?«, fragte der Müller.

»Die Ratten«, sagte Mariel, jede Silbe einzeln betonend.

»Ratten?«, fragte der Müller.

»Ratten«, bestätigte Mariel nachdrücklich. Sie warf einen Blick auf ihre Tochter. Hania spielte zerstreut in der Asche unter der Abzugshaube des Kamins. Das normale Spiel eines normalen Kindes. »Bei all dem Korn müssen die Ratten eine schreckliche Gefahr sein«, schloss sie unter Betonung des Wortes Ratten. Hania spielte weiter in der Asche, zeichnete mit dem Finger Kreise hinein. Das normale Spiel eines normalen, nicht allzu intelligenten Kindes. »Ratten«, wiederholte Mariel noch einmal.

»Hier gibt es keine einzige Ratte«, sagte der Müller erbost.

»Ach nein? Wirklich?«, erwiderte Mariel erstaunt. »Keine einzige?«

»Ich halte alles unter Verschluss, ich halte die Fensterläden geschlossen. Ich habe Dutzende Schlangen am Ufer, damit die Ratten nicht aus dem Wasser kommen, und den Steg lasse ich nur herunter, wenn jemand drübermuss. Aber was gehen dich die Ratten an? Verschwinde jetzt, und zwar sofort.«

Mariel blieb nichts anderes übrig, als zu gehen. Sie und Hania gingen über den Steg, den der Müller hinter ihnen wieder hochzog, sodass er allein blieb in seinem Reich der Schlangen und der Schande, geschützt wie ein Schlossherr, wenn er die Zugbrücke hochgezogen hat.

Mutter und Tochter kehrten zurück in die Herberge, und Mariel fiel um vor Müdigkeit.

Hania stellte sich ans Fenster und spielte Flöte.

Am nächsten Morgen saßen Hania und Mariel bereits inmitten von Körben mit Zitronen und ein paar Krügen Öl auf dem Karren, als sich in den Straßen von Baar die Nachricht verbreitete.

Alle sprachen davon, und eine Gruppe Frauen erzählte es auch ihnen.

Ein Schwarm Sperlinge hatte sich auf die Mühle gestürzt und sie verwüstet. Das winzige Haus des Müllers war buchstäblich geplündert worden: Sämtliche Zaunkönige der Gegend waren durch den Kamin ins Haus eingedrungen, gegen jeden Natur, gegen jede Logik und gegen jede Erwartung, denn seit Menschengedenken hatte man nicht gehört, dass Sperlinge und Zaunkönige durch den Kamin kommen, um sich über das Korn herzumachen. Kein einziges Weizenkorn war übrig geblieben, und als der Weizen aus war, hatten sie sich auf das Mehl gestürzt, auf Gerste und das schon gebackene Brot, die Flügel mit Ruß verschmiert, und alles, was nicht gefressen wurde, war besudelt worden. Nach ihnen waren Heerscharen von Ameisen durch die winzigen Ritzen zwischen Fensterläden und Mauerwerk eingedrungen, und an der einzigen Stelle, an der die Dachziegel schlecht gefügt waren, waren Kakerlaken eingedrungen.

Die Mühle hatte sich in ein von Vogelkot bedecktes Trümmerfeld verwandelt.

Und am eindrucksvollsten war die Tatsache, dass die Vögel nicht flohen. Sie flogen auf, wenn jemand mit Netzen daherkam, dann aber taten sie sich zusammen und griffen alle gemeinsam an. Sperlinge und Zaunkönige waren so kleine Lebewesen, so liebenswert und wehrlos, aber alle gemeinsam, alle von einem einzigen Willen beseelt, konnten tödlich sein. Von einer Stelle vertrieben, tauchten sie an einer anderen wieder auf. Eine Wolke voll spitzer Schnäbel fiel über den her, der sie bekämpfen wollte. Man hatte den Gendarmen gerufen. Mit Panzerhemd, Helm und Kettenhandschuhen war er gekommen. Das Ergebnis war ein Desaster: Den kleinsten Zaunkönigen war es gelungen, in den Helm hineinzukriechen, sobald der Mann das Visier geöffnet hatte, und um ein Haar hätten sie ihm die Augen ausgehackt. Schließlich waren die großen Hunde des Müllers verrückt geworden und hatten ihn und den Gendarmen wie besessen angegriffen.

Mariel hatte Mühe, sich *nicht* umzudrehen und ihre Tochter anzusehen. Sie blickte weiter unverwandt auf die Matrone, die mit ihr sprach. Und sie unterdrückte ein Lächeln der Genugtuung, nicht nur weil Gerechtigkeit geschaffen worden war, wenn auch mit brutalen

Mitteln, sondern wegen Hania: Ihre Reaktionen waren verständlich, sie hatte sich ihretwegen geärgert und hatte ihren Ärger zum Ausdruck gebracht.

Das Spiel schien sich zu ihren Gunsten zu wenden. Ihre Tochter war dabei, sich von einer blind und unnötig gewalttätigen Kreatur zur Figur des Rächers zu wandeln, was auf jeden Fall ein großer Fortschritt war, und früher oder später würde sie Richter werden. Mariel würde ihr den Unterschied erklären können: Rache war etwas Gutes für den, der sie übte, Gerechtigkeit war etwas Gutes für die Welt; Rache war Wut, Gerechtigkeit Ruhe, aber auch Rache war der blinden Gewalt unendlich überlegen, dem vorsätzlich zugefügten Schmerz.

Hania veränderte sich. Die Nähe zu ihr, die Geschichten, die sie ihr erzählte: alles trug Früchte. Je länger Hania in ihrer und in Gesellschaft der Menschen lebte, umso mehr entfernte sie sich vom Geist ihres schauerlichen Erzeugers, umso mehr verkleinerte sich der dunkle Teil in ihr und verlor die Vorherrschaft.

Mariel spielte auch mit dem Gedanken, zu ihrer Mutter in den Königspalast zurückzukehren. Warum nicht, wenn das Kind bloß mürrisch und brutal war, aber nicht bösartig oder gefährlich? Sie hätte ihrer Mutter persönlich erläutern können, wie die Gesetze eingehalten wurden, die im Reich herrschen sollten .Sie würde sich waschen können, bräuchte sich nicht länger jedes Mal zu verstecken wie ein Dieb, wenn sie pinkeln musste, sie würde an einem Tisch sitzend gut und reichlich essen und müsste sich nicht abrackern, um sich das Essen zu beschaffen. Man würde Hania von der Erbfolge ausschießen müssen, gewiss, das war zu gefährlich, aber sie würde nach Hause zurückkehren können. *Ein sauberes Bett, ein Kamin, das Lesezimmer, ein sauberes Bett, Küchen und Ställe, ein sauberes Bett, Küche und ein gedeckter Tisch, ein sauberes Bett.*

Sie spielte noch immer mit diesem Gedanken und der Fuhrmann verstaute die letzten Körbe mit Zitronen auf seinem Karren, als die Frauen, die sich ringsum unterhielten, immer lauter und mit schriller Stimme zu sprechen begannen.

Mittlerweile war sie sicher, denn es gab nur eine Erklärung für die wiederholten verrückten Ereignisse: zuerst die Ratten beim Holzfäller, dann die Sperlinge und Insekten beim Müller.

»Der Herr der Finsternis hat hier in unserem Reich ein Kind gezeugt …«

»In dieser schrecklichen Nacht mit den roten Sternen. Alle, die diese roten Sterne angesehen haben, sind gestorben …«

»Sicher. Die Seherin von den Mondbergen im Osten, der Zauberer in der Wüste der Verlorenen Türme … Das Kind des Herrn der Finsternis wird Chaos erzeugen, und aus dem Chaos werden Finsternis und Tod, Hungersnot, Krieg und Dürre hervorgehen. Aber wir können es aufspüren, wir können es ausfindig machen und es zurück zu seinem Vater ins Reich der Schatten schicken …«

»Wie kann man dieses Kind erkennen?«

»Die Seherin und der Zauberer sind gestorben, damit wir es erfahren. Das Kind trägt am linken Handgelenk ein Zeichen, wie mit glühendem Eisen eingebrannt, in Form eines dieser roten Sterne, die am Himmel zu sehen waren …

»Man sagt, auch der Magierkönig hat es gesehen, deshalb ist er gestorben, er hat es seinem Pagen erzählt, und bevor er starb, hat er eine Botschaft an seine Tochter, die Königin geschickt …

»Die Königin wusste es also? Und warum hat sie nicht Bescheid gegeben?«

»Nicht einmal den Königen kann man trauen …«

Endlich setzte sich der Karren in Bewegung.

Sie konnte *nicht* in den Königspalast zurückkehren.

Mariel konnte nur in die Wüste gehen und dort leben, um die Welt von Hania fernzuhalten und ihre Tochter zu retten, um Hania fern von der Welt zu halten und die Welt zu retten und zu verhindern, dass sie ihre Unschuld verlor.

11

Die Zauberflöte

Sie kamen durch eine Landschaft mit Mandel- und Orangenbäumen. Darunter gedieh in geordneten Reihen Safran mit seinen rosa und roten Blüten. Auf den Schornsteinen der Bauernhöfe nisteten Störche. In der Ferne erblickte man die schneebedeckten Berge. Dort lag das Hochplateau zwischen den zwei Gipfeln Althion und Althios, die jenes Himmelstor bildeten, durch das sie hindurchgehen mussten, um zur Wüste der Verlorenen Türme zu gelangen. Anscheinend hatte es dort einen Zauberer gegeben, der jetzt nicht mehr da war. Umso besser. Frieden seiner Seele; es war nicht schön, sich über den Tod eines Unbekannten zu freuen, aber der Zauberer wäre imstande gewesen, Hania als das zu erkennen, was sie war, und so gab es da eine Gefahr weniger.

In einem Dorf trafen sie noch einmal auf eine Hochzeit. Mariel betrachtete die Braut mit ihrem Blütenkranz im Haar, dem Schleier, ihrem schüchternen und glücklichen Lächeln.

Die Braut hatte weiße Haut, Mariel war mittlerweile sonnengegerbt wie ein Bauer, sie erahnte die zierliche Gestalt der Braut, während sie selbst nun muskulös war wie ein Junge.

Mariel betrachtete sie diesmal ohne Neid oder Wehmut. *Jedem sein Schicksal, jedem sein Weg.* Der Braut war es beschieden, glücklich zu sein, sie wünschte es ihr von ganzem Herzen. *Ihr* Schickaal war es, die Welt vor dem Herrn der Finsternis zu erretten, wie sie es sich schon von Kindheit an erträumt hatte. Nicht in einem Duell oder im Wettstreit, sondern in einer tödlichen Schachpartie um das Leben ihres Kindes.

Im Augenblick wenigstens waren sie gleichauf: Sie musste zugeben, dass die Angst der Leute und die Tatsache, dass mittlerweile alle von dem Brandmal wussten, ein Punkt zugunsten des Gegners war.

Am Abend machten sie zum Essen und Schlafen Halt bei einem Bauernhof, in dessen quadratischem Innenhof die Fuhrleute und ihre eventuellen Passagiere Unterkunft fanden.

Die Übernachtung auf einem Strohsack im Heuschober war im Reisepreis inbegriffen, das Essen aber nicht. In der Mitte des Hofs hatten die Männer Feuer gemacht, und ein guter, kräftiger Geruch nach gebratenen Würsten lag in der Luft, auch eine delikate Duftnote war mit dabei, die Würste mussten mit wildem Fenchel gewürzt sein.

Hania sah Mariel mit einem ihrer schiefen Blicke an, die schüttelte den Kopf.

»Ich habe kein Geld mehr, Hania, ich habe nichts mehr«, murmelte sie untröstlich.

Hania schnaubte, dann stieg sie vom Wagen und ging im Hof zu dem Feuer, wo die wunderbaren Würste brieten. Sie trat in die Mitte der am Boden im Kreis sitzenden Männer, holte ihre Flöte hervor und begann zu spielen. Im Lauf weniger Tage war sie wesentlich besser geworden. Ihre Musik war einfach, sicher, aber jedenfalls angenehm zu hören.

Die Männer sahen sie an, und der eine oder andere sagte, sie sei gut, aber es war gar nicht daran zu denken, dass Typen wie die da Geld lockermachen würden, um für die bescheidene Vorführung zu bezahlen. Plötzlich tauchten aus dem Heuschober ein paar fette Ratten auf, richteten sich auf die Hinterbeine auf und begannen mit Hania zu tanzen. Es war klar, dass die Kleine das Schauspiel mit dem Bären wiederholen wollte und hoffte es nachzuahmen, um das Geld für das Essen zusammenzubringen.

Die Szene war nicht nur beunruhigend, sondern auch verdammt gefährlich. Normalerweise haben Kinder nicht die Fähigkeit, Ratten zu befehligen. Wenn es jemandem in den Sinn kommen sollte, dass Hania außergewöhnliche, übernatürliche Kräfte besitzen musste, wären sie in größter Gefahr, auch wenn das Mädchen aussah wie drei und alle nach einem einjährigen Kind suchten. Außerdem war es widerwärtig, diese Ratten tanzen zu sehen, ein Bär ist eine Sache, Ratten eine andere, auch wenn man zugeben musste, dass sie den Rhythmus einhielten und dass in alldem eine gewisse Anmut lag.

Glücklicherweise interessierten sich die Männer nur für die Ratten. Und alle meinten, verzaubert sei die Flöte, Seher und Zauberer stellten gelegentlich irgendwelche verzauberten Gegenstände her, Flöten, die Ratten vertrieben, Meißel, die eine leuchtende Spur hinterließen, Würfel, die immer gewannen.

»He, Mädchen, ich weiß nicht, wer du bist und woher du diese Flöte hast, aber kannst du damit den Ratten Befehle geben?«, fragte einer.

»Kannst du sie auch von hier wegführen?«, fragte ein anderer.

Hania blieb stehen, während die Ratten auseinanderliefen und verschwanden, wie es sich für Ratten gehörte, wenn der Zauber gebrochen war, sie dachte kurz nach und nickte dann.

Noch mehr Männer kamen herbei.

»Kannst du sie weit weg von hier bringen?«, fragten sie. »Unsere Kornspeicher sind voll, wir müssen die Ratten unbedingt loswerden. Die Ratten fressen das Getreide, und unsere Kinder müssen Hungers sterben.«

Hania runzelte die Stirn, sah sie an, dann bedeutete sie mit ausgestreckten Fingern zehn.

»Was hat sie gesagt?«

»Sie hat die Hände gezeigt.«

»Vielleicht muss man die Zahl der Finger nehmen. Sie hat zehn gesagt.«

»Was soll das heißen, zehn?«

»Zehn Meilen. Kannst du sie zehn Meilen weit mitnehmen?«

Hania nickte.

»Mindestens zwanzig«, erwiderte einer der Männer, er sprach langsam und zeigte zweimal zehn mit den Fingern, auch das sehr langsam.

Hania wurde ärgerlich. Sie war stumm. Weder taub noch dumm, nur stumm. Wieder nickte sie heftig. Ja, das konnte sie.

Die Männer redeten alle auf einmal, um die Sache zu organisieren, aber Hania gebot ihnen mit einer Handbewegung Einhalt. Sie zeigte auf die Geldbörse, die der Fuhrmann am Gürtel trug, dann auf die der anderen Männer, schließlich streckte sie drei Finger der rechten Hand. Dann wies sie auf die Würste. Sie wollte drei Golddukaten und die Würste.

»Du willst essen? Und drei echte Kupferpfennige?«

Für drei Kupferpfennige konnten sie die Ratten behalten und lernen, sie zu essen. Sie konnten sie auch verwenden, um ihre Kinder sattzukriegen, dann würden sie sich das Gejammer über den hungrigen Nachwuchs ersparen. Im Übrigen waren Ratten, roh verspeist, verdammt viel besser als Würste, aber sie bluteten stark und sie riskierte, sich den Mantel schmutzig zu machen, und außerdem wurde ihre Mutter, wenn sie sie erwischte, wie sie Mäuse, Eidechsen, Frösche und andere Lebewesen fing, tötete, häutete und aß, finster, und dann erzählte sie keine Geschichten und wurde so langweilig, dass es fast wehtat.

Empört schüttelte Hania den Kopf und wiederholte das Handzeichen. Drei.

»Drei Silbertaler? Machst du Witze?«, die Männer bemühten sich, auch ein gezwungenes Hohngelächter hinzuzusetzen. Hania nahm ihre Flöte, verbeugte sich und begab sich unter die Laubengänge, wo sie sich in ihrem indigoblauen Mantel hinsetzte. So machte sie klar, dass die Verhandlungen von ihrer Seite aus als beendet betrachtet werden konnten und es Zeit war, schlafenzugehen.

»Warte, Mädchen. Reden wir miteinander.«

Nachgiebiger Tonfall.

»Sei nicht so.«

Ärgerlicher Tonfall.

Was sollte sie denn sonst tun? Sich mit Füßen treten lassen? Alle verkauften zum höchstmöglichen Preis das, was die anderen brauchten. Der Fuhrmann hatte keinen Rabatt gegeben und die Herbergswirtin auch nicht. War jemand von ihnen vielleicht auf den Gedanken gekommen, ihr und ihrer Mutter Bratwurst anzubieten?

Diese Männer wussten nicht, dass sie imstande war, eine Ratte zu fangen, und ganz versessen war auf ihr festes Fleisch und ihr warmes Blut.

In den Augen dieser Männer war sie ein armes, verhungertes Mädchen, und keiner von ihnen hätte etwas dagegengehabt, sie die Nacht mit leerem Magen verbringen zu lassen.

Still blieb sie hocken, ein braves Mädchen, das sich zum Schlafen anschickt.

Es genügte ja schon, dass ihre Mutter, die Gans, nicht verhandeln konnte. *Sie* war Hania.

»Ist gut, ist gut. Drei Silbertaler«, lenkten sie ein.

Hania blieb auf ihrem Lager hocken. Sie hob die Hand mit drei gestreckten Fingern.

»Drei Golddukaten? Bist du verrückt oder dumm?«

Grimmiger Tonfall.

»Wir können dir die Flöte wegnehmen, weißt du das?«

Drohender Tonfall.

»Sie funktioniert nur, wenn meine Schwester darauf spielt«, mischte sich die Mutter ein.

Entgegenkommender und sanfter Tonfall, jedoch begleitet vom weniger sanften Ton des Schwerts, das aus der Scheide gezogen wird. Die Mutter zog es nicht ganz heraus, nur ein paar Spannen, damit die Klinge gut sichtbar wurde.

»Unser Großvater, ein großer Magier bei Hof, hat nur ihr beigebracht, wie man die Flöte spielt. Meine Schwester kann Euch von den Ratten befreien und Eure Ernte retten. Das muss jedoch bezahlt werden. Vielleicht hatte sie zuvor die Großzügigkeit bemerkt, mit der Ihr uns Eure Würste angeboten habt, aber ich fürchte, nun hat ihr Herz sich wieder verschlossen, und wenn das geschieht, verliert die Flöte ihren Zauber. Wiederbeleben kann man ihn nur durch ein sehr großzügiges Angebot.«

Hania lauschte mit einer gewissen Freude: Sie erzog ihre Mutter. Im Kontakt mit ihr, Hania, wurde sie weniger dumm. Sie lernte zu verhandeln

Da ihre Mutter, die alle für ihren großen Bruder hielten, sich in die Diskussion eingemischt hatte, wurde nun mit ihr verhandelt. Mariel schlug zwei Golddukaten heraus und die Würste, und sie stellte klar, dass im Voraus zu bezahlen war. Stattfinden sollte die Operation am nächsten Morgen bei Sonnenaufgang.

Kaum begann der Himmel sich aufzuhellen und die Sterne sich im Indigoblau des neuen Tags zu verlieren, setzte Hania ihre Flöte an die Lippen. Ratten und Mäuse kamen aus allen Ritzen und Spalten hervor, aus all den vor dem Licht verborgenen Orten, und es wurden immer mehr. Hania tanzte mit ihrer Flöte durch alle Bauernhöfe, und in jedem sammelte sie eine Sippe Ratten, die sich ihrem Schwarm anschlossen.

Als alle auf dem großen Platz am Eingang des Dorfs versammelt waren, bestiegen sie und ihre Mutter den Karren und nahmen zwischen Körben mit Zitronen und Ölkrügen Platz. Hania machte dem Fuhrmann Zeichen, dass er losfahren könne, aber langsam.

Sämtliche Ratten folgten ihnen und alle schlugen mit

ihren Pfoten den Takt. Auch Frauen und Kinder von den Bauernhöfen kamen mit.

»Wie scheußlich, wie abscheulich«, zwitscherten sie.

Hania war empört über diese Kommentare. Die Ratten waren schön, sie liefen im Takt und waren auch sehr gut zum Essen. Es war ein wunderschönes Schauspiel voller Grazie und Würde.

Langsam setzte sich ihr Zug in Bewegung: der Karren voller Zitronen und Öl und dahinter ein Heer von Ratten, die den Takt schlugen, und am Schluss die Männer von den Bauernhöfen. Als sie im Wald waren, auf dem Talgrund, machten die Männer Zeichen, dass der Augenblick gekommen sei. Mit einer letzten Pirouette entließ Hania die Ratten aus ihrem Kommando, und in wenigen Augenblicken verschwanden sie nach allen Seiten, verloren sich im Duft nach Erde, nassen Blättern und Pilzen und im Rauschen der Bäche. Hier würden sie ihr ursprüngliches Leben als Jäger wiederfinden. Viel unbequemer, aber auch viel vergnüglicher als das Parasitendasein im Dunkeln. Sie gab einen letzten Befehl: den Ort, die reine Luft zu genießen.

Die Männer kamen zum Karren.

»Mädchen, garantierst du uns, dass sie nicht wiederkommen?«, fragte der älteste der Männer, der an den Verhandlungen nicht teilgenommen hatte. Offenbar war er das Oberhaupt des Dorfes.

Hania nickte.

»Gut, dann behalt ruhig die Flöte und das Geld, das

ihr uns abgepresst habt. Wenn man etwas, das an sich keinen Preis hat, teuer bezahlt bekommt, hat man ein gutes Geschäft gemacht. Wir sind Ehrenmänner, dein Bruder hat ein schönes Schwert, und wenn du diese Ratten von uns weglocken kannst, könntest du sie uns auch wieder anhängen. Wir verabschieden uns hier. Wir haben ein Geschäft gemacht und ihr auch. Das war gut verhandelt.«

Sie verabschiedeten sich. Die Reise ging weiter.

Den ganzen Tag über grübelte Hania über die Idee eines Geschäfts, bei dem alle Gewinn machten. Das war genial. Haushoch überlegen dem Diebstahl, wobei einer gewinnt und einer verliert. Und auch viel lustiger.

Noch drei Tage dauerte ihre Reise. Sie übernachteten an schönen Plätzen. Mit Hanias Geld konnten sie in Herbergen übernachten, ein Zimmer nehmen, sodass sie und ihre Mutter in bequemen Betten schliefen, mit einem Nachttopf für jede von beiden, und wo vor allem ihre Mutter sich nicht an den unvorstellbarsten Orten verstecken musste, wenn die Natur ihr Recht forderte.

Endlich war das lange Tal zu Ende und die Straße begann anzusteigen hinauf zu der Hochebene zwischen den beiden Gipfeln Althion und Althios, der Himmelspforte.

Die Landschaft änderte sich, die Kastanienwälder hörten auf, es kamen Tannen und Föhren, dann hörten auch die auf und es gab nur mehr Steine und Latschenkiefern.

Irgendwann unterwegs ging ihnen das Wasser aus, und damit Hania nicht Durst litt, schälte ihre Mutter eine Zitrone und gab sie ihr zu essen. Sie war so sauer, dass es ihr den Mund zusammenzog, aber sie konnte sie ohne Ekel essen und sie löschte den Durst. Hania hatte Zitronen entdeckt. Sie konnte aufhören, ewig Durst zu haben.

Am Mittag des letzten Tages begann es zu schneien. Der Fuhrmann deckte den Karren mit einer großen, mit Wachs überzogenen Plane ab.

Hania hasste Regen. Wasser und Regen verursachten ihr ein Gefühl von Ekel. Aber Schnee nicht. Ja, er gefiel ihr sehr, während er überall diesen frischen Geruch nach sauberer Luft verbreitete.

Der Schnee fiel in dichten Flocken. Einige landeten auf ihrem indigoblauen Mantel oder dem ihrer Mutter, und dann konnte man genau sehen, dass jedes dieser winzigen Gebilde eine stets neue Wiederholung derselben Kristallform war.

Kurz bevor der Abend hereinbrach, hörte der Schneefall auf und am Himmel taten sich große blaue Felder auf. Die schrägen Sonnenstrahlen brachten den Schnee zum Glitzern, als ob jede Menge kleine Brillanten ausgestreut worden wären. In einer Pause, die eingelegt wurde, damit das Pferd rasten konnte, glitt Hania vom Karren herab und lief durch den Schnee. Sie machte sogar ein paar Tanzschritte. Sie steckte sich Schnee in den Mund, und ihn konnte man auch essen, ohne Ekel.

Endlich kamen sie zu der Herberge, wo die Reise des Fuhrmanns endete. Der Mann lud Öl und Zitronen ab, verabschiedete sich von ihnen und fuhr davon.

Die Herberge war besonders luxuriös, sehr komfortabel: Das war der letzte Ort, wo man die Pferde wechseln und sich stärken konnte vor dem Aufstieg zu diesem Pass zwischen den beiden Gipfeln Althion und Althios, dem letzten Halt vor der Wüste. Die Herberge war also der letzte Vorposten der zivilisierten Welt.

12

Die Schänke

Der Wirt war wie alle Wirte groß und dick. Er war auch besonders unangenehm und verlangte, ihre Geldmünzen zu sehen, bevor er sie in den großen Saal ließ.

Hania hatte nasse Schuhe, und der Mantelsaum ihrer Mutter war durchnässt, weil sie ihr immer hinterherlaufen musste.

Die Schänke bestand aus einem großen Saal und einer Küche mit zwei Kaminen. Zum Glück brannte im großen Saal in einem weiteren Kamin ein fantastisches großes Feuer, und es war angenehm warm im Raum.

Hanias Hände und Füße waren so erfroren, dass es sich anfühlte, als wären sie nicht mehr da. Ihre Mutter zog ihr die Schuhe aus, stellte sie neben das Feuer und hängte ihren Mantel dazu. Hände und Füße kehrten zurück, zunächst aber taten sie so weh, als ob sie mit Nadeln durchbohrt worden wären.

Als ob die fabelhafte Schönheit des Feuers nicht genügte, waren vier Kerzen aufgestellt, deren entzückende

Flämmchen in der Zugluft flackerten, die entstand, weil die beiden Türen, die Eingangstür und die zur Küche, ständig geöffnet wurden. Außerdem war an der Wand gegenüber vom Kamin in einer sehr schönen schmiedeeisernen Halterung noch eine Fackel angebracht. Feuer war so schön, so faszinierend!

Der Kamin war der größte, den Hania je gesehen hatte, er nahm eine ganze Wand ein. Über dem Feuer steckte auf einem Spieß eine herrliche Gans und drehte sich langsam. Gedreht wurde der Spieß von einem Jungen von etwa zehn Jahren, der unter dieser enormen und ununterbrochenen Anstrengung vor Schweiß triefte und litt. Und dabei konnte doch jeder sehen, dass der Rauch nach oben stieg. Auch wenn sie zu abgrundtief idiotisch, zu vernagelt dumm waren, um zu begreifen, dass heiße Luft eine geringere Dichte hat, mithin leichter ist als kalte Luft und daher nach oben steigt, hätten sie doch sehen können, was offensichtlich war. Aber nein. Der Junge mühte sich ab, während es genügt hätte, am Spieß eine Vorrichtung in Form eines Segels anzubringen, dann hätte das Feuer selbst dafür gesorgt, die Gans zu drehen, sodass der Junge sich nicht abzurackern brauchte. Der Kamin war groß genug, um eine solche Vorrichtung anzubringen. Erneut empfand Hania ihre grenzenlose Einsamkeit: Einziges denkendes Wesen in einer Welt von absoluten Schwachköpfen.

Ein mit einer Axt bewaffneter Mann, gehüllt in einen schwarzen Mantel, der ihn zu einer Art Schatten machte, kam in die Schänke und brüllte: »Wir sind die Banditen. Wir sind gekommen, um euch in Stücke zu hauen. Wir werden eure Frauen packen, und während wir sie in Stücke hauen, werdet ihr hoffen, tot zu sein.«

Hania dachte, dass in dem schwierigen Wettbewerb, wer der Dümmste im Reich ist, dieser hier einer der aussichtsreichsten Kandidaten auf den ersten Platz war. Er hatte schon losgebrüllt, als der hinter ihm noch nicht eingetreten war. Der Jäger, der am ersten Tisch links saß, und der fahrende Sänger, der vor dem Feuer hockte, hätten aufspringen und die Tür schließen und verriegeln können, sodass er isoliert gewesen wäre und der Koch mit seinem Spieß und die Holzfäller mit ihren Äxten ihn ihrerseits in Stücke hätten hauen können.

Tatsache ist, dass in dem schwierigen Wettstreit darum, wer der Dümmste war, die Bauern gewannen. Angesichts des angekündigten Massakers blieben sie auf ihren Bänken hocken, die Augen starr vor Schreck aufgerissen, während die anderen Räuber hereinkamen, und wer die Tür schloss und verriegelte, war der letzte der Neuankömmlinge, sodass man nun in aller Ruhe ohne die Gefahr, dass jemand entkam, zum Blutbad schreiten konnte.

Dann begann das Gemetzel.

Hoffnungslos zu spät beschloss der Jäger am ersten Tisch endlich, seinen Hintern zu erheben und etwas zu unternehmen. In diesem Augenblick war die einzige Strategie, die Überleben verhieß, die Flucht, durch die

Küche als erste Option, durch das kleine Fenster gegenüber vom Kamin als zweite Lösung. Da die Räuber nun einmal alle im Saal waren, wäre der direkte Angriff eine Verrücktheit gewesen, doch genau die wählte der Jäger. Er nahm den Schemel als stumpfen Gegenstand und Mittel der Attacke.

Den Schemel! Der arme Idiot!

Da waren die Fackel und das Messer!

Er hatte sein Jagdmesser im Gürtel stecken und die Fackel in Reichweite. Viel leichter und handlicher, war die Fackel immer eine tödliche Waffe: Alle haben Angst vor Feuer, Feuer hält sogar die wilden Tiere fern.

Er warf sich auf den erste Banditen, und der wich zurück. Der Hocker traf niemanden, der ganze Schwung ging ins Leere. Der Jäger verlor das Gleichgewicht und kippte nach vorn, auf diese Weise wandte er dem zweiten Banditen den Rücken zu, der nur eine halbe Umdrehung zu machen brauchte, leicht wie eine Pirouette, um sich in der idealen Position zu befinden und ihm das Schwert in die Nieren zu rammen. Der Jäger fiel auf die Knie, die Banditen nahmen den Schemel, der auf den Boden gefallen war, stellten ihn vor den Jäger hin, packten seine Hände bei den Handgelenken und legten sie darauf, dann hackten sie sie ihm mit einem einzigen Hieb ab.

Sie hatten eine lange Doppelaxt verwendet, ausgeführt hatte den Schlag der Räuber, der als dritter hereingekommen war, ein langer, schmaler junger Mann mit tief liegenden Augen und schwarzen Zähnen. Der Jäger ächzte, mit diesem Schwerthieb im Rücken hatte er keine Luft mehr zum Schreien.

»Will es noch jemand versuchen?«, fragte der mit der Axt.

Eine alte Frau begann zu schluchzen, ein weiterer offensichtlicher Fehler: Das würde die Aufmerksamkeit der Räuber auf sie lenken. Zur falschen Zeit das Falsche zu tun, schien eine allgemeine, kollektive und kosmische Berufung zu sein.

Das Durcheinander hatte dazu gedient, die Aufmerksamkeit abzulenken, wenigstens das, und zu Hanias Erleichterung entschloss sich die dumme Gans, die ihre Mutter spielte, etwas zu unternehmen, und unfasslich, aber wahr, sie tat das Richtige. Sie sprang auf, nahm Hania in die Arme und wich zurück in Richtung Küche, sich immer im Schatten haltend. Ekel erfasste Hania mit solcher Gewalt, dass sie ganz benommen war, aber sie hielt tapfer aus: Das war nicht der rechte Zeitpunkt, man musste seine Haut retten. Die Haut zu retten, war das Wichtigste. Ihr Vater hatte ihr das Leben gegeben, also musste ihr Leben wichtig sein, sie musste es bewahren, es wäre unhöflich ihm gegenüber gewesen, jemandem zu erlauben, sie umzubringen.

Flink durchquerte ihre Mutter die Küche, sie liefen zwischen Zöpfen von Zwiebeln und Knoblauch hindurch, die von der Decke herabhingen, zwischen zwei enormen Kaminen, in denen großartige Feuer prasselten und sich in den gewaltigen Kupferkesseln spiegelten.

Mariel lief durch die Hintertür, überquerte den verschneiten Hof, und dann nichts wie weg. Sie war ganz schön schnell dafür, dass sie eine Frau war mit einem Kind auf dem Arm, das musste Hania anerkennen. Leider hatte es nicht geklappt. Die Flucht war zu spät erfolgt und bemerkt worden. Man hätte fliehen müssen, während sie den Jäger umbrachten. Hania war verzweifelt, nie ließ ihre Mutter eine Strategie, irgendeine Logik erkennen, alles war immer wirr und von spontanen Impulsen diktiert.

Zwei Banditen, der mit der Axt – der junge Mann mit den tief liegenden Augen und den schwarzen Zähnen – und ein ungeheuerlicher Halunke mit nur einem Auge, verfolgten sie. Das Dunkel hätte sie einhüllen und schützen können, aber ein blödsinniger Mond ergoss sein eisiges Licht auf den Schnee: Alles war leuchtend hell.

Mariel erreichte den Wald, bevor die beiden sie packen konnten. Hania fiel in den Schnee, Mariel aber drehte sich um und trat den beiden entgegen.

»He«, sagte der Lange, »warum flieht ihr beiden? Habt ihr etwas für uns?«

»Du bist wirklich blöd, Junge«, sagte der Zweite. »In der Schänke war es schön warm und gemütlich, hier müssen wir uns den Hintern abfrieren, um dich umzubringen.«

Mariel stellte Hania wieder auf die Füße und schob

sie mit der Hand beiseite, dann zog sie das Schwert, mit einer ruhigen Bewegung ließ sie die Klinge an der Scheide entlanggleiten, damit man das Geräusch gut hörte. Der Stahl glänzte im Mondlicht.

»Zwingt mich nicht, euch zu töten«, sagte sie mit einer Stimme, die vielleicht eine Spur zu hoch war.

»Zwingt mich nicht, euch zu töten«, sagte der längere von beiden und brach in Gelächter aus. »Das klingt richtig gut. Was hast du denn gemacht, bevor du anfingst, in Schänken zu gehen? Warst du Geschichtenerzähler? Anständige Leute sind nämlich nachts bei sich zu Hause, nicht unterwegs in der Welt.«

»Ich bin Mariel, Prinzessin aus dem Geschlecht von den Sieben Gipfeln.« Diesmal hatte sie die richtige Tonlage gefunden. »Ich bin die Prinzessin deines Reichs, knie also nieder vor mir«, befahl sie ihm.

Es war klar, dass diesen beiden weniges auf der Welt gleichgültiger sein könnte als die Königswürde, ja, das würde die Lust am Überfall nur erhöhen und die Notwendigkeit, sie nachher umzubringen, nur umso unausweichlicher machen. Außerdem hatte sie zu erkennen gegeben, dass sie eine Frau war – entschieden den ungeeignetsten Personen. Ihre Mutter gab ihre letzten Trümpfe aus der Hand und fing wieder an, zum falschen Zeitpunkt die falschen Dinge zu tun.

»Die Prinzessin aus dem Geschlecht der Sieben Gipfel«, sagte breit lächelnd der lange Bandit. »Wie gut das klingt. Bist du ein Weib? Von königlichem Geblüt? Das hätten wir uns nie träumen lassen. Jetzt haben wir was zu erzählen.«

Der Mann ließ die zweischneidige Axt über seinem Kopf kreisen. Die Waffe war viel länger und schwerer als Mariels Schwert. Auch in diesem Moment der äußersten Gefahr konnte Mariel den Gedanken daran nicht verscheuchen, dass die Doppelaxt eine unbezwingliche Waffe war, stark und austariert, sie besaß nicht nur Kraft, sondern auch einen unleugbar ästhetischen Wert.

Die Banditen, die sie verfolgten, waren nicht zwei sondern mittlerweile drei. Während die ersten zwei sich unterhielten, kam der dritte durch das Dickicht im Wald heran und näherte sich Mariel von hinten. Hania bemerkte es, weil sie hinter Mariel stand. Sie bückte sich und hob einen Ast vom Boden auf. Der Mann lief an ihr vorbei und sie konnte ihm den Ast zwischen die Beine werfen. Sie musste am Leben bleiben, und es war nötig, dass auch Mariel am Leben blieb. Der Mann stolperte, fiel in den Schnee und fluchte. Mariel bemerkte ihn und wich zur Seite aus. Sie bückte sich, nahm Hania wieder auf den Arm, drückte sie mit dem Rücken gegen den Stamm einer riesigen Eiche und stellte sich vor sie.

»Um dich kümmere ich mich später, du Rotznase«, zischte der Mann. Hania schaute ihm in die Augen, sie waren klein, auch Nase und Mund waren klein, in einem breiten und platten Gesicht mit einem dichten Netz an gewundenen Äderchen auf den Wangen und der Nasenspitze. Da war etwa Armseliges in dem Ganzen, als ob man bei der Anfertigung des Mannes an Gesichtszügen gespart hätte. Hania musterte ihn, und während sie hinsah, verzog sich seine Miene zu einem bizarren Ausdruck des Staunens, während Blutspritzer den Schnee rot färbten.

Das Gesicht war erstaunt und entsetzt, weil der Kopf, zu dem es gehörte, nicht mehr mit dem Körper verbunden war. Der Mann mit den kleinen Augen war soeben geköpft worden. Sein Kopf war mit einem einzigen Schwerthieb abgetrennt worden und blieb noch ein paar Augenblicke am Leben.

Der Kopf kam neben Hania zu liegen: Sie und der Kopf sahen sich an, die Augenblicke, die der Kopf noch lebendig war, weiterhin mit diesem Ausdruck des Staunens, bis die Augen sich endlich trübten und erloschen und der Kopf starb. Hania schaute auf.

Über ihr stand ein riesiger Mann, derjenige, der ihnen schon zuvor gefolgt war, derjenige, den Hania ab und zu gesehen hatte. Seit sie vor die Stadt Baar gelangt waren, hatte sie ihn allerdings nicht mehr entdecken können, Offenbar hatte der Mann einfach gelernt, sich besser zu verstecken, war aber weiterhin auf ihrer Fährte geblieben. Er war bewaffnet mit einem riesigen Schwert, mindestens sechs Fuß lang, mit einer breiten Klinge, scharf geschliffen im unteren Teil, dick und schwer im oberen. Es war eine Waffe zum Schneiden und ein stumpfer Gegenstand, eine Waffe, die dem Anschein nach nichts Vornehmes an sich hatte. Die Dicke und Schwere im oberen

Teil machte es unmöglich, diesem Schwert mit irgendeiner Waffe etwas anzuhaben, auch nicht mit der Axt, dem erklärten Feind des Schwerts seit jeher. Der große Krieger hatte auch eine lange und schwere Doppelaxt auf den Rücken geschnallt, außerdem einen Bogen aus abgelagertem Schwarzeichenholz der und einen Köcher ohne jedes Abzeichen oder Wappen.

»Meine Verehrung, Prinzessin Mariel«, grüßte er mit ruhiger Stimme. »Kann ich Euch behilflich sein?«

13

Der Krieger

Mariel stand mit dem Rücken an der Wand, nicht eigentlich an der Wand, sondern an einer Eiche, als dieser riesige Mann sich zwischen sie und ihre Angreifer stellte. Er war ausgesprochen groß und kräftig. Und er hatte einen besonders starken Geruch. Nicht dass die anderen nach Rosen und Lilien geduftet hätten. Er aber hatte den unverwechselbaren Geruch der Männer, die im Wald leben und sich nie waschen. Und die, weil sie sich nicht anders gegen die Kälte schützen können, schlecht gegerbte Häute tragen. Es war der typische Geruch der Gesetzlosen, der Briganten. Es war kein unangenehmer Geruch, er war nur sehr stark.

Der Mann war mit einem riesigen Schwert bewaffnet, und auf dem Rücken trug er eine Axt. Ihr Vater hatte ihr immer gesagt, sie solle sich vor denen in Acht nehmen, die ein Schwert haben, das mit beiden Händen geführt werden muss, denn die sind zu fürchten.

Ihre Angreifer hatten eine solche Belehrung wohl

nicht erhalten. Sie unterschätzten den Mann. Weil sie zu zweit waren, fühlten sie sich stark und gingen auf den Krieger los, der sie brüllend wie ein wütender Stier einen nach dem anderen erschlug. Dem größeren zertrümmerte er die Axt, von der ihn ein Splitter traf, der kleinere und wendigere versuchte auszuweichen, war aber nicht schnell genug. Das Schwert des Kriegers traf ihn am Hals und er ging zu Boden.

Mariel nahm das Mädchen auf den Arm und drückte ihr Gesicht gegen ihre Schulter, damit sie die Toten und das Blut nicht sah. Es war das Bild einer Mutter, die ihrem Kind einen schrecklichen Anblick ersparen will, in Wirklichkeit aber wollte sie nur Hanias Begeisterung über diese Szene verbergen.

»Es gibt Regeln«, sagte der Krieger halblaut zu sich selbst. »Eine Frau greift man nicht an. Wer das tut, verwirkt sein Recht auf Leben.«

Der Mann bückte sich und wischte mit etwas Schnee das Blut von seinem Schwert. Dann richtete er sich auf und wandte sich Mariel zu.

»Das ist ein Wiedersehen, Herrin«, sagte er.

Mariel blickte ihn an. Sie hätte nicht sagen können, ob sie ihn kannte, aber da war etwas Vertrautes, eine Erinnerung, die weit zurück in ihre Kindheit reichte. Endlich konnte sie das Bild erkennen, es war das ihres Gefährten, mit dem sie unzählige Nachmittage damit verbracht hatte, sich im Schwertkampf zu üben.

»Dartred«, sagte sie schließlich. »Bist du es? Du bist

ein Mann geworden, sicher, du warst ein Junge. Aber du bist es!«

»Ja, ich bin's. Ihr habt mir das Leben gerettet, als Ihr noch ein Kind wart. Euer Großvater, der Magierkönig, hatte mich zum Tode verurteilt, und Ihr seid gekommen und habt meine Zelle aufgeschlossen«, erzählte der Mann sanft. »Ich bin ein Wilddieb, das stimmt. Besser man sagt gleich die Wahrheit, so erspart man sich spätere Enttäuschungen. Aber ich habe nie getötet«, schloss der Mann.

Unwillkürlich sah Mariel auf die drei Leichen, sie bereute diese unbedachte Reaktion jedoch sofort.

»Ich wollte sagen, ich habe nie einen Unschuldigen getötet, einen Wehrlosen. Ich habe nie getötet, außer zur Verteidigung, ich habe nie getötet, außer im Krieg. Das sind die Regeln des Ritters des Lichts, mich hat sie Euer Vater gelehrt. Doch dann hat sich dieser vermaledeite Herr der Finsternis eingemischt, Euer Vater wurde getötet, Elend und Krieg haben das Land überzogen und alles ging zugrunde. Ich habe gestohlen, um meine Geschwister sattzukriegen, ich wurde zum Tod durch Erhängen verurteilt, und Ihr habt mich gerettet. Erinnert Ihr Euch?«

Gewiss erinnerte Mariel sich. Ihr Vater war gerade gestorben und ihr Großvater wahnsinnig vor Schmerz, traf verrückte Entscheidungen, sei es wegen der Verzweiflung, die über ihn gekommen war, sei es aus Angst, das Reich zu verlieren, das heimgesucht war von den Unruhen, die aus dem Hunger entstehen, auf allen Seiten umzingelt von Feinden, die durch die Nachricht vom Tod des jungen Königs aufgestachelt waren. Beim Tod des Schmieds, fast gleichzeitig mit dem ihres Vaters, wurde dessen Familie ins Elend gestürzt, und der älteste Sohn hatte gestohlen. Mariel hatte ihm das Leben gerettet.

Sie erinnerte sich an jenen Tag. Für sie war das schrecklich gewesen. Sie war ein braves Mädchen, gewohnt, Befehlen zu gehorchen, oder auch nur den wohlmeinenden Hinweisen der Erwachsenen, die sie umgaben. Sie hatte gelernt, mit dem Schwert umzugehen, und auf Geheiß des Vaters mit Dartred geübt, auch wenn der ganze Hofstaat es missbilligt hatte, war das kein Ungehorsam gewesen. Wenn sie ohne Wissen ihrer Mutter rittlings ritt, hatte sie auch dafür den Segen ihres Vaters gehabt. Das war kein Ungehorsam. Was Dartred anging, war ihr klar geworden, dass das Urteil des Großvaters die Regeln des Rittertums verletzte, weil es die Regeln der Gerechtigkeit verletzte, und im Namen ihres Vaters, von dessen Tod ihr Herz erfüllt war, hatte sie den Mut gehabt, den Großvater herauszufordern.

Ihrer Mutter hatte sie die Zustimmung abgerungen, dass Dartreds jüngere Geschwister in den Küchen untergebracht wurden, und dann hatte sie den Gefangenen befreit. Sie erinnerte sich genau an jenen Tag, an jeden Augenblick, ihre Angst und trotz allem die Sicherheit, das Richtige zu tun. Aus der Küche hatte sie Mandelgebäck und Met geholt und sie den Wachen gebracht. Nachdem sie etwas Mohnpulver in den Met getan hatte, das die Amme, die im Schloss zugleich Hebamme und Heilerin war, bereithielt, um Schmerzen zu lindern und Geburten zu erleichtern. Die Wachen waren darauf hereingefallen, sie hatten das Gemisch getrunken und waren ruhig eingeschlafen. Im Grunde hielten sie nur Wache bei der Zelle des Jungen, sie waren nicht auf den Zinnen in Erwartung einer Invasion. Mariel hatte ihren Hauptschlüssel mit dem herzförmigen Griff genommen und die Zelle aufgeschlossen. Leise waren sie hinausgehuscht und zu der kleinen Pforte unter den Eichen gelaufen, und er war in der Nacht verschwunden.

Als ihr Großvater die Sache entdeckte, war er in Tränen ausgebrochen. Gejammert hatte er, dass er ein armer Alter sei, sein Sohn war tot, er machte alles verkehrt, die Feinde standen vor den Toren. Er hatte ihr gedankt dafür, dass sie ihn an einer Schandtat gehindert hatte, und die Tatsache, dass er das Wort Schandtat verwendete für etwas, das, wenn es kein Akt der Gerechtigkeit war, nur ein Verbrechen sein konnte, zeigte, dass die Welt verloren war und dass ihr Reich in Händen lag, in denen es besser nicht gelegen hätte. Als der Krieg jedoch mit Gewalt ausbrach, hatte der Magierkönig seine Fähigkeiten als Krieger wiederentdeckt und den südlichen Zugang zum Reich, den Himmelspforte genannten Pass, verteidigt, während Söldnerheere den Norden des Landes gegen den Ansturm der Barbaren verteidigten. Die Söldnerheere hatten sich dann mit den regulären Truppen zusammengetan, und gemeinsam hatten sie schließlich die Übergriffe der Nachbarreiche zurückgeschlagen.

»Ich habe nicht verstanden, was Ihr hier im Schnee mit einem kleinen Mädchen macht. Darf ich das fragen?«

»Ihr könnt fragen, aber ich ziehe es vor, Euch nicht zu antworten«; sagte Mariel und versuchte zu lächeln, ein schönes, hochmütiges und herablassendes Lächeln, das die Unterhaltung beendete, während ihr klar wurde, dass sie keine plausible Antwort auf eine so naheliegende Frage hatte und auch nicht haben konnte. Sie war auch zum »Ihr« übergegangen, weil das hier ein Mann war und kein Junge und weil ihn lieber nichts an die frühere Vertrautheit erinnern sollte.

»Ist gut, aber was immer Euch in diese unwirtliche Gegend führt, behaltet Euren Rang für Euch. Ihr solltet ihn der Welt nicht offenbaren. Er kann Euch nicht schützen, nicht in dieser Entfernung von Eurem Königssitz. Es würde nur das Risiko erhöhen. Es würde die Feinde Eurer Familie gegen Euch aufbringen. Ganz zu schweigen von Banditen, die es auf ein Lösegeld abgesehen haben. Und da ist noch ein anderer Typ von Übeltätern: diejenigen, die alle Welt hassen, weil es ihnen nicht gelungen ist, ihre Träume zu verwirklichen, oder schlimmer noch, die nie von etwas geträumt haben. Ich rede von denen, die ein Leben ohne einen Funken Licht führen, die sich damit brüsten würden, eine Frau von königlichem Geblüt angegriffen zu haben, die einzige große Tat in ihrem leeren Leben. Von nun an können wir Mann und Frau mit einem Kind sein, oder wenn Ihr die Sicherheit Eurer Verkleidung vorzieht, ein Mann, ein Jüngling und ein Mädchen, die unterwegs sind nach … in welche Richtung gehen wir, Herrin? Das könnt Ihr mir doch sagen.«

»Nach Süden«, antwortete Mariel.

»Gut, wir sind unterwegs nach Süden. Nehmt das Mädchen auf den Arm und dann gehen wir.«

»Die Schänke«, sagte Mariel. »Wir können nicht gehen und sie in Händen der Banditen lassen. Da sind etwa zehn Gäste, das Küchenpersonal und der Wirt. Wir müssen ihnen zu Hilfe eilen.«

14

Überleben

Der Schnee war voller Blut, und Hania war noch am Leben, mit leerem Magen, vollkommen durchgefroren, aber am Leben. Es hatte einige Momente gegeben, in denen sie um ihr Leben fürchtete, was noch schlimmer war, als kalte Füße zu haben. Zum Glück war der Krieger gekommen, und er würde sie nun in Sicherheit bringen.

Die Fähigkeit, das Schöne und das Hässliche zu unterscheiden, feige und mutig, diejenigen, die zu kämpfen verstanden, von denen, die sich besser ein anderes Handwerk suchten, intelligente Menschen von Idioten, war Teil von Hanias Kenntnissen. Endlich hatte sie in der undurchsichtigen grauen Welt der menschlichen Intelligenz jemanden gefunden, der Verstand hatte. Dann hatte ihre Mutter den Mund aufgemacht und diese ganze hell leuchtende Intelligenz hatte sich wieder verflüchtigt.

Sie mussten denen in der Schänke zu Hilfe kommen.

Dies war der Zeitpunkt zu fliehen, schnellstmöglich, unverzüglich. Es gab Momente, in denen man mehrere

Optionen hatte, dies war keiner davon. Sie mussten auf dem schnellsten und sichersten Weg und in der klügsten Weise von hier fortkommen. Warum brachte ihre Mutter wieder alles durcheinander?

»Die Schänke. Die Gäste. Wir können die Gäste nicht in der Schänke zurücklassen«, erklärte Mariel dem Krieger, der geschwiegen hatte, offenkundig in Verlegenheit angesichts der Verrücktheit des Ansinnens.

Sie konnten sie nicht zurücklassen? Sicher konnten sie das, wo war das Problem? Im Übrigen waren die Gäste in der Schänke alle erwachsene Männer, sie hätten Hania und ihre Mutter schützen sollen, nicht umgekehrt. Auch der Ritter des Lichts hätte sich vor ihrer Beschränktheit geekelt, auch er hätte befunden, dass solches Gesindel das Leben nicht verdiente.

»Wir können nicht zulassen, dass sie ermordet werden«, beharrte ihre Mutter.

Warum nicht? Das war ein Haufen Leute, die sich von einer Handvoll Banditen und ihrer eigenen Angst in die Knie zwingen ließen. Sollten sie doch sterben. Das Leben war hart, sowohl für Dummköpfe als auch für Feiglinge. Die in der Schänke gehörten beiden Kategorien an, eine verlorene Schlacht. Jedermans Leben war eine harte Angelegenheit, das war die Realität, und sie konnten daran nichts ändern, indem sie die Welt retteten, aber sie konnten sich selbst retten, und das wäre schon eine schöne Sache gewesen. Das Bessere ist der Feind des Guten. Indem sie alle zu retten suchten, konnten sie ihr Leben einbüßen und vor allem das ihre, Hanias Leben, und das war unverzeihlich.

»Da ist auch der Wirt«, mahnte ihre Mutter.

Stimmt, da war auch das verdammte Vieh, das verlangt hatte, ihr Gold zu sehen, bevor er sie eintreten ließ, was so viel bedeutete wie, wenn sie kein Gold gehabt hätten, hätte er sie draußen im Schnee bei den Hunden schlafen lassen.

Schade, dass sie nicht dabei sein konnte, wenn die Banditen ihnen die Eingeweide aus dem Leib rissen. So war das Leben, man konnte nicht alles haben, aber eine schöne Flucht, die konnte man wohl haben.

In diesem Moment drangen unsägliche Schmerzensschreie von der Schänke herüber.

»Ihr habt recht«, sagte der Mann schließlich.

Hania fühlte, wie sie in sich zusammensackte. Der Krieger war offenbar nicht dumm, aber ebenso offenkundig war, dass er ihre Mutter wollte. Deshalb folgte er ihr, seitdem er sie gesehen hatte. Es war kein Zufall, dass er genau zum rechten Zeitpunkt am rechten Ort aufgetaucht war, als die Mutter Hilfe brauchte. Er wollte die Mutter, und bei seiner Statur, die Axt gar nicht mitgerechnet, hätte er sie in jedem Augenblick haben können, aber er war gut erzogen und wollte sie überzeugen. Der einzige Weg war also, ihr seine Tüchtigkeit zu beweisen.

Einen Gutteil seiner Tüchtigkeit hatte er ihr schon bewiesen, indem er sie rettete. Wenn er ihr wirklich noch mehr davon zeigen wollte, hatte er mehrere Möglichkeiten: sich zu waschen und manierlichere Kleidung anzulegen, wäre eine interessante Geste gewesen. Ihre Mutter trotz ihres idiotischen Gefasels in Sicherheit zu bringen, wäre eine Geste von allerhöchstem Wert gewesen. Er war im Begriff, die schlechteste Möglichkeit zu wählen: Sein Leben aufs Spiel zu setzen, um zu beweisen, dass er ein Held war, und das Wahrscheinlichste war, dass sie alle drei dabei draufgingen. Wenn die beiden da je einen Grabstein bekommen sollten, könnte jemand daraufschreiben: *Hier ruhen schmerzlich betrauert zwei große und unbedarfte Helden, die sich ihr Unglück selbst ausgesucht haben.*

Der Mann hatte geweitete Pupillen und auch geweitete Nasenflügel. Es war klar, dass er ihre Mutter wollte. Wenn er nicht die Idee hätte, den Helden zu spielen, würde er sie auch bekommen, und sie würden viele Kinder haben, eins dümmer als das andere, sodass er unter ihnen keine schlechte Figur machte und vor allem Mariel nicht schlecht dastehen würde. Wenn sie dagegen nicht sofort flohen, würden sie recht bald abkratzen, unglücklich und unzufrieden. Und was schlimmer war, sie, Hania, würde sterben.

»Ihr bleibt mit dem Kind hier, rührt Euch nicht vom Fleck. Ich übernehme das«, befahl der Mann. »Wie viele waren es insgesamt?«

»Sechs oder sieben«, antwortete Mariel.

»Also sind jetzt in der Schänke noch vier oder vielleicht fünf«, entgegnete Dartred. »Ich könnte es schaffen«, schloss er.

Sicher konnte er es schaffen, das war eine der Möglichkeiten, die andere war, dass die vier oder fünf, *weil* sie zu viert oder fünft waren, ihn in so kleine Stückchen hackten, dass selbst seine Mutter ihn nicht mehr von Suppeneinlage würde unterscheiden können. Im Übrigen waren es fünf.

Hania und ihre Mutter blieben im Schnee zurück und warteten. Die Kälte schmerzte. Unglücklich und unzufrieden zu sterben, verlangte nicht unbedingt einen gewaltsamen Tod, Erfrieren tat es auch. Dafür verschafften sie Kerlen Hilfe, denen an ihnen nichts lag und die niemals etwas für sie tun würden.

Hania hatte die Wahl, auf dem Arm ihrer Mutter zu sein und unter Ekel zu leiden, oder sich im Schnee die Füße abzufrieren.

Endlich kam Dartred wieder.

»Einen habe ich getötet, aber die anderen sind geflohen«, keuchte der Mann.

Großartig. Diese Leute machten einen höchst reizbaren Eindruck, waren folglich entschieden nachtragend. Zu all ihrem Unglück kam nun auch noch hinzu, dass sie die Banditen womöglich auf den Fersen haben würden, von ihnen verfolgt würden. Vor jedem Rascheln würden sie sich fürchten müssen, nicht wissend, ob es ein Angriff war oder eine Maus, die vorüberhuschte.

»Sie haben die Schänke in Brand gesetzt. Ich konnte genug Durcheinander schaffen, dass die letzten beiden Überlebenden in diesem ganzen Blutbad fliehen konnten; sobald ich sie befreite, sind die durchs Fenster auf und davon. Und noch etwas konnte ich ausrichten. Zwei noch Verbliebene sind in meinen Armen gestorben. Wenigsten sind sie gestorben in dem Bewusstsein, dass jemand für sie gekämpft hat. Und sie sind am Boden liegend gestorben, nicht an der Decke hängend, wo diese Kanaillen sie aufgehängt haben. Sie hatten dazu die Ketten aus dem Kamin benutzt, zum Glück durchschneidet meine Axt Eisen, wenn es nicht zu dick ist.«

Mariel nickte. Auch ihre Pupillen waren geweitet und der Blick etwas starr. Wie es aussah, hatte der Krieger sein Hauptziel erreicht, und das war eine gute Nachricht. Er würde für immer bei Mariel bleiben, und Hanias kostbares Leben würde bequemer und sicherer sein.

»Und ich wurde an der Schulter verletzt«, setzte der Mann hinzu.

Das war keine gute Nachricht. Sie hätten gesund und munter fliehen können, intakt und heil und mit niemandem, der sie verfolgte, aber nein: Der Stärkste und Nützlichste in der Gruppe war an einer Schulter verletzt und sie hatten sich Todfeinde gemacht, folglich bestand die Gefahr, dass daraus vier tödliche Verfolger wurden.

»Es hätte schlimmer kommen können«, kommentierte ihre Mutter scharfsinnig wie immer.

Sicher hatte es schlimmer kommen können. Statt sieben hätten es neunzehn Banditen sein können. Ein Erdbeben hätte sie alle miteinander töten können. Ein Stern hätte sich vom Himmelszelt lösen und sie alle vernichten können. Es gab nur sehr wenige Situationen, in denen der Satz: »Es hätte schlimmer kommen können«, nicht hätte gesagt werden können. Man ist dabei, dich aufzuhängen? Es hätte schlimmer kommen können und du hättest auf dem Scheiterhaufen landen können. Du bist auf dem Scheiterhaufen gelandet? Ja, aber man hat dir vorher nicht die Haut abgezogen: Es hätte schlimmer kommen können. Der Himmel steht uns bei und wacht über uns.

15

Ein Mann, eine Frau, ein kleines Mädchen

Mariel folgte ihrem Retter. Sie hielt Hania auf dem Arm, die wie immer versuchte sich loszumachen, das Gesicht verzogen vor Abscheu. Mariel wurden die Arme schwer, mit diesem Gewicht wurde ihr der Knauf des Schwerts lästig.

»Erlaubt Ihr, dass ich sie trage?«, sagte der Mann.

Mariel nickte. Sie übergab ihm das Mädchen, das sich in seinen Armen löste und entspannte. Erleichtert folgte Mariel dem Mann.

»Warum hat sie keine Schuhe an?«, fragte der Mann. »Sie hat eiskalte Füße.«

Mariel deutete in die Richtung, wo im Mondlicht der Rauch aufstieg: Sie bibberte vor Kälte und konnte nicht sprechen.

»Sie sind in der Schänke geblieben, sicher, Ihr seid in aller Hast aufgebrochen«, schloss er. »Auch Euer Mantel ist in der Schänke, nehme ich an.«

Mariel nickte.

»Nehmt«, sagte er und reichte ihr seinen schmutzigen, zerrissenen und wunderbar warmen Umhang.

»Behaltet Ihr ihn, sonst wird der Kleinen kalt«, sagte sie und versuchte abzulehnen.

»Ich nehme sie unter die Jacke, da ist es warm, die Kleine ist gut aufgehoben«, antwortete er. »Schaut sie an, sie schläft wie ein Engelchen.«

Das war so unwahrscheinlich, dass Mariel zusammenschrak. Aber es stimmte: Erschöpft von der Kälte, der Angst dieser höllischen Nacht, war Hania in den momentweisen Tiefschlaf versunken, der sie gelegentlich überkam. Offenbar fühlte sie sich in Dartreds Armen in Sicherheit, im Grunde war sie zur Hälfte ein Wesen der Finsternis, zur anderen Hälfte aber war sie ein Kind, ein kleines Mädchen, das nicht ohne Unbehagen in den Armen ihrer Mutter liegen konnte. Ein kleines, in absoluter Einsamkeit verlorenes Mädchen.

Im Mondlicht sah Mariel, dass sich die Züge ihrer Tochter endlich entspannt hatten. Der Mund stand leicht offen, wie bei jedem Kind, das endlich in Sicherheit schlafen kann. Diesen Ausdruck hatte Hania noch nie gehabt.

»Sie ist so schön wie Ihr«, sagte Dartred.

Der Satz brachte Mariel in Verlegenheit. Eine Bemerkung über ihre Schönheit stand einem Verehrer zu.

»Alle Kinder sind schön«, versetzte sie knapp.

»Ja, sicher«, lenkte er schnell ein. Mariel hoffte, dass er realisiert hatte, wie unpassend sein Kommentar gewesen war. »Aber diese Kleine ist besonders schön und vor allem sieht sie Euch ähnlich«, fuhr er fort.

Mariel wusste nichts zu antworten.

»Ist gut, Ihr habt recht, das geht mich nichts an«, schloss er. »Ich werde Euch in den Süden begleiten. Ich verdanke Euch mein Leben, und es ist meine Gewohnheit, Schulden zu begleichen. Ich begleite Euch in den Süden, Mariel von den Sieben Gipfeln. Ihr werdet mir sagen, wenn wir angekommen sind und Ihr meinen Begleitschutz nicht mehr braucht. Bei mir seid Ihr in Sicherheit.«

Mariel dankte mit einem Kopfnicken.

Dartred führte sie zu einer Holzfällerhütte.

»Sie ist nicht verlassen«, erklärte er. »Sie ist Teil Eures Reichs. Euer Vater ließ solche Hütten in regelmäßigen Abständen voneinander bauen, damit Holzfäller, Jäger, Händler und Wanderer im Winter, aber auch in anderen Jahreszeiten, einen sicheren und warmen Ort finden, wo sie die Nacht verbringen können. Es gibt ein ungeschriebenes Gesetz, das alle, Holzfäller, Jäger, Händler und Wanderer, peinlichst beachten. Diese Unterkünfte sind sauber und in Ordnung zu halten und immer mit einem Vorrat an Holz zu versehen. Wer Holz verbraucht, ist verpflichtet, den Vorrat aufzufüllen. Das ist ein Gebot der Höflichkeit, das dem Überleben dient und das alle befolgen.«

Sie betraten die Hütte, Mondlicht erhellte ihr Inneres. Beim Kamin war kein Holzstapel, nicht ein Stückchen Holz. Am Boden schmutziges Stroh und abgenagte Knochen. In einer Ecke ein verbeulter und rostiger Eisentopf.

Die Letzten, die diese Unterkunft benutzt hatten, mussten eher unhöflich gewesen sein, aber wenigstens hatten sie den Topf dagelassen.

»Euer Vater fuhr im Reich landauf, landab, um zu überprüfen, dass alles in Ordnung war und seine Gesetze befolgt wurden. Seitdem er tot ist, hat die Höflichkeit nachgelassen.«

Sicher, und auch der Anstand, nach dem zu urteilen, was Mariel in der Stadt Baar erlebt hatte.

Hania war aufgewacht. Dartred stellte das Mädchen auf den Boden. Er war fahl im Gesicht. Zu gehen und Hania auf dem Arm zu tragen, hatte ihn sehr angestrengt. Er war verletzt, Mariel hätte daran denken und ihn daran hindern sollen, diese Last auf sich zu nehmen.

»Ihr bleibt hier und streckt Euch aus«, sagte sie zu ihm. »Alles Übrige besorge ich.«

Dartred legte die Waffen ab, das riesige Schwert, die Doppelaxt, Bogen und Köcher, und ließ sich zu Boden sinken. Die Augen fielen ihm zu, er war völlig erschöpft.

Mariel ging in die eisige Kälte hinaus. Im Mondlicht füllte sie den kleinen Topf mit Schnee, dann nahm sie die große Axt, suchte mit den Augen den Wald ab, in der Angst, es könnten Banditen auftauchen, und hieb so viele Äste ab, wie sie konnte. Die Axt war sehr schwer, und sie hatte derart kalte Hände, dass sie sie kaum bewegen konnte, aber sie biss die Zähne zusammen, und es gelang ihr. Vor Anstrengung stöhnte sie mehrmals, so schmerzhaft war das alles. Schließlich kehrte sie in die Hütte zurück, legte das kalte und zu frische Holz in den Kamin und betrachtete es untröstlich. Sie hatte keinen Feuerstein und keinen Zunder.

»In meinem Sack«, flüsterte Dartred.

Er schlief nicht. Der Mann gab ihr den braunen Stoffsack, den er über der Schulter trug. Darin war ein Feuerstein und Zunder.

Das Feuer ging mit unerwarteter Leichtigkeit an. Es spendete Wärme und Licht. Endlich konnte Mariel die Tür verriegeln. Das Geräusch des Riegels schloss die äußere Welt aus. Sie setzte den Topf voll Schnee aufs Feuer. Im goldenen Licht der Flammen beugte sie sich über Dartred. Sie half ihm, die Jacke auszuziehen, und besah sich die Wunde. Sie war nicht tief, das war wahr, aber sie war schmutzig, und er hatte viel Blut verloren.

Als der Schnee geschmolzen war, wusch sie ihm damit die Wunde aus. Man hätte Salben und Kräuter gebraucht, und sie hatte nichts, aber die Köchinnen und Hebammen, die etwas von Wundheilung verstanden, sagten, die erste Arznei sei das Wasser zum Auswaschen der Wunde. Wenn sie sauber war, musste man sie verbinden.

»Dreht Euch um«, befahl Mariel. Der Mann gehorchte. Sie zog das Hemd unter dem Mieder aus und hielt sich dabei so gut wie möglich bedeckt, dann riss sie es unter Zuhilfenahme der Zähne in Streifen und verband die Wunde damit. Der ganze Vorgang konfrontierte sie mit der Körperlichkeit des Mannes, mit seinen Schultern, dem Brustkorb und den Armen. Zum ersten Mal in ihrem Leben kam sie einem Mann so nah, zum ersten Mal berührte sie einen Mann.

Immer mehr Erinnerungen an den Jungen Dartred tauchten auf. Sein Vater war der Schmied und Hofschreiber gewesen, derjenige, der die Geschichte des Reichs aufzeichnete, damit man sich später daran erinnerte. Deshalb verwendete der Krieger eine gehobene und korrekte Sprache, und gewiss war er auch des Lesens und Schreibens kundig, wahrscheinlich mehr als viele der Bewerber um ihre Hand. Mittlerweile hatte sie verstanden, dass der Herr der Finsternis diese ganze fantastische Geschichte in Gang gesetzt hatte – ein Kind zu zeugen und die Menschen dahin zu bringen, es zu töten –, um die Menschheit in Verdammnis zu stürzen und um durch sie, Mariel, die Menschheit in Verdammnis zu stürzen. Doch viele Dinge hatte er nicht vorhergesehen, eines davon war Dartred.

Plötzlich kam ihr eine Idee, und im selben Moment wusste sie, dass sie richtig war.

»Euer Schwert hat das Schwert des Gegners zerhauen. Eure Axt zerschneidet Eisen. Sie sind aus absolutem Stahl, wie mein Schwert und das meines Vaters.«

Er nickte und deutete ein Lächeln an. »Dieselbe Werkstatt, meine Herrin. Ich hoffe, es empört Euch nicht zu sehr, dass unser Geheimnis der Herstellung nicht auf die königliche Familie beschränkt blieb, sondern auch für den Sohn des Schmieds Anwendung fand. Es war die uralte Kunstfertigkeit der Zwerge, die unsere Schwerter schmiedete, erinnert Ihr Euch, dass einer von ihnen ein paar Jahre in unserer Werkstatt war?«

»Der Kühne«, sagte sie. »Der Krieger, den sie nur *den Kühnen* nannten, derjenige, der die Grenzen im Norden verteidigte. Wart Ihr das? Aber nein, es ist unmöglich, dass Ihr das wart: Es war die Rede von einem Mann, Ihr wart ein Junge.«

»Meine Herrin«, antwortete er sanft, »der Krieg wurde der *Krieg der zwei Winter* genannt. Er hat sechs Jahreszeiten gedauert. Manchmal genügt eine davon, um einen Jungen zum Mann werden zu lassen. Mir ist es so ergangen.«

Mariels Gedanken überschlugen sich. Der heldenhafte Prinz, von dem sie ihre ganze Jugend hindurch geträumt hatte, dessentwegen sie einen Bewerber nach dem anderen abgewiesen hatte, war der Sohn des Schmieds. Er war etwas größer geworden und hatte dringend einen Kleiderwechsel nötig, aber doch der Sohn des Schmieds, eine häusliche Figur, kaum höfischer als die Köchin und die Amme: eine der vertrauten Gestalten, die den Hof hinter dem Königspalast bevölkerten. Er war es auch, der ihr soeben das Leben gerettet und außergewöhnlichen Heldenmut bewiesen hatte, also musste sie zur Kenntnis nehmen, dass es da keinen Widerspruch gab.

»Warum seid Ihr nicht nach Hause zurückgekehrt? Das wäre doch logisch und normal gewesen, da sind Eure Geschwister, sie haben eine Herberge eröffnet«, brachte sie hervor.

»Herrin, ich bin ein Gesetzloser, entsinnt Ihr Euch? Das Urteil Eures Großvaters hat mich verbannt. Wenn ich zurückgekehrt wäre, hätte er wählen müssen, entweder mich aufhängen oder sich durch meine Anwesenheit lächerlich machen lassen. Und dann hatte ich einen gewissen Hang zur Wilderei, versteht Ihr? Es schien mir ein von den Sternen vorherbestimmtes Geschick.«

»Macht Ihr Euch über mich lustig?«, fragte sie.

»Nur ein wenig, Herrin, nur ein wenig. Wenn ich Blut verliere, lässt auch der Anstand ein bisschen nach. Aber ab morgen, das schwöre ich Euch, bin ich wieder Dartred, der Sohn des Schmieds, ganz zu Euren Diensten.« Sein Kopf begann zur Seite zu sacken. »Mit dem Tiger, der Euren Vater getötet hat, ein riesiges Vieh mit schwarzer Halskrause, habe ich die Rechnung beglichen.«

Dann sank Dartred der Kopf hinunter. Die Augen fielen ihm zu.

Mariel betrachtete ihn lang. Den Kühnen hatte der Herr der Finsternis offenbar nicht vorhergesehen. Manchmal irrte also auch er. Dartred, den Kühnen, den Sohn des Schmieds, hatte niemand vorhergesehen.

»Sie könnten uns gefolgt sein«, sagte Dartred plötzlich aus dem Schlaf hochfahrend. Er hatte Fieber. »Das ist unwahrscheinlich. Eher sind sie geflohen. Aber wir können nicht ausschließen, dass sie uns gefolgt sind. Also müssen wir Wache halten, abwechselnd.«

»Sicher«, antwortete Mariel. »Ich fange an. Ihr ruht Euch aus.«

»Beim geringsten Zeichen ruft Ihr mich«, sagte der Krieger.

Mariel nickte. »Darauf könnt Ihr Euch verlassen«, versicherte sie ihm.

Dann setzte sie sich, die Axt im Schoß und ihr Schwert neben sich, und starrte auf die Tür, die sie verriegelt hatte, und hoffte, dass weiterhin alles ruhig bleiben möge.

Ein Gutteil der Nacht war schon herum, als leise, erstickte Geräusche die Stille durchbrachen. Mariel trat an das kleine Fenster und sah hinaus. Draußen, im vom Mondlicht hell erleuchteten Schnee, waren Wölfe.

Es war ein großes Rudel und sie lagerten vor der Tür zur Hütte.

Sie drehte sich um. Das Licht der Glut spiegelte sich in den Augen ihres Kindes. Hanias Macht schützte sie. Oder vielleicht schützte sie sich selbst, aber in diesem Fall kämpfte sie für jene, die an ihrer Seite kämpften. Wenn sich Übeltäter nähern sollten, würden die Wölfe sie aufhalten und durch ihr Knurren, Bellen und Jaulen und das Schreien der Angegriffenen warnen. Mariel konnte ruhig schlafen. Sie streckte sich auf dem Boden aus, eingehüllt in den Mantel, der nicht ihrer war, ihr Wärme spendete und ihrem jungen Frauenkörper den Geruch des Mannes nahebrachte, der wenig entfernt von ihr schlief.

Sie konnte ausruhen. Ihre infernalische Tochter wachte über sie. Dartred der Kühne schlug sich auf ihre Seite. Ihr klangen noch die Worte in den Ohren, die der Krieger gesagt hatte, als er gekommen war, um für sie zu kämpfen: »Darum kümmre ich mich.« Das waren magische Worte, die süßesten und stärksten Worte, die es gab auf der Welt, vor allem für sie, die seit Monaten und Monaten die Welt auf ihren Schultern trug. »Darum kümmre ich mich.« Auf ihrem steinigen, gefährlichen und harten Weg hatte Mariel jemanden getroffen, der sich *darum kümmerte*. Auf ihrem Weg in den Süden, auf dieser langen, beschwerlichen Reise, war nun ein Mann an ihrer Seite, mit seiner Kraft, seinem Schwert und seinem Mut.

Zum ersten Mal seit dem verfluchten Tag, an dem ihr klar geworden war, dass der Herr der Finsternis sie auserwählt hatte, um die Menschheit ins Verderben zu stürzen, empfand Mariel so etwas wie Heiterkeit, beinah Freude. In dieser Heiterkeit und dieser Freude lag auch das Bewusstsein, dass sie, wenn sie Mariel von den Sieben Gipfeln geblieben wäre, kein Auge auf den Sohn des Schmieds geworfen hätte und ihr Schicksal sich vielleicht nicht vollendet hätte. Jetzt war alles auf das Wesentliche reduziert. Adelstitel, Privilegien hatten überhaupt keinen Wert mehr. An dem Punkt, wo sie nun war, bewertete sie die Menschen nach dem, was sie taten. Und der Wert des Mannes, der wenige Spannen von ihr entfernt schlief, war groß. Als sie ihn verarztete, als sie ihm die schlecht gegerbten Häute, die er am Leib trug, abnahm, war da die Macht dieses jungen Körpers gewesen, dem sie ihr Leben verdankte. Und jetzt war sie hier, in dieser Hütte, in der es nach Kiefernholz roch, mit dem Feuer, dem Mädchen, das den Wölfen befahl, und seinem Körper, der für sie Blut vergossen hatte und den sie nun pflegen musste.

Am nächsten Morgen glühte Dartred vor Fieber. Mariel musste unbedingt etwas zum Essen auftreiben. Er musste sich erholen. Auch die Jagd hatte ihren Ehrenkodex, aber Hilfe für einen Verwundeten ging vor. Mariel würde ihre Tochter bitten müssen, ein Tier herbeizulocken und es zu töten, ein Tier, das essbar war.

Es blieb ihr nichts anderes übrig. Dartred hatte Blut verloren und musste gegen das Fieber ankämpfen. Er brauchte Fleisch, um wieder zu Kräften zu kommen.

Zum Glück brauchte sie die Bitte nicht auszusprechen. Sie öffnete die Tür: Die Wölfe waren da, und der jüngste von ihnen legte ihr ein soeben erjagtes und getötetes Kaninchen vor die Füße. Sie dankte mit einem

Kopfnicken, und die Wölfe trollten sich in den Wald, der die Hütte umgab, blieben aber in der Nähe: Ab und zu sah sie zwischen den Baumstämmen einen grauen Schatten. Das Hexenmädchen, die Prinzessin der Wölfe, wachte weiterhin über sie.

Sie häutete das Kaninchen, aus dem Fell würde sie dann ein Paar Schuhe für Hania machen. Das Fleisch kochte sie in dem kleinen Topf und zwang den Verletzten, die Brühe zu trinken. Den Rest aßen sie und Hania, und dieser Anschein von Alltäglichkeit machte sie froh.

Es entsteht eine besondere Form der Intimität zwischen einem Verwundeten und der Frau, die ihn pflegt. In dieser Hütte schien sie ihr kaum geringer als die zwischen Braut und Bräutigam.

16

Sauberkeit, Alraunwurzel und Hexenspeichel

Hania hatte keine Idee, woher die Banditen kamen. Die Gedanken der Menschen waren für sie unzugänglich. Sie hatte jedoch den Geist der Wölfe erreicht. Jetzt gehorchten sie ihrem Befehl, leise, stark, bereit, für sie zu sterben, zeigten sie die geringste Bewegung an, und in diesem Augenblick war alles still.

Ihre Mutter und der Krieger schickten sich offenbar an, dem Fortpflanzungstrieb, der den Bestand der Art sichert, nachzugeben. Bei den himmelblauen Pfauen der südlichen Gefilde musste das Männchen einen Balztanz um das Weibchen vollführen, um sie zu überzeugen, und dabei seine Schwanzfedern als Zeichen seiner Männlichkeit vorzeigen. Schwanzfedern hatte der Krieger keine, und als Zeichen der Männlichkeit zeigte er ihrer Mutter das Schwert. Bei den aschfarbenen Spechten des Nordens zeigte das Weibchen dem Männchen, wie gut sie im Nestbauen war, um ihm zu verstehen zu geben, dass sie ihre gemeinsame Brut gut versorgen würde. Ihre Mutter hatte sich tüchtig darin erwiesen, die Hütte wohnlich zu machen und die Wunde zu versorgen, was dem Nestbau gleichkam.

Die beiden würden sich zusammentun und eine noch festzulegende Anzahl an Bälgern hervorbringen, von denen ein jedes seinerseits Mengen an Rotz, Tränen, Exkrementen und noch mal Rotz und immer noch mehr Rotz hervorbringen würde, in unterschiedlicher Menge, auf jeden Fall aber mehr als vorgesehen.

Im Ausgleich dafür würde der Krieger seine ganze Kraft, seine Tüchtigkeit und seine Intelligenz einsetzen, um ihre ganze Gruppe zu schützen, eine Gruppe, zu der auch Hania gehörte. Für sie war es also ein Gewinn, dass die beiden sich paarten.

Es war schön, noch am Leben zu sein, und ohne den Krieger wäre das undenkbar gewesen.

Sie mochte den Krieger lieber gesund und bei Kräften.

Sie hatte ihrer Mutter ein wenig beim Feuermachen geholfen, indem sie die Temperatur im Kamin erhöhte, sodass das Feuer auch auf das zu frische Holz übergreifen und der Schnee schmelzen konnte. Alleine Feuer machen konnte sie nicht, aber mithelfen, wo es schon entfacht war, das ging.

Als ihre Mutter vor Müdigkeit in Schlaf sank, stand Hania auf und ging zu dem Krieger. Er war nicht nur eingeschlafen, sondern hatte regelrecht die Sinne verloren. Mit ihren kleinen Fingern schob Hania den Verband beiseite, öffnete die Wunde und suchte mit den Fingerspitzen, um sicherzustellen, dass da nichts war, was sich entzünden konnte. Eine Wunde reinigen hieß, eine Wunde reinigen. Es genügte nicht, Wasser darüberzuschütten, man musste sicher sein, dass nichts mehr darin war.

Sie stieß auf ein Stückchen Stoff, einen winzigen Teil von der Jacke des Kriegers, der durch die Schwertspitze, die ihn verletzt hatte, da hineingetrieben worden war. Entzündung, Wundbrand, Tod entstanden durch diese kleinen Teile, die sich ins Fleisch oder noch schlimmer in den Knochen gruben.

Hania holte das kleine, schmutzige und blutgetränkte Fitzelchen aus der Wunde und suchte in der Tasche ihres Kleides nach dem letzten Stück Alraunwurzel, dem Kopf, das war der wirksamste und kostbarste Teil, und kaute ihn zusammen mit den Arnikablüten, sei es, um alles gut zu vermengen, sei es, weil ihr Speichel Teil der Mixtur war, und strich den Brei auf die Wunde.

In maximal zwei Tagen würde der da wieder auf den Beinen sein, stärker als zuvor.

Blieb nur zu hoffen, dass die Kinder, die beide früher oder später hervorbringen würden, zu dem Typ von Kindern gehörten, die wenig weinten und von klein auf lernten, sich zu schnäuzen.

Ein Tag verging. Der Krieger erholte sich und die drei machten sich wieder auf den Weg. Die leichtfüßigen Schatten der Wölfe begleiteten sie, hielten sich im Verborgenen, auf Distanz. Die drei zogen am Südhang des Gebirges hinunter.

Dartred holte seinen Bogen hervor und kümmerte sich um etwas zum Essen.

»Noch nie habe ich so viel Glück gehabt«, bemerkte er verwundert. »Es sieht so aus, als legten die Hasen es darauf an, mir vor die Füße zu springen, und die Fasane fliegen mir nur so zu.«

In zwei Tagen gelangten sie ins Tal. Die Wölfe, die sie leise und unsichtbar begleitet hatten, blieben zurück. Der Schnee hörte auf, sie gingen zwischen Feldern, Weingärten und Bauerngehöften dahin.

Die drei lagerten an einem Bach unweit der Stadt Kaam, die ganz aus roten Ziegeln erbaut war und auf deren Schornsteinen große weiße Störche schliefen. Sie beschlossen, ein paar Tage hierzubleiben, Hasen und Fasane zu essen und sich vollständig zu erholen.

Mariel brachte all ihre Künste als Näherin zum Einsatz, um für Hania Schuhe zu machen. Die Kaninchenfelle verwendete sie als Sohle, für alles Übrige indigoblauen Samt, gefüttert mit Federn. Das Ergebnis war sehr ansehnlich.

Der Ort war idyllisch, und da niemand versuchte sie umzubringen, kam das Gespräch auf verfängliche Themen.

»Aber diese Kleine, geht es ihr gut? Ist sie krank?«, fragte der Krieger, während er Feuer machte.

»Ich glaube, es geht ihr gut, warum sollte sie krank sein?«, antwortete Mariel.

»Sie lächelt nie. Sie lächelt wirklich niemals und wirkt immer missmutig«, erklärte der Mann.

»Nun je, ihr ist kalt, sie hat Hunger, warum sollte sie da lächeln? Wenn sie an einem schönen Ort ist und frisches Brot mit Butter darauf hat, dann lächelt sie auch. Und sie hat ein hübsches Lächeln«, log ihre Mutter schamlos.

Hania fuhr zusammen. Musste sie lächeln? Um wie das normale Kind von normalen Menschen zu scheinen, musste sie lächeln? Wenn sie nie lächelte, würden die Leute sie erkennen. Sie durfte nicht erkannt werden. Sie wusste, dass man nach ihr suchte. Also musste sie lächeln lernen. Warum hatte diese Törin, die sie auf die Welt gebracht hatte, ihr eine so banale Sache nicht gesagt?

Sie verzog ihr Gesicht zu einem Lächeln, dem breitesten, das sie zuwege brachte.

Der Mann sah sie wieder an.

»Und jetzt, warum fletscht sie jetzt die Zähne?«, fragte er immer verwunderter.

Die Mutter sah sie an, zuckte mit den Achseln und seufzte.

»Sie hat immer an Orten gelebt, wo es Hunde gab«, erklärte sie im etwas gelangweiltem Tonfall dessen, der etwas Selbstverständliches erklärt. »Sie macht alles nach. Ein Hund knurrt oft und sie macht jetzt den knurrenden Hund nach. Kinder machen alles nach, das ist es.«

Hania wurde klar, dass sie üben musste. Lächeln war weniger einfach, als sie gedacht hatte.

Von diesem Zeitpunkt an griff sie jedes Mal, wenn sie nichts Besseres zu tun hatte, zu dem kleinen Spiegel ihrer Mutter und übte Lächeln. In der Tat hatte der Mann nicht unrecht: Die Grimasse, die sie gezogen hatte, war ein Grinsen. Es sah eher aus wie ein Wolf, der die Zähne fletscht. Im Übrigen gefiel ihr das. Es war schön, die Zähne zu zeigen. Schade, dass so eine Grimasse bei Mädchen nicht erwünscht war. Sie musste schauspielern, lügen. Sie war durchaus imstande zu lügen. Wer, wenn nicht sie.

Sie beschloss, schrittweise zu lernen. Sie beobachtete die Frau, wenn sie lächelte, und versuchte sich einzuprägen, welche Muskeln sie dabei bewegte und welche nicht. Nach ein paar Stunden Übung gelang ihr ein Lächeln. Es war ein Lächeln, sicher, aber es fehlte etwas. Es war etwas Falsches und Aggressives darin. Ein falsches Lächeln war besser als ein echtes Grinsen, aber sie musste es noch weiter vervollkommnen.

Endlich begriff sie. Zum Lächeln setzte die Frau nicht nur die Muskeln um den Mund ein, sondern auch die um die Augen. Wenn man nur die Muskeln um den Mund verwendete, kam dabei ein sagenhaft falsches Lächeln heraus, nur wenig beunruhigender als ein Grinsen. Hania bemühte sich, auch die Augen einzusetzen, aber das funktionierte nicht. Zu einem vollkommenen Lächeln gehörte etwas, das man nicht herbeizwingen konnte. Etwas, das von innen kommen musste.

Endlich gelangten sie in die Nähe der Stadt.

17

Kaam, die Stadt der Gewürze

Für Mariel waren diese paar Tage Alltagsleben am Ufer eines Flusses der reinste Segen. Hania spielte Flöte und sie arbeitete mit Nadel und Faden, die Sonne schien mild, doch leider wurden Dartreds Zweifel immer drängender.

»Dieses Mädchen hat immer denselben Gesichtsausdruck«, stellte er fest.

Das stimmte nicht. Der kleine Igel hatte drei Gesichtsausdrücke: Mürrisch, das war der häufigste: gerunzelte Augenbrauen und zusammengekniffene Lippen. Ungehaltene Erbitterung: seufzen, übertrieben aufgeblasene Wangen und leicht gesenkte Lider. Überraschung: weit aufgerissene Augen und hochgezogene Augenbrauen. Überraschung war der beste von den dreien. Es war der am menschlichsten kindliche, der am kindlichsten menschliche Ausdruck, wenn nicht unbedingt freundlich – das wäre zu hoch gegriffen gewesen –, so doch der am wenigsten abweisende.

»Dieses Mädchen lächelt nicht«, fing er wieder an. »Sie schaut immer mürrisch drein. Und wollt Ihr wissen, was der Grund dafür sein könnte?«

Mariel wusste ganz genau, was der Grund war.

»Ich würde gern das Thema wechseln«, sagte sie, bemüht, einen hochmütigen Tonfall anzuschlagen. Die einzige Hoffnung, diese Unterhaltung zu beenden, bestand darin, sich auf ihre Rolle als beleidigte Prinzessin zurückzuziehen.

»Ihr würdet gern das Thema wechseln? Nun denn, ich bleibe trotzdem dabei«, erwiderte Dartred. Er war einer, der nicht lockerließ. »Herrin, sie ist ein sehr liebes Mädchen«, sagte er und ergriff Hanias Partei. »Sie hat keine Launen und ist ausgesprochen still.«

»Das Mädchen ist stumm«, stotterte Mariel.

»Verzeiht Herrin, aber das ist nicht möglich. Stumme Kinder sind stumm, weil sie taub sind, wenn sie die Sprache nicht hören, können sie sie nicht erlernen. Aber Hania hat ein ausgesprochen gutes Gehör. Sie spricht einfach nicht. Vielleicht ist sie niedergeschlagen von Eurem Mangel an Anerkennung. Sie spielt sehr gut Flöte. Sie hat jede Menge gute Eigenschaften, neben der, Euch zu gleichen. Und Ihr seid immer so hart zu ihr. Glaubt mir, Herrin, ich musste zu Hause zwei jüngere Geschwister großziehen, ich weiß, wovon ich rede. Das Mädchen lächelt nicht, weil *Ihr* sie nie anlächelt.«

Mariel versuchte, ein gelangweiltes Gesicht aufzusetzen, aber Dartred war hartnäckig.

»Dieses Mädchen lächelt nicht, weil Ihr sie nie in den Arm nehmt, sie nie anlächelt, jeder Berührung mit ihr ausweicht. Ich habe nie gehört, dass ihr dem Kind ein Märchen erzählen oder ein Wiegenlied vorsingen würdet. Allerhöchstens erzählt ihr Geschichten vom Ritter des Lichts. Ich erinnere mich daran: Euer Vater erzählte diese Geschichten, aber um Himmels willen, doch nicht einem dreijährigen Mädchen. Das ist eine Ansammlung von Mord- und Totschlaggeschichten.«

Mariel sah ihn an und wusste nicht, was sie darauf erwidern sollte. Hania selbst war es, die sie dazu genötigt hatte, all das nicht mehr zu tun. Wenn sie Distanz hielt und jede Nähe, jeden Kontakt, und sei es auch nur Blickkontakt, mied, ging es Hania besser und alles wurde ein bisschen einfacher. Sicher, das war eine verrückte Art, ein kleines Mädchen zu behandeln, aber es gab keine andere Möglichkeit. Die Missbilligung, die sie erntete, weil sie Hania so behandelte, kannte sie schon.

»Dieses Mädchen gleicht Euch sehr«, fing Dartred wieder an. »Und sie ist etwa drei Jahre alt. Vor drei Jahren, ich erinnere mich, da habe ich Euch oft gesehen, Ihr wart immer zu Pferd. Und die seltenen Male, die ich Euch ohne Pferd sah, wart Ihr nicht schwanger, also ist Hania nicht Eure Tochter.«

»Wie könnt Ihr es wagen …«

»Wenn sie nicht Eure Tochter ist, kann sie bei der großen Ähnlichkeit nur Eure Schwester sein. Die einzige Erklärung ist also, dass Eure Mutter vor drei Jahren ein Kind bekommen hat, das kann passieren bei einer Frau, die seit Jahren Witwe ist, dank eines Liebhabers, durch eine Vergewaltigung, ich weiß es nicht und will es auch nicht wissen. Aber dieses Mädchen, wie auch immer es auf die Welt gekommen ist, hat ein Anrecht auf eine Mutter, auf die Sicherheit eines Zuhauses. Ich vermute, um den Skandal abzuwenden, bringt Ihr die Kleine in den Süden, weg vom Königshof, weg von den bösen Zungen, und setzt dabei Euer und ihr Leben den schlimmsten Gefahren aus. Um den Schein von Anstand zu wahren, habt Ihr den wahren Anstand, der gebietet, Kinder zu schützen, über Bord geworfen. Dass man Kinder nicht hasst, ist das Mindeste. Ihr hasst dieses Mädchen und seid jeden Tag in Gefahr, ihr Leben wegzuwerfen. Verzeiht mir, Herrin, aber was Ihr tut, ist grauenhaft. Ihr setzt Euer Leben, Euer Recht und das einer Unschuldigen aufs Spiel, um der Missbilligung von Hofschranzen zu entgehen. Und, verzeiht noch einmal, es gibt viele Arten und Weisen, ein Mädchen in Sicherheit aufwachsen zu lassen, ohne ihre Abstammung an die große Glocke zu hängen. Ihr denkt wahrscheinlich, das sei nicht meine Angelegenheit.«

»Ihr habt recht«, sagte Mariel. »Das ist nicht Eure Angelegenheit. Gut, mein Herr, ich habe Euch das Leben gerettet, als Ihr hinter Gittern wart. Wenn Ihr das meine weiterhin schützen wollt, so tut das, ansonsten entfernt Euch. Ich bin mir sicher, dass ich auch alleine zurechtkomme.«

»Ihr habt mir das Leben gerettet und ich Euch, so sind wir quitt. Alleine würdet Ihr die Gefahren für Euch und für das Mädchen erhöhen, und das kann ich nicht zulassen. Also werde ich Euch weiterhin folgen bis zu dem Zeitpunkt, da Ihr mir sagt, Ihr seid in Sicherheit, dann werde ich Euch mit Freuden verlassen.«

In diesem Moment las Mariel Enttäuschung in seinen Augen, eine tiefe, eine absolute Enttäuschung, die bis zur Verachtung ging. Sie las sie in seinem Blick, und das war das letzte Mal, dass ihre Blicke sich begegneten.

Von diesem Zeitpunkt an sprach er nicht mehr. Als sie sich wieder auf den Weg machten, ging er immer vor ihr, kehrte ihr den Rücken zu, sodass er sie nicht ansehen, sie nicht sehen musste. Oft kümmerte er sich um Hania, nahm sie auf den Arm, wenn sie müde war.

Seine Wunde war mit unheimlicher Geschwindigkeit vollkommen verheilt. Mariel war nicht dumm, sie hatte in ihrem Leben schon einige Wunden gesehen. Es war klar, dass bei dieser Heilung wie bei der des Fuhrmanns Hania ihre Hand im Spiel gehabt hatte. In der Schachpartie mit dem Herrn der Finsternis war das ein Punkt für sie. Das Mädchen heilte Kranke und Verletzte: Auf dem Brett hatte sie zwei Bauern geschlagen.

Hania hatte keine Schwierigkeit, sich von Dartred auf den Arm nehmen zu lassen, und es schien ihr auch zu gefallen. Sie war ein extrem kräftiges Kind, aber doch in Gestalt einer Dreijährigen, mit den Beinen einer Dreijährigen, und auf langen Strecken wurde sie müde. Im Unterschied zu dem ihrer Mutter wich Hania Dartreds Blick nicht aus.

Drei Punkte für den Herrn der Finsternis, das musste Mariel zugeben. Er hatte dem Mädchen Grauen vor ihrer Berührung eingeflößt. Das hätte sie in den ersten Monaten ihres Lebens fast umgebracht. Sie hatte nur mit Mühe überlebt.

Und jetzt, da die Probleme gelöst schienen, brachte ihr die abweisende Haltung, die sie gezwungen war, der Kleinen gegenüber an den Tag zu legen, eine Flut der Missbilligung ein. Lästig und anhaltend, aber maßvoll war diese Missbilligung gewesen, solange sie die Rolle des großen Bruders gespielt hatte, der vom Tod der Eltern erschüttert war und für den es keine Alternative zu der gefährlichen Reise gab. Große Brüder sind nicht unbedingt liebevoll zu ihren kleinen Schwestern. Jetzt hingegen war sie in der Rolle einer hassenswerten älteren Schwester, die das kleine Kind allen möglichen Gefahren aussetzte, nur um bestimmten Konventionen zu entsprechen. Was Dartred ihr unterstellte, wäre in der Tat eine kriminelle Aktion: Ihre kleine Schwester enormen Gefahren und Entbehrungen auszusetzen, sie vom warmen und bequemen Königspalast wegzuführen, nur damit ein paar böse Zungen nichts zu reden hatten. Wie sollte sie seiner Verachtung begegnen? Sie konnte nur leiden. Drei Punkte für den Herrn der Finsternis. In der Schachpartie gegen ihn hatte sie mit einem Schlag nicht nur Turm und Läufer eingebüßt, sondern auch den Springer.

Sie zogen in die Stadt Kaam, die ganz aus Bögen und roten Ziegelsteinen bestand. Es war die südlichste Stadt des kleinen Königreichs, jenseits der Himmelspforte. Sie gehörte noch zum Reich der Sieben Gipfel, war aber wie die Wüste der südlichste Ausläufer, der Teil, der am ehesten besetzt wurde. In sämtlichen Kriegen – dem der *Pest* und dem der *Zwei Winter* – hatte das Heer der Sieben Gipfel die Angreifer an der Himmelspforte aufhalten können. Die Wüste und die Stadt aber wurden regelmäßig besetzt. Schließlich wurden sie zurückerobert, alles wurde sauber aufgeräumt und wiederaufgebaut, man entschuldigte sich für die Unannehmlichkeiten und es wurden große Reden gehalten über die Tatsache, dass sie alle Brüder seien, aber denen, die südlich von Althion und Althios lebten, kam es immer so vor, als wären sie Brüder zweiter Klasse. Sicher, es war niemandes Schuld, dass sie außerhalb der natürlichen Verteidigungslinie lagen, die von den Bergen gebildet wurde, so war die Erde nun einmal beschaffen, aber sie hatten immer das Gefühl, außen vor zu sein. Dort unten war also alles ein bisschen undurchsichtig, diese Gebiete glichen ein wenig den verkommenen Reichen, von denen sie immer wieder überfallen wurden.

Wie in allen Karawanenstädten herrschte in Kaam überall ein betörender Geruch nach Gewürzen. Die Farben, Gerüche und die Stimmen waren grell, fast überwältigend, dazu die beunruhigende Anwesenheit von Kamelen und Gärten, aus denen enorme Blätter von nie gesehenen Pflanzen herauswuchsen. Das war der Ort, wo sich die Handelsleute aus dem Norden mit denen aus dem Süden trafen. Die Stadt bestand aus schmalen Gässchen, die sich auf kleine Plätze öffneten, wo überall Märkte waren. Am Boden lagen auf farbigen Tüchern schön ausgebreitet Häufchen von getrockneten Kapern, Vanille, Zimt, Safranpulver, Senfkörnern. Es war ein Ort der Gerüche.

Mariel hatte noch einiges Geld übrig und kaufte Rosinen und getrocknete Feigen und stellte fest, dass Hania ganz versessen darauf war. Offenbar hatte der Herr der Finsternis in Hanias Körper und Geist nur die Abneigung gegen normale Babynahrung verankert, die man ihr geben würde: nach seinen Plänen hätte Hania in den ersten Lebensmonaten Hungers sterben müssen. Freilich hatte er sich nicht die Mühe gemacht, ihr eine Abneigung gegen so absurde Nahrung wie rohe Ratten, rohe Fledermäuse, gepfefferte Wurst einzupflanzen, die kein vernünftiger Mensch einem kleinen Kind geben würde, und auch nicht gegen solche Lebensmittel, die im Reich keine Verwendung fanden, da sie aus anderen Gegenden stammten.

Hania mochte getrocknete Feigen, Mandeln, Rosinen:

Sie stopfte sich den Mund voll damit wie jedes normale Kind. Mariel biss die Zähne zusammen. Die Schachpartie ging weiter. Ein Punkt für den Gegner, nur einer, nicht drei. Der Gegner war überlegen, dass musste sie zugeben, aber man hatte schon oft gesehen, dass eine verloren geglaubte Partie am Ende doch noch gewonnen werden konnte.

18

Die Falle

Sie kamen durch das große Tor in die Stadt Kaam. Die Stadt war umgeben von einem Graben mit einer eigenartigen Zugbrücke, bestehend aus Bohlen, die durch Seile zusammengehalten wurden.

Das Tor wurde gebildet von einem großen, mit Kletterpflanzen überwucherten Bogen. Gleich dahinter befand sich der Richtplatz mit Schafott, Pranger und Galgen. Kein Gehenkter hing da, und der Pranger war leer: Es herrschte Frieden.

Hania ging durch die schmalen Gassen, den Mund und die Taschen voll von Rosinen. Sie spürte die Stadt, sah, erkannte und vermaß sie, alle ihre Sinne waren von diesem Akt der Erkenntnis in Anspruch genommen.

Ihr Geist spürte in den unterirdischen Verliesen die Ratten auf, die ihr durch ihre Augen die ganze fantastische Topografie des Orts übermittelten. Hania wurde klar, dass es unter der Stadt Kaam eine zweite, eine unterirdische Stadt gab. In Wirklichkeit waren es zwei

Städte: Die eine lag glänzend im Sonnenschein, die andere erstreckte sich unsichtbar zwischen der oberen Stadt und dem Erdmittelpunkt. Unter den Straßen, Häusern und den gepflegten Gärten gab es eine Reihe von Zisternen, Kanälen, Gängen, Aquädukten und Kloaken.

Kaam war eine Karawanenstadt: Alles hing vom Wasser ab, von der Notwendigkeit, es zu haben, es verkaufen zu können, damit jeder seine Ration davon bekam, die ihm den Tod vom Leib hielt. Jedes noch so kleine Rinnsal, jeder Bach aus den nahen Bergen war in der Vergangenheit in riesige unterirdische Zisternen geleitet worden, die im Lauf der Zeit durch ein System von oberirdischen Aquädukten ersetzt worden waren, sie bestanden aus zwei übereinander angeordneten Bogenreihen. Das Wasser lief in sauberen Kanälen und plätscherte aus dafür vorgesehenen Öffnungen, bildete schillernde Regenbögen und trieb die Mühlräder an, die das Getreide mahlten.

Die Zisternen waren vergessen worden und mit ihnen das Labyrinth von Kanälen, Gängen und Kloaken, die jene verborgene Stadt bildeten, Heimstatt der Ratten, voll unbekannter Übergänge und unvermuteter Öffnungen.

Kaam war eine Stadt voller Reichtümer und mit einer schier unendlichen Zahl an Ratten.

Es war anzunehmen, dass die Einwohner auf einen kleinen Teil dieser Reichtümer gern verzichtet hätten, um die Überzahl der Tiere loszuwerden. Hania würde Geld verdienen können, das ihre Mutter für Rosinen, Mandeln und Nüsse eintauschen würde. Ein Leben geschützt vor Hunger und Kälte wäre hier möglich, der Ort war schön, ihr gefiel das Rot der Backsteine und das Grün der Berge, die sich im Norden der Stadt hinzogen, das verbrannte Land, das südlich davon begann.

Ihr Geist suchte den der Tauben, die zu Hunderten über der Stadt herumschwirrten, sie wohnten in den turmförmigen Taubenschlägen, die zahlreich vorhanden waren.

Kaam lag auf einem Hügel, die Stadtmauern waren an seinem Fuß, das Zentrum oben. Die Straßen waren in Wirklichkeit Treppen mit sehr langen, flachen Stufen, sodass sie auch für Pferde begehbar waren. Von oben gesehen war Kaam in konzentrischen Ringen gebaut, und in der Mitte von allem und über allem war ein großer Platz mit einem riesigen Brunnen. Kaam war eine Stadt unter sengender Sonne, überall waren jedoch Oasen der Frische und der Erholung in Form kleiner Gärten und Springbrunnen angelegt.

Die Bögen der Aquädukte waren auch Schleichwege für Ratten, Katzen, Diebe, für alle, die schnell von einem Ring der Stadt in den anderen kommen wollten. Kaam war eine bequeme Stadt für jeden, der im Verborgenen bleiben und nicht gefunden werden wollte. Der Geist der Pferde, auf denen vier Wachposten saßen, informierte sie über vier kleine Zugangspforten, die normalerweise geschlossen waren, und darüber, wo das Gefängnis und der Palast des Gouverneurs lagen.

Während sie durch die Straßen ging, fühlte Hania plötzlich, wie ihr der Atem stockte. Sie suchte den Geist der Pferde, der Tauben, sie suchte das Heer der Ratten, aber sie fand nichts, sie konnte nirgendwo mehr hin: Sie war gefangen, wie in einem Käfig. Sie rannte gegen Wände und prallte an ihnen ab. Zum ersten Mal in ihrem Leben stieß Hania schmerzhaft gegen Barrieren, die ihren Geist einengten, sie befand sich wie in einer Zelle, die immer kleiner wurde und sich über ihr schloss, ihr den Atem raubte.

Angst überkam sie, eine totale, absolute Angst, wie sie sie noch nie empfunden hatte, nicht einmal, als sie mit ihrer Ohnmacht als Neugeborenes hatte zurechtkommen müssen, die nichts war im Vergleich zu dem, was sie jetzt verspürte. Aus Angst wurde Schmerz.

Sie hatte keine Kräfte mehr, nicht einmal die, sich auf den Beinen zu halten. Sie gaben nach. Hania krabbelte auf allen vieren wie irgendein echtes einjähriges Kind, bis der Mann sie auf den Arm nahm.

»Sie ist müde«, sagte er. Aber was sie empfand, war keine Müdigkeit. Es war etwas Unbekanntes und Schreckliches. Dieser Ort war eine Falle, eine Falle für sie, ein Ort, wo sie alle Kräfte und jede Macht einbüßte. Ein Ort, der ihren Tod bedeutete.

Der Mann nahm sie auf den Arm und schritt weiter in derselben Gasse voran, und bei jedem Schritt ging es Hania schlechter, in dieser Richtung gab es etwas, das Gift für sie war, etwas, worauf sie zugingen. Endlich kamen sie auf den großen zentralen Platz, der unter blauem Himmel dalag, Tauben schwirrten herum. Vor ihnen lag ein mit einer großen Kupferplatte verschlossener Brunnen, auf der Platte jede Menge Eimer voll mit etwas, das Wasser schien und in der Sonne glänzte.

»Der Kleinen geht es schlecht«, sagte schließlich ihre Mutter. »Sie ist nicht nur müde, es geht ihr schlecht. Gehen wir fort von hier, bringen wir sie dorthin, wo Gärten und Springbrunnen sind.«

Sobald sie abwärtsgingen und sich von dem verfluchten Brunnen entfernten, kam Hania wieder zu Kräften, machte sich los, und sowie sie die Füße auf den Boden setzte, rannte sie hinunter, weg von dem Gift, weg von diesem Brunnen.

Sie rannte, aber ihre Schuhe waren neu, sie stolperte, fiel hin und rollte die Treppe hinunter.

Sie stand auf und versuchte weiterzulaufen, fiel wieder hin. Dartred war als Erster bei ihr, nahm sie auf den Arm und brachte sie zu dem Brunnen mit der Waschstelle, unten, nahe beim Galgen.

Er wusch ihr die aufgeschürften Hände, und um ihr Kleid nicht nass zu machen, krempelte er die Ärmel hoch.

Am linken Handgelenk sah man wie ein Brandmal die Figur des roten Meteoriten.

»Das sieht aus wie eine Qualle«, murmelte der Mann.

Die Mutter war hinzugetreten.

Ihr war sofort klar, dass er das Geheimnis entdeckt hatte, sie verstand aber die Bemerkung nicht.

»Was?«, fragte sie.

»Das sind bösartige Kreaturen, die im grenzenlosen Salzwasser auf der anderen Seite der Wüsten leben«, erklärte er. »Wenn man sie nur anrührt, verbrennen sie einem die Haut, und dieses Brennen kann Tage dauern. Sie können einen auch töten. Es gibt ein Gerücht, ich weiß nicht, wer es aufgebracht hat, dass der Herr der Finsternis im Schoß einer Frau aus unserem Reich ein Kind gezeugt habe, in dieser entsetzlichen Nacht vor zwei Jahren, als der Himmel ganz rot angelaufen war … Man sagt, dieses Neugeborene habe am linken Handgelenk ein Zeichen in Form eines dieser grauenhaften Meteoriten, die in jener Nacht den Himmel schraffierten.«

»Das ist ein törichter Aberglaube«, murmelte Mariel. Sie konnte nicht lügen. Ihre Stimme war gebrochen. »Eine von diesen sinnlosen Geschichten, die im Volk aufkommen, wenn das Elend das Maß des Erträglichen übersteigt«, setzte sie hinzu.

Der Mann stand auf und gebot ihr mit der Hand Einhalt, damit sie nicht noch mehr sagte. Vielleicht wollte er nicht, dass sie log, ihre ritterliche Seele mit weiteren Lügen befleckte. Dann aber schüttelte er den Kopf.

»Das kann nicht sein. das Kind müsste etwa ein Jahr alt sein, Hania ist mindestens drei.«

In diesem Moment kam es zu einem Tumult.

Eine Frau mit einem Kind auf dem Arm versuchte ebenfalls, durch das große Tor zu fliehen, weg aus dieser Stadt mit ihren roten Ziegelsteinen, Kletterpflanzen und Tauben, die in Wirklichkeit ein Ort der Gefahr, vielleicht des Todes war.

»Haltet sie«, brüllte jemand. »Das Kind dieser Frau hat ein Zeichen am Handgelenk. Es ist einer der roten Sterne.«

»Einer der Meteoriten.«

»Nein«, schrie die Frau, »er hat sich verbrannt. Das ist der Abdruck vom Knauf des Schürhakens. Der Junge war in den Kamin gekrochen, während ich versuchte, ihn herauszuholen, ist der Schürhaken umgefallen und hat sein Handgelenk gestreift, und davon ist das Zeichen geblieben.«

Die Menge rumorte wie eine wilde Sturmflut. Die Frau, eine arme Bäuerin, konnte nicht fliehen. Bewaffnete Männer packten sie, sie drückte das Kind fester an sich.

Einige träge Hornissen, ein paar Fledermäuse, ein spärliches Grüppchen Wespen und ein Trupp zaghafter Mäuse stürzten sich auf die Soldaten, die zahlreich waren und bewaffnet, gut geschützt in ihren Rüstungen, und die nicht daran dachten nachzugeben. Hanias Geist lahmte. Das war alles, was sie zustande gebracht hatte, die Idee erschien miserabel. Diese paar nutzlosen Mittel, die sie hatte mobilisieren können, wurden als weiterer und endgültiger Beweis für die Schuld der Bäuerin und ihres Kindes angesehen, für die Existenz des Pakts, wenn nicht der Verwandtschaft mit dem Herrn der Finsternis, der nicht nur der Unterwelt gebot, sondern offenbar auch den Lebewesen, die den Menschen auf seinem Weg zur Glückseligkeit behindern.

»Wenn mein Kind Kräfte hätte«, sagte die Frau, »würde es sie jetzt einsetzen, oder nicht? Es würde euch in Stücke hauen.«

»So dumm sind wir nicht, Frau. Wir haben überall Heiliges Wasser versprengt. Jedes dämonische Wesen ist hier machtlos. Und ohne jede Kraft«, antwortete man ihr, und in diesem Augenblick erschienen merkwürdige, scharlachrot gekleidete Pagen und brachten die Eimer, die sie oben gesehen hatten. Einige wurden auf den Boden gekippt.

Das war es also. Heiliges Wasser. Ihre Mutter begriff. Sie nahm Hania auf den Arm, bevor das Wasser ihre Füße erreichte, und das war ein Glück, denn sie taumelte schon und wäre jeden Moment zusammengesackt wie ein Haufen nasser Lappen. Dieses Zeug konnte sie töten, sie ohnmächtig machen, sodass ihrem Herzen die Kraft zum Schlagen und ihr die zum Atmen fehlte.

»Tötet sie sofort, tötet das Kind. Tötet die Mutter, sie ist eine Komplizin. Sie trägt mit bei zu unserem Untergang.«

»Sie dürfen das nicht tun«, sagte Mariel. »Die beiden sind unschuldig. Wenn sie Mutter und Kind umbringen, verliert die Welt ihre Unschuld.«

»Ich weiß«, sagte der Mann.

»Es darf nicht geschehen.«

»Ich weiß, ich habe verstanden. Man braucht mir die Dinge nicht zweimal zu sagen und außerdem war ich selbst schon darauf gekommen.«

Er deutete mit der Hand auf Hania.

»Sie ist es, nicht wahr?«

Mariel nickte.

»Und so groß ist sie, weil sie …«

Was sie war, wurde nicht ausgesprochen, der Satz blieb unvollendet. Mariel nickte wieder.

»Und sie ist Eure Tochter.«

»Ja, sie ist meine Tochter. Ich bin es. Ich bringe sie in den Süden. In der Wüste gibt es ein Tal, das Tal der Sprudelnden Quellen, wo Eremiten leben und …«

Auch dieser Satz wurde nicht zu Ende gesprochen. Hania würde nicht erfahren, was im Tal der Sprudelnden Quellen vor sich ging, außer dass dort ein paar einsame Alte ihr unnützes Dasein fristeten.

In dem Moment lenkte ein komischer Gedanke Hania ab. Warum wusste sie nichts vom Heiligen Wasser? Unter der Menge ihrer grenzenlosen Kenntnisse waren Begriffe von fragwürdigem Nutzen wie die Umlaufbahn von derart fernen Galaxien, dass sie nicht einmal am sichtbaren Firmament erschienen, aber da war nichts über eine Sache, die für sie eine ungeheure Gefahr darstellte.

»Sicher. Ihr bringt sie in den Süden, damit sie keinen

Schaden anrichten und niemand ihr etwas antun kann, denn sie ist ein Kind, und wenn ihr jemand etwas antäte, würde die Welt ihre Unschuld verlieren. Das ist also die verdammte Falle, die der Herr der Finsternis uns gestellt hat. Deshalb lächelt das Mädchen nicht, redet nicht, gibt keine Laute von sich. Doch in einem Punkt ist der Herr der Finsternis gescheitert. Oder Ihr seid es, die gewonnen hat, denn das Mädchen flößt einem eine gewisse Sympathie ein, sie ist widerborstig und abweisend, aber nicht verabscheuenswert. Und Ihr habt das Leben des Mädchens gerettet, habt verhindert, dass sie stirbt.«

Ihre Mutter nickte bei jedem Satz.

»Dann seid also Ihr es, die der Herr der Finsternis auserwählt hat. Sicher, wen sonst? Ihr seid die Tochter von zwei guten Menschen, einem Mann und einer Frau, die sich liebten. Euer Vater hat sich mit Macht und erfolgreich für die Gerechtigkeit geschlagen, Eure Mutter ebenfalls, wenn auch mit geringerem Erfolg, da der Schmerz der Witwenschaft sie schwächt. Ihr habt die aufrechte Art von beiden und vor allem den Mut Eures Vaters. Das war es, was der Herr der Finsternis in den Schmutz ziehen wollte, damit der Schlag umso härter ausfiele, hingegen war es ein Glück, dass er Euch ausgesucht hat. Er hat die einzige Person ausgewählt, die seinen Plan vereiteln kann. Sein Plan wird scheitern. Ihr seid die Prinzessin, seid das, was vom Reich bleibt. Ihr seid die Ehre dieses Volkes, seine Seele, seine Hoffnung. Verzeiht mir, dass ich an Euch zweifeln konnte.

Ich bleibe hier wegen der beiden Unschuldigen. Wenn ich nicht überlebe, zieht Ihr allein weiter, und Ihr werdet siegen. Der Himmel beschütze Eure Schritte. Ob ich noch viele vor mir habe, weiß ich nicht. Daher beschütze er die Euren.«

Hania war empört. Wieder einmal siegte die Dummheit, hob ab und schwang sich zu ungeahnten Höhen auf. *Warum?* Sie konnten es schaffen. Sie drei konnten fliehen, während die anderen alle mit der Frau und ihrem Kind beschäftigt waren.

Früher oder später würden sie hier wieder vorbeikommen, würden das Grab der beiden ausfindig machen und Blumen darauf legen, zum Zeichen des Dankes und der Entschuldigung.

Doch sogar Hania spürte eine gewisse Regung des Bedauerns, denn hier ging es um ein Kind. Deshalb hatte sie auch mit ihrem lahmenden und geschwächten Geist einen Versuch gemacht zu helfen, mit ein paar wenig überzeugten Tierchen.

Aber das Leben aufs Spiel zu setzen, vor allem das ihre, war ein verrücktes und verantwortungsloses Unterfangen.

Im Übrigen bestand überhaupt keine Möglichkeit, die zwei zu retten. Hingegen bestand jede Möglichkeit, dick und fett, wie eine Gurke im Hochsommer, selbst getötet zu werden. Hania musste fliehen, musste weg hier.

Mariel wollte etwas sagen, Dartred brachte sie zum Schweigen. Er überlegte.

»Hört zu«, sagte er schließlich. »Ich gehe jetzt zum

Galgen, ich mische mich unter die, die sie aufknüpfen wollen, und dann … und dann … versuche ich, die Frau mit dem Kind und mich selbst auf das Pferd des ersten Soldaten rechts zu hieven, auf diesen großartigen Fuchs da. Er ist kräftig genug für die Last, steht an der richtigen Stelle, und der auf ihm sitzt, hat ein ziemliches Idiotengesicht. Er sieht aus wie einer, der sich aus dem Sattel heben und sich das Pferd wegnehmen lässt. Es müsste klappen. Ich könnte es schaffen. Wenn wir zufällig alle mit dem Leben davonkommen, treffen wir uns im Tal der Sprudelnden Quellen. Wenn wir nicht alle mit dem Leben davonkommen, treffen wir uns in einem Tal wieder, das grüner und schöner ist als das der Sprudelnden Quellen. Ihr nehmt das Kind und verlasst die Stadt, sofort. Entfernt Euch jedoch nicht, bleibt in der Nähe des Tors. Wenn ich nicht komme, geht fort, ohne Euch umzudrehen. Seid vorsichtig und schnell. Eine andere Möglichkeit sehe ich nicht. Nehmt das«, sagte er, wobei er ein Medaillon vom Hals nahm, es war eine Art Bronzemünze an einem Lederriemen. »Das war meine Dienstmarke, als ich bei den Söldnern war. Behaltet Ihr sie.«

Dartred sah sie ein letztes Mal an, dann drehte er sich um und ging zum Galgen.

Mit schnellen Schritten machten Mariel und Hania sich auf den Weg aus der verfluchten Stadt. Sie gingen durch das Tor, über die Zugbrücke, und endlich hatten sie den Boden der Straße unter den Füßen. Dort blieben sie stehen. Hinter ihnen erhob sich lautes Getöse.

Endlich erschien unter dem Tor ein Pferd: Es war der große Fuchs des Soldaten mit dem Idiotengesicht. Darauf saßen der Reihe nach: das Kind in den Armen der Mutter, die Mutter mit dem Kind im Arm, der Krieger. Die Frau machte ein entsetztes Gesicht, und es war klar, dass sie nicht reiten konnte. Dartred hielt sie in seinen Armen und hielt die Zügel, um zu verhindern, dass sie hinunterfiel. Das Pferd war schön groß und kräftig, fast so schön wie das, das sie anfangs gehabt hatten. Der Krieger machte neben ihnen halt, stieg aus dem Sattel und hielt die Zügel in einer Hand, mit der anderen fasste er Mariel am Arm und half ihr hinauf, dann setzte er Hania zwischen sie und die andere Frau.

»Halt dich am Hals des Pferdes fest und hab keine Angst«, sagte er zu der Bäuerin. »Ihr schafft das. Du vorne, Ihr, Herrin, hinten und Hania zwischen euch. Zwei Frauen und zwei kleine Kinder, das Pferd schafft das. Lasst es ab und zu ausruhen, dann schafft es das.«

»Und Ihr?«, fragte die Frau.

»Ich halte sie auf, sonst kommt Ihr nicht weit.«

Er sah Mariel einen Moment lang an.

»Sie kann nicht reiten. Gebt acht«, sagte er bloß und deutete auf die andere Mutter. Dann gab er dem Pferd einen Klaps, das sich in Gang setzte, in einem ruhigen Trab, der es auch der anderen Frau ermöglichte, im Sattel zu bleiben.

Hania sah sich um. Mit der Axt hatte der Krieger die Seile der Zugbrücke durchtrennt. Die beiden äußeren

Bohlen fielen. Die Brücke war viel schmaler, und der Krieger nahm an ihrem Ende Aufstellung, das Schwert in Händen. Die Angreifer konnten nur einer nach dem anderen auf ihn losgehen. Er würde Zeit gewinnen, sicher, viel Zeit, aber früher oder später würde er aufgeben müssen. Und sein Leben wäre zu Ende.

Sie ritten zwischen wohlbestellten Feldern dahin, Olivenhaine wechselten sich ab mit schönen Weinbergen. Mariels Schwert schlug bei jeder Bewegung des Pferds gegen sie und Hania. Mariel schnallte es ab und steckte es in eine doppelte Lederschlaufe, eine Art Öse am Sattel, dazu gedacht, während des Ritts die Waffe hineinzustecken.

Die Zügel hielt sie in der Hand, sodass sie mit ihren Armen die andere Frau stützte und ihr half, im Sattel zu bleiben. Die andere hielt ihr Kind, Hania saß zwischen ihrer Mutter und der anderen Frau.

Endlich kamen sie in einen großen, dichten Wald. Das Pferd war erschöpft. An einem Bach machte Mariel halt. Vielleicht war sie erschüttert, weil sie den Krieger verloren hatte, oder vielleicht hatte Hania die Dummheit ihrer Mutter unterschätzt. Mariel stieg als Erste vom Pferd und behielt die Zügel nicht in der Hand – ein schwerer Fehler. Dann hieß sie auch Hania absteigen, die aber nicht loslassen wollte und einen Versuch unternahm, die Zügel zu fassen, aber ihre Mutter, das Genie, zwang sie mit Gewalt, abzusteigen.

»Wir müssen das Pferd rasten lassen, kommt herunter, hier sind wir in Sicherheit«, sagte Mariel freundlich zu der Bäuerin. »Kommt herunter.«

»Den Teufel was werd ich absteigen«, antwortete die andere, die von den beiden offenbar die weniger Dumme war. »Und dann, ohne Euch komme ich schneller voran. Der Kerl hat dich *Herrin* genannt. Du bist eine Frau und von Adel. Solche wie du kommen immer zurecht«, setzte sie hinzu und trieb das Pferd an, mit einem Arm dessen Hals umklammernd, mit dem anderen ihr Kind.

Für eine, die zum ersten Mal ritt, machte sie es gar nicht so schlecht. Nicht sehr elegant, ihr Reitstil, aber ausreichend, um sich in Sicherheit zu bringen und Mariel und Hania in tödlicher Gefahr zurückzulassen, wo sie dann Gelegenheit haben würden, sorgsam und gründlich die unvermuteten Folgen abzuwägen, zu denen Großzügigkeit, Güte, Altruismus und die Neigung, sich nicht um die eigenen Angelegenheiten zu kümmern, bisweilen führen können.

Das Letzte, was sie sahen, bevor die Gruppe hinter einer Biegung des Weges verschwand, waren die Hinterbacken des Pferdes.

Verzweifelt suchte Hania den Geist des Pferdes zu erreichen, aber sie war noch gelähmt und benommen: Der Befehl, stehen zu bleiben, führte nur dazu, dass es langsamer wurde, was wiederum der Bäuerin zugute kam, die sich so im Sattel halten konnte.

Und das war nun schon das zweite Pferd, das sich dank des Genies ihrer Mutter in nichts auflöste, gerade in dem Moment, als man es am dringendsten brauchte. Im Gegenzug hatten sie die Ehre der Welt gerettet, indem sie die Bäuerin und ihr Balg vor dem Tod bewahrten. Nicht, dass die Bäuerin sich in Danksagungen ergangen oder Loyalität hätte erkennen lassen. Offenbar war die Ehre der Welt keines ihrer vorrangigen Interessen.

Jetzt da die beiden samt den Hinterbacken des Pferdes im Grün des Waldes verschwunden waren, blieben nur Hania und ihre Mutter als Anwärterinnen auf den Galgen. Und als ob das nicht schon genug wäre, hatten sie auch den Krieger verloren, vielleicht war er tot, vielleicht gefangen genommen, um dann in aller Ruhe und zum allgemeinen Ergötzen hingerichtet zu werden.

Der Ritter war nicht nur für das kostbare Überleben Hanias und ihre ebenso wichtige Unversehrtheit unerlässlich, in gewisser Weise war er Hania sympathisch. Kurzum, ohne Übertreibung, es war ihr nicht recht, dass er sterben sollte.

Und dann, wenn er starb, ließ er ihre Mutter allein, die eine dumme Gans war. Ihre Mutter – die Tochter des Königs, der Ritter, der erprobte Kämpfer – hatte sich von einer Bäuerin, die zum ersten Mal ritt, das Pferd klauen lassen.

Jetzt waren sie zu Fuß in diesem verdammten Wald

und früher oder später würde der Ritter unterliegen, sämtliche Verfolger würden kommen und, da die Bäuerin und ihr Balg das Weite gesucht hatten, *ihnen* die Rechnung präsentieren. Außerdem war da diese kleine Besonderheit, dass früher oder später jemand das Zeichen an Hanias Handgelenk entdecken würde.

Sie wirkte älter, sicher, aber kein Trick funktioniert für immer. Also war ihr Hals in immer größerer Gefahr, schlimmer noch, seine eventuelle Begegnung mit dem Strick eines Galgens war ein Ereignis, das man einmal und zweimal abwenden konnte, das einen aber früher oder später doch ereilte. Ihr Hals, der bis zum Morgen in Sicherheit gewesen war und in Sicherheit geblieben wäre, wenn das Geschick der Bäuerin als deren Angelegenheit betrachtet worden wäre, war nun den Wechselfällen des Zufalls ausgesetzt.

Die dumme Gans sah sie mit Tränen in den Augen an, schluckte sie aber hinunter.

»Ich bringe dich in Sicherheit«, sagte sie nachdrücklich.

Ihre Sicherheit war nun der dummen Gans anvertraut? Der Moment, sich Sorgen zu machen, war vorbei, der Moment, vor Schreck zu erstarren, war da.

Mariel und Hania irrten durch den Wald.

»Wir orientieren uns an der Sonne«, sagte Mariel. »Wir müssen in Richtung Süden gehen.«

Sonne gab es keine, da sie durch die Baumkronen nicht hindurchdrang. Hanias Kenntnisse beruhten auf Karten, und wo es keine Straßen und Wege gab, war sie verloren. Im Grunde war sie ja erst ein Jahr alt. Sie kamen an einem großen, hohlen Baum vorbei, in dem sich ein Ameisenhaufen befand. Als sie ihn das zweite Mal vor sich sahen, war klar, dass sie im Kreis gingen. Da beschloss Mariel, auf das Moos an den Baumstämmen zu achten, das, so erklärte sie, nur auf der nach Norden gewandten Seite wächst, also musste man sich, um nach Süden zu gehen, in die entgegengesetzte Richtung halten. Moos war aber entweder keines vorhanden oder es bedeckte den ganzen Stamm. Und so kamen sie zum dritten Mal an dem Baum mit dem Ameisenhaufen vorbei.

Als sie ihn zum vierten Mal sahen, bekamen sie Gesellschaft. Die Soldaten, die der Krieger unter Einsatz seines Lebens aufgehalten hatte, waren schließlich eingetroffen.

»Wir haben Euch wiedergefunden«, sagte der Anführer. »Wo ist die Hexe mit ihrem Kind? Warum habt Ihr sie entkommen lassen? Ihr werdet an ihrer Stelle büßen. Euer Freund, dieser Riese, ist jetzt nicht da, um euch zu helfen. Es hat eine Weile gedauert, aber schließlich sind wir mit ihm fertiggeworden.«

Instinktiv fuhr Mariel mit der rechten Hand ans Schwert, und der Griff ging kläglich ins Leere, weil das Schwert nicht da war. Außer dem Pferd war der Bäuerin auch das Schwert geblieben. Genial. Offenbar gab es unter den Regeln des Ritters des Lichts keine, die besagte, dass man das Pferd niemals aus der Hand gibt und die Waffe schon gar nicht. Denn, wenn man die Waffe nicht hat, ist man unbewaffnet. Genau. Und ein unbewaffneter Ritter ist kein Ritter, sondern nur ein eher alberner Hansel voller Dummheit und guter Absichten. Ein unbewaffneter Ritter ist ein Widerspruch in sich.

Da waren sie also: Ein Kind, das aussah wie drei Jahre, aber zwölf Monate alt war, und eine schöne junge Frau, sehr schön und sehr unbewaffnet, recht und schlecht als Mann verkleidet, in einem Wald mit vier wutentbrannten Soldaten, die früher oder später bemerken würden, dass ihre Mutter eine Frau war und dass sie, Hania, am Handgelenk ein Mal trug.

Im Geist suchte Hania verzweifelt nach einer Lösung, einer Möglichkeit der Flucht, und sie suchte in alle Richtungen, denn das Gift, das sie durchdrungen hatte, war verflogen, und ihr Geist war wieder imstande zu fliegen, er flog durch den Wald, bis er auf den Geist des Bären stieß. Im Wald lebten Bären. Und der, auf den sie getroffen war, war einer der größten männlichen Bären der Gegend. Erleichtert atmete Hania auf. Sie brauchte nichts zu unternehmen, keine Bewegung zu machen. Ihr Geist allein genügte, ihn zu rufen.

Sowie der Bär näher kam, berechnete sie seine Geschwindigkeit. Sie musste sich ein Ablenkungsmanöver einfallen lassen, damit der Bär Zeit hatte heranzukommen: Sie versuchte sich etwas auszudenken. Der Tanz fiel ihr ein. Sie erinnerte sich, wie in der Stadt Baar alle dem Mädchen auf dem Platz zugeschaut hatten.

Sie holte ihre Flöte hervor und begann zu tanzen, drehte ihre Pirouetten zwischen den Baumstämmen. Sie flocht auch ein paar kleine akrobatische Einlagen ein.

»Was zum Teufel macht sie?«, fragten einige Stimmen.

Hania erinnerte sich, dass sie das ungeheuer gern mochte. Sie begleitete sich mit der Musik. Ihre kleinen Füßen glitten über den Boden, durch die Luft.

Im Unterschied zu damals, als sie vor den Fuhrleuten gespielt hatte, ahmte sie diesmal nicht den Tanz und die Musik des Mädchens mit dem Bären nach, sondern zum ersten Mal in ihrem Leben erfand sie neue Töne und Klänge, eine neue Melodie, einen neuen Tanz. Eine unwiderstehliche Empfindung. Sie wusste nicht, wie angenehm es war, ihr zuzusehen, aber mit Sicherheit hatte sie selbst Vergnügen daran. So sehr, dass ihr fast schwindlig wurde. Durch den Tanz verlor sich auf angenehme Weise die Erinnerung. Sogar die Gefährlichkeit der Situation hatte keine Bedeutung mehr.

Hania sollte nie erfahren, ob die Zuschauer von ihrer Anmut gefesselt gewesen waren oder ob sie ganz einfach verblüfft waren von der Absurdität der Szene.

Es funktionierte jedenfalls. Sie hielten inne und warteten.

Schwerer Fehler. Die erste Regel der Militärtaktik lautet: Wenn du im Vorteil bist, greif an, denn es ist nicht gesagt, dass deine Position der Überlegenheit ewig andauert.

Die vier beachteten diese Regel nicht. Die Militärtaktik aber ist eine herrische Geliebte, die jede Zerstreutheit oder Nachlässigkeit bitter büßen lässt.

Endlich war der Bär da.

Hania hob den Kopf, der Bär war neben ihr. Lautlos war er herangekommen, seine Schritte gedämpft vom Laub, das den Boden bedeckte. Sie tauschten einen Blick, dann führte er den Befehl aus. Er machte einen einzigen Tanzschritt mit ihr, dann fiel er über die Soldaten her.

Hania fühlte die Wucht, fühlte die Kraft.

Dann drehte sie sich um, und zusammen mit ihrer Mutter begann sie zu laufen.

Sie liefen, so schnell sie konnten.

Hania stürzte: Sie fiel in ein Brombeergestrüpp. Ihr schmutziges und zerfetztes Kleid wurde noch schmutziger und zerfetzter. Ihre schon aufgeschlagenen Knie wurden es noch mehr. Sie blutete. Fliegen summten durch die heiße Luft und über dem ausgedörrten Boden, wo jetzt die dunkelroten Tropfen glänzten. Sie verlor so viel Blut, dass sie eine Spur hinterließ. Sie durfte keine Spur hinterlassen. So waren sie zu leicht zu finden.

Sie musste sich retten.

Sie wollte nicht sterben, sie wusste, was der Tod war.

Sie wusste auch, was Schmerz war. Sie wollte keinen Schmerz. Sie wollte nicht den Strick um den Hals, das bläulich angelaufene Gesicht, die Augen, die aus ihren Höhlen zu treten schienen, der Mund, der sich öffnete und schloss, nach Luft schnappte, eine unnütze Geste, das Gesicht immer geschwollener, immer dunkler. Das war ein langer, langsamer Tod. Und es tat höllisch weh.

Ihr Geist funktionierte wieder. Sie suchte den Geist der Vögel und sah den Wald von oben. Sie erblickte ihre Rettung.

Ein Abgrund, eine Art Schlucht, darüber ein schmaler Steg.

Sie begriff, wie sie gehen mussten, um die Richtung zu halten und den Ort zu erreichen.

Der Wald hörte mit einem Mal auf. Vor ihren Füßen ein Abgrund, auf dessen Grund schnell dahinströmendes schlammiges Wasser. Auf der anderen Seite war der Boden trocken, nur wenige Sträucher, sonst nichts, Grün und Gelb, unterbrochen vom Blau auf dem Grund der Schlucht.

Und über der Felsspalte eine schmale Brücke. Es gab noch mehr Brücken, sicher, damit die beiden Welten miteinander verbunden waren, aber sie lagen weiter im Osten oder weiter im Westen. Wer sie verfolgen wollte, würde Tage brauchen, einen Tag ganz bestimmt, wahrscheinlich zwei, mit etwas Glück vielleicht drei, ausreichend Zeit für sie, um sich rasch aus dem Staub zu machen.

Nachdem sie die Brücke überquert hatten, zerstörten sie sie. Mariel hatte ihr Schwert nicht bei sich, aber sie hatte noch Zunder in ihrem Quersack, und mit dem und etwas Hilfe von Hania konnten sie die Seile in Brand setzen, eins nach dem anderen landeten die Holzbrettchen nach einem langen Flug unten im Wasser.

»Lass den Bären frei, befrei seinen Geist von dem Befehl zu kämpfen«, sagte Mariel.

Empört sah Hania sie an.

Das war dumm. Diese Kerle da, die Soldaten, hatten die Absicht, sie beide zu hängen. Einen toten Feind brauchte man nicht noch einmal zu bekämpfen.

Mariel schüttelte den Kopf. Sie musste verstanden haben, was Hania dachte.

»Der Bär wird bis zu seinem Tod kämpfen«, sagte Mariel und betonte das *seinem* sehr nachdrücklich. »Unter den Regeln des Ritters des Lichts gibt es eine, die für alle militärischen Heerführer Gültigkeit hat. Was auch immer der Grund ist, weshalb jemand für uns kämpft, es ist unsere Pflicht, sein Leben nicht unnütz aufs Spiel zu setzen. Der Heerführer schuldet dem, der für ihn kämpft, Treue, nicht nur umgekehrt. Das ist der Unterschied zwischen einem Kampf nach den Regeln der Ehre und dem ohne Regeln. Der Bär hat dir gedient. Wenn er jetzt weiterkämpft, kämpft er bis zu seinem Tod. Wir sind in Sicherheit, lass ihn gehen. Sollten wir jemals wieder durch diesen Wald kommen, so wissen wir, er ist da, und vielleicht kann er uns wieder von Nutzen sein.«

Hania nickte. Das ergab Sinn. Sie ließ das Tier frei. Sie fühlte seine Freude im Davongehen, darüber, noch am Leben zu sein, die Erlaubnis bekommen zu haben, am Leben zu bleiben, befreit von dem Impuls, der ihn in den Tod getrieben hätte.

Freundlich geleitete Hania ihn zu einer Stelle, wo sie durch die Augen der Vögel Honigwaben entdeckt hatte. Er war ein guter Kämpfer gewesen. Wenn sie ihn belohnte, würde er mit größerer Begeisterung wieder für sie kämpfen, wenn es sich ergeben sollte.

Dann wandte sie sich um und betrachtete ihr Schicksal. Sie war schmutzig, abgerissen mit aufgeschlagenen Knien, höchstwahrscheinlich würde sie in allernächster Zeit gehängt und hatte zu ihrer einzigen Verteidigung ihre Mutter, die unbewaffnete dumme Gans.

Unter den grenzenlosen Beständen ihres Wissens kam der Begriff des Sich-Bescheiden-Müssens nicht vor: Das war offenbar Teil der Dinge, auf die jemand von selbst kommen musste.

19

Regeln der Ehre

Mariels Herz war von Grauen erfüllt. Das Leben von Unschuldigen war bedroht gewesen. Um zu verhindern, dass zwei von ihnen getötet wurden, hatte Dartred sich geopfert. Sie hatte ihren Kampfgefährten verloren, den einzigen Schutzschild, den sie hatte auf der Welt.

Die Sache mit dem Heiligen Wasser hatte sie erschüttert. Im Tal der Sprudelnden Quellen lag auch die des Heiligen Wassers. Sie hatte immer geglaubt, im Kontakt mit diesem Wasser würde Hania ihre dämonischen Anteile verlieren, sie hatte nicht begriffen, dass die Berührung damit für Hania Krankheit, Siechtum oder Tod bedeuten würde.

Sie musste das Tal finden, der Quelle aber fern genug bleiben, damit das Mädchen nicht davon geschädigt wurde, doch auch wieder nah genug, damit ihre Kräfte geschwächt wurden. Gefährliche Kräfte, die ihr allerdings zu wiederholten Malen das Leben gerettet hatten.

Sie mussten den Weg finden. Sie befanden sich im

letzten Winkel des Reichs, wo es nur Steine, Gestrüpp und eine gnadenlos sengende Sonne gab.

Durch die Zerstörung der schmalen Brücke hatten sie etwas Zeit gewonnen. Die durften sie nun nicht vergeuden. Sie wusste nicht, in welche Richtung sie sich wenden mussten. Sie versuchte sich an die Landkarten zu erinnern, die sie als Kind mit ihrem Hauslehrer studiert hatte. Hinter der Stadt Kaam gab es noch etwas, ein, zwei Dörfer. Die musste sie finden. Wie sie hießen? *Kroi, Krai*, etwas in der Art, war der Name des nächstgelegenen.

Der Weg war kaum zu erkennen, und sie gingen weiter in Richtung Süden, um sie herum dehnte sich das Nichts mit ein paar verstreuten wilden Sträuchern. Endlich gelangten sie an eine Weggabelung.

»Da ist ein Dorf in der Nähe«, sagte Mariel leise, aber bestimmt. »Ich erinnere mich nicht an den Namen, es heißt Kroi oder Krai, das ist nicht wichtig. Wichtig ist, dass es dort Dinge zu kaufen gibt, die wir brauchen. Also gehen wir in diese Richtung.«

Der kleine Igel, der, mit gesenktem Kopf, hochgezogenen Schultern, die Hände auf dem Rücken verschränkt, vor ihr her ging, schlug mit Entschiedenheit den linken Weg ein. Offenbar hatte Hania Kenntnis von enorm vielen Dingen, Mariel hatte das schon vermutet, und obwohl Hania sie weiterhin nicht ansah und auch nicht mit ihr sprach, arbeitete sie doch mit ihr zusammen.

Dartred hatte sie ins Gesicht geschaut, mehrmals.

Mariel gebot ihren Gedanken Einhalt. Sie durfte nicht

an Dartred denken, sonst würde sie zusammenbrechen. Das durfte nicht sein. Sie musste die Erinnerung stoppen, wegschließen.

Sie musste ihre Aufmerksamkeit auf die Schritte konzentrieren, die nun zu tun waren, einer nach dem anderen, um in das Kroi-Krai-Dorf zu gelangen. Sie musste ihre Aufmerksamkeit auf Wasser und Essen konzentrieren, die sie finden mussten, und zwar bald, denn Hunger und Durst machten sich bemerkbar, auch Kleider zum Wechseln, um weniger gut erkennbar zu sein.

Der Zeitpunkt war gekommen, sich als Frau zu kleiden, da sie ja nach einem jungen Mann suchten, und Hania als Jungen, das war eine gute Idee.

Sie hatte noch ein paar Golddukaten, sie konnte es schaffen. Sie würde es schaffen. Sie musste es schaffen, sonst wäre Dartreds Opfer umsonst gewesen, er war jetzt vielleicht schon tot, sicher schon verurteilt. Nein, sie durfte nicht daran denken, sie durfte überhaupt nicht denken.

Sie hatte keinen der Bewerber um ihre Hand gewollt, nicht nur weil sie voller Hochmut und Dünkel war, wie die Amme, die Köchin und die Hebamme sagten. Ein bisschen stimmte das, musste sie zugeben, aber das Übrige war eine Ahnung. Sie hatte erahnt, wie banal sie alle waren. Jeder von ihnen gehörte dem Typus an, von dem man sagt, er sei ein *braver Mann*. Um Himmels willen, besser ein braver Mann als ein Verbrecher, ein Gewalttäter oder einer, der in eine Schänke geht und sich einen

Spaß daraus macht, Sterbende an der Decke aufzuknüpfen. Brave Leute, sicher, aber keiner von ihnen hätte der Ritter des Lichts sein können. Schuld war ihr Vater, der ihr den Kopf mit diesen Geschichten gefüllt hatte, wie die Köchin und die Amme sehr richtig sagten, aber sie hatte den Kopf nun einmal voll von diesen Geschichten, und keiner von ihnen war das, was sie suchte. Sie wollte einen Mann vom Rang ihres Vaters. Sie wollte *den Kühnen*.

Jetzt hatte der Herr der Finsternis ihr einen Weg aufgezwungen, den sie sonst nie eingeschlagen hätte. Und so hatte sie den Kühnen gefunden. Solange sie Mariel vom Reich der Sieben Gipfel war, hätte sie ihr Auge gewiss nicht auf den Sohn des Schmieds geworfen, hätte seinen Wert nie erkannt.

Und solange sie nicht in Gefahr war, hätte nie die Möglichkeit bestanden, dass er wagen würde, um sie anzuhalten.

Es hatte sich ein Weg aufgetan, der sonst nicht gangbar gewesen wäre. Aber die Menschen hatten ihn zerstört, und jetzt musste sie ihre ganze Aufmerksamkeit, jeden Gedanken konzentrieren auf die drei Worte: Kleidung, Essen, Wasser. Nein, in der Reihenfolge ihrer Wichtigkeit: Wasser, Essen, Kleidung, und musste verhindern, dass ihre Gedanken in die verbotene Richtung gingen, denn wenn sie das täten, würde sie unter der Verzweiflung und dem Schmerz zusammenbrechen, und das durfte nicht geschehen.

Sie brauchte ihre ganze Kraft. Sicher, sie würden sich

wiedersehen in dem Tal, das größer, grüner und schöner war als alles, was es in ihrem Reich und anderswo gab. Daran musste sie denken. Vielmehr nein, daran würde sie später denken. In diesem Augenblick musste sie an Wasser denken, an etwas zu essen und Kleider zum Wechseln, in dieser Reihenfolge, einen Fuß vor den anderen setzen und in das Dorf gelangen, wie auch immer es hieß, ohne nachzugeben, ohne zusammenzubrechen, ohne zu weinen. Etwas zu trinken, etwas zu essen, etwas zum Anziehen, etwas, um sich zu verstecken, etwas, um sich nicht zu erinnern, etwas, damit das Leben vorbeigeht. Früher oder später würde es vorbei sein, und sie würde in jenes Tal eingehen, groß und grün und schön wie nichts auf der Welt. Bis dahin würde ihr Leben aus Pflicht und den Regeln der Ehre bestehen.

Mariel dachte, wie man manchmal glücklich ist und nicht weiß, dass man es ist. Sie hatte Dartred an ihrer Seite gehabt, und das *war* ihr Glück gewesen. Auch an jenem Tag, als er sie verachtete, mit Verachtung konnte man fertigwerden. Wenn jemand voller Verachtung war, so weil er lebendig war.

Der Tod war das Ereignis, mit dem man nicht fertigwerden konnte. Jetzt war Dartred für immer verloren, und ihr blieben nur die Pflicht und ihre Mission. Sie musste Hania retten. Sie musste die Welt retten. Das würde sie tun.

Ihre Schatten wurden länger und länger. Die Sonne stand bereits am Horizont. Sie kamen in das Dorf, es hieß Krai, das stand in gedrungenen, runden Buchstaben auf einem schäbigen Stück Holz, das an der abblätternden Mauer des ersten Hauses an der Straße angebracht war.

Die Häuser waren aus Mörtel und Ziegenmist gebaut, die Straße bestand aus Staub und Ziegenmist, die Dächer aus einfachem Stroh, weil der Ziegenmist bis dahin nicht gelangt war.

Rings um jedes der winzigen und schmutzigen Häuser war ein Pferch für Ziegen. Es waren sehr kleine Ziegen mit goldbraunem Fell. Oben auf den Dächern, neben den Schornsteinen mit je einem Storchennest darauf waren Taubenschläge. Überall ertönte das ununterbrochene Gesumm von Fliegen.

Ein paar Frauen hockten am Boden und breiteten auf bunten Tüchern ihre Waren aus, es war Markt. Mariel erinnerte sich, dass in vielen Ortschaften im Süden abends Markt war, wenn die Hitze nachlässt und das Tagwerk getan ist.

Die erste Frau verkaufte Ziegenkäse, die zweite Frau verkaufte Ziegenkäse, die dritte verkaufte Ziegenmilch und –quark, die vierte verkaufte ein Schwert mit Silberknauf.

Mariel fuhr zusammen. Direkt im Straßenstaub – sie hatte kein Tuch – saß mit ihrem Balg im Arm die Bäuerin, diejenige, die ihr das Pferd gestohlen und sie in den

Fängen der Soldaten zurückgelassen hatte. Diejenige, derentwegen sie Dartred verloren hatte.

Sie saß mit gekreuzten Beinen da und wiegte ihr Kind.

Was zu tun war, war ganz einfach. Mariel beschränkte sich darauf, das Schwert an sich zu nehmen, es aus der Scheide zu ziehen und ihr an die Kehle zu setzen.

»He, Ihr da«, protestierten die anderen Frauen.

»Diese Hündin ist eine Diebin«, versetzte Mariel nur. »Und sie hat mein Schwert geraubt.«

Das klang plausibel. Alle mussten über die Bäuerin, die ein silbernes Schwert verkaufte, sehr verwundert gewesen sein. Und die Kleidung von Mariel und Hania mochte ja schmutzig und abgerissen sein, aber wenn man genauer hinschaute, sah man, dass sie aus solidem dunklem Filz und indigoblauem Samt gemacht war. Außerdem hatte Mariel das Schwert in der Hand und machte ganz den Eindruck, dass sie damit umzugehen verstand. Sie verstummten und verfolgten die Szene. Sie beschränkten sich darauf zu kichern.

»Soll ich vom Handgelenk deines Kindes erzählen?«, flüsterte Mariel. Die Bäuerin erbleichte. Mariel steckte das Schwert wieder in die Scheide.

»Wo ist das Pferd?«, fragte sie.

»Verkauft«, antwortete die Bäuerin.

»Du hast es verkauft? Ein Pferd ist ein unschätzbares Gut.«

»Ich kann nicht darauf reiten und früher oder später wäre ich heruntergefallen. Und dann bin ich Bettlerin von Beruf. Du kriegst keine Almosen, wenn du auf einem Pferd daherkommst.«

»Für wie viel hast du es verkauft?«

»Vier Golddukaten.«

»Vier Golddukaten? Bist du verrückt? Es war mindestens zwanzig wert.«

»Find erst mal wen, der zwanzig Golddukaten hat. Ich hab bloß einen mit vier Dukaten gefunden. Und du hast das Pferd auch gestohlen. Das Schwert gehörte dir, aber das Pferd hast du gestohlen.«

»Um dein Leben zu retten, das meine war in Sicherheit. Um dir das Leben zu retten, hat der Krieger, der bei mir war, sein Leben geopfert. Gib mir die vier Golddukaten und kreuz nie wieder meine Wege.«

»Zwei«, feilschte die Frau. »Ich war dir eh schon aus dem Weg gegangen.«

Mariel fragte sich, wie sie sich in ein derart absurdes Gespräch verwickeln lassen konnte. Allerdings musste sie anerkennen, dass die Bäuerin beachtliche Redegewandtheit besaß, wäre sie in besseren Verhältnissen geboren, hätte sie Botschafterin werden können.

»Was hat dein Kind am Handgelenk?«, erinnerte Mariel sie.

»Drei Dukaten«, sagte die Frau.

»Vier, oder du hängst vor Morgengrauen am Galgen«, sagte Mariel hart. »Ich habe dir und deinem Kind das Leben gerettet, und dafür habe ich den Mann, der bei mir war, verloren. Gib mir die vier Dukaten, oder ich schlag dir mit dem Schwert den Kopf ab, das spart dem Henker den Strick.«

Die Frau rückte die vier Dukaten heraus, aber während sie das tat, sah sie Mariel bösartig und misstrauisch an. »Warum hast du mich gerettet? Weil du wusstest, dass es nicht gerecht war, mich zu töten? Weil du jetzt sicher bist, dass mein Kind nicht das böse ist, dass es keinen bösen Zauber wirkt?«

»Ich glaube nicht an solche Dinge, und wir haben dich aus Großzügigkeit und unserem Sinn für Gerechtigkeit gerettet«, antwortete Mariel.

Die Frau schaute scheel auf Hanias Handgelenk. Mariel schauderte. Einen Moment lang kämpfte sie mit dem Impuls, erneut das Schwert zu ziehen.

»Sei nicht albern. Sie ist drei Jahre alt. Nun gut. Ich kenne dich nicht und du kennst mich nicht. Auf dass unsere Wege sich nie wieder kreuzen, für dich und dein Kind wäre es das Ende«, sagte sie, wandte sich um und ging.

Erpressung gehörte bestimmt nicht zu den Waffen, mit denen der Ritter des Lichts Ordnung in die Welt brachte, aber offenbar bewegte er sich in einer besseren Welt als ihrer oder er hätte auch ein paar Kompromisse, ein paar Kratzer auf der schimmernden Rüstung hinnehmen müssen. Im letzten Licht des Sonnenuntergangs kaufte Mariel Ziegenmilch, Käse, Quark und tauschte ihre Mäntel – ihren aus Fellen, der Dartred gehört hatte, die letzte Erinnerung an ihn, und den ihrer Tochter, die vor allem zu warm waren für die Gegend –

gegen bunte Tücher. Andere Kleidung gab es an diesem Ort voller Fliegen und Ziegen nicht.

Die Tücher konnten als Umhänge dienen. Von Weitem hätte man sie nicht wiedererkannt. Aus einem würde sie einen Rock machen und aus dem anderen ein Paar Hosen, sobald sie einen Ort fand, wo sie sich in Ruhe ein paar Tage hinsetzen und nähen konnte.

»Los, Kleine, gehen wir fort von hier. Von nun an trauen wir niemandem mehr«, sagte Mariel zu Hania.

Hania war ungewöhnlich erregt. Sie war nicht nur missmutig, sie war verängstigt, eine Falte stand ihr auf der Stirn. Mariel meinte, das käme von der Begegnung mit der Bäuerin, die ein leuchtendes Beispiel dafür gegeben hatte, wie schlecht man mit Großzügigkeit, Mut und den Regeln der Ehre fahren konnte.

Für die Nacht fanden sie einen niedrigen, windschiefen Stall. Von dem Gestank nach Ziegenkot konnte einem schwindlig werden, aber an dem Ort waren sie sicher, und vor allem war er voller Ziegen.

»Du kannst dem Geist der Ziegen befehlen, dass sie viel Lärm machen sollen, wenn jemand kommt, nicht wahr?«, fragte Mariel Hania. Die antwortete nicht, aber verzog ihre missmutige Miene zu einem vagen Ausdruck der Zustimmung.

Hania konnte die Ziegenmilch und den Käse zu sich nehmen, ohne dass ihr schlecht wurde, und das erleichterte Mariel einen Moment lang. Im Übrigen aber war Hania nach wie vor unruhig und finsterer als je zuvor.

Dann brach dieser ganze Tag, alles, was geschehen war, wieder über Mariel herein, und sie stoppte die Gedanken. Sie durfte nicht daran denken. Sie durfte nicht an *ihn* denken. Nicht in diesem Augenblick. Später, wenn Zeit wäre für Tränen. Jetzt musste sie Hania ins Tal der Sprudelnden Quellen bringen. Das war eine gute Idee, weil das Tal fernab von allem war und weil niemand sie bei der Quelle des Heiligen Wassers suchen würde. Weil sie, wenn Hania übertriebene oder übertrieben böse Kräfte entfalten sollte, sie würde aufhalten können.

Sie fragte sich auch, wie sie leben würden. Bisher war das Problem immer gewesen, sich nicht umbringen zu lassen. War dieses gelöst, war das nächste Problem, wie überleben. Sie würden ein paar Ziegen mitnehmen müssen. Offenbar fanden die Tiere in dieser vom Wind gepeitschten Steinwüste Nahrung.

Sie hatte ihr Lebtag lang kein Tier gemolken und sie hatte keine Ahnung, wie aus Milch Käse wurde. Melken und Käsemachen waren nicht Teil ihrer Erziehung gewesen. Aber sie hatte ja Hania. Hania wusste alles, konnte alles. Mariel würde mit lauter Stimme sagen: »Man muss die Ziegen melken und Käse machen«, und sie würde den Eimer voller Milch und den Käse auf dem Tisch finden. Wenn sie keinen Tisch hatten, würde sie sagen: »Wir brauchen einen Tisch«, und die Sträucher würden sich in Weidengeflecht verwandeln und dieses sich zu einem Tisch formen.

Hania hatte unendliche und uralte Kenntnisse im Kopf, so viele wie ihr Erzeuger. Davon konnten sie profitieren.

Sie musste von einem Tag auf den anderen leben. Und an etwas Schönes denken.

An die Sterne, die über dem schmutzigen Stall leuchteten.

Und an die Morgenröte, die kommen und den Himmel mit Rot und Gold überziehen würde.

20

Das letzte Stück der Reise

Während Hania in dem stinkenden Stall hockte, mit niemandem außer ein paar Ziegen als Verbündeten gegen die Welt, versuchte sie, ihre Situation zu analysieren. Die Situation war scheußlich. Die Situation war eine Katastrophe. Die Situation bestand aus Angst und Gefahr. Die Situation war viel schlimmer, als Mariel dachte.

Der Güte ihrer Mutter verdankten sie es, dass sie die Bäuerin zurückgelassen hatten, die nicht nur keinerlei Dankbarkeit für Mariel empfand, sondern sie vielmehr hasste. Mariel war schöner als sie, entstammte einer besseren Familie, konnte mit dem Schwert umgehen, drückte sich so anmutig aus, wie sie sich bewegte: Sie hatte der Frau das Leben gerettet.

Jemandem Dankbarkeit zu schulden, führte auf kürzestem Weg zu Hass. Die Bäuerin hasste Mariel, denn zu all dem Ärger, den sie ohnehin bereits hatte – auf die Welt gekommen zu sein, arm auf die Welt gekommen zu sein, hässlich auf die Welt gekommen zu sein, ein

Kind zu haben und keinen Mann dazu, und, als Tüpfelchen auf dem I, dieses Kind mit der Brandwunde am Handgelenk zu haben –, hatte Mariel nun auch noch eine Demütigung hinzugefügt. Zu allem Unglück hatte die Bäuerin erahnt, dass Mariel in diese Geschichte verwickelt war: Wenn sie nachweisen konnte, dass das gesuchte Kind ein anderes war, wäre das ihre gerettet.

Und jetzt hatte diese bösartige Person in diesem verdammten Dorf eine ganze Armada an Verbündeten. Als sie beide die schweren Mäntel ablegten – die jetzt unendlich nützlich gewesen wären, weil sie weich und warm waren, die Erde hier aber war hart und nachts war es bitterkalt –, hatte ihre Mutter eine ungeschickte Handbewegung gemacht, und Hanias linkes Handgelenk war einen Augenblick lang zu sehen gewesen. Ihre Mutter hatte es nicht bemerkt, die anwesenden Frauen aber wohl, und sie hatten einen Blick gewechselt.

Hania hatte verstanden, dass sie ihrer Mutter Bescheid geben musste. Seitdem der kleine Vorfall stattgefunden hatte, versuchte sie es. Es war ihr einfach nicht gelungen.

Sie hatte die Unfähigkeit, mit ihrer Mutter zu kommunizieren, ihr ins Gesicht zu schauen, ihr auch bloß mit Gesten etwas zu verstehen zu geben, als selbstverständlich hingenommen. Hania schien der Grund dafür in ihrer Geringschätzung gegenüber ihrer Mutter zu liegen und der Tatsache, dass sie ihr ohnehin nie etwas anderes mitzuteilen haben würde als den Wunsch, Tochter einer anderen Frau zu sein. Jetzt hingegen wurde ihr klar, dass diese Unfähigkeit in ihrem eigenen Wesen begründet lag.

Sie musste ihrer Mutter unbedingt mitteilen, dass die Katastrophe eingetreten war. Die Entdeckung, dass sie dazu nicht imstande war, erfüllte Hania mit Frustration und Wut.

Jeder Idiot konnte den Mund aufmachen und der Welt allen Unsinn mitteilen, den er sich in seinem Spatzenhirn zurechtgelegt hatte, und sie konnte ihre Mutter nicht vor einer tödlichen Gefahr warnen. Da war etwas, was sie daran hinderte, sich Mariel zuzuwenden, ihr ins Gesicht zu sehen und sich auch nur durch Gesten verständlich zu machen, was ihr hingegen Dartred gegenüber gelungen war. Und es war eine echte Katastrophe, dass sie ihn verloren hatten.

In der Frustration darüber war auch ein kleiner dunkler Punkt, den sie unter Zuhilfenahme ihrer Sprachkenntnisse als *Leidtun* definierte. Es tat ihr leid, dass er tot war, sicher, denn wenn Dartred noch kein Leichnam war, würde er es bald sein. Verloren war verloren. Nicht nur bedauerte sie, ihn nicht mehr als Hilfe dabeizuhaben, es tat ihr auch für ihn leid.

In diesem Augenblick hatte sie aber anderes zu tun, als sich über diese verwunderliche Tatsache den Kopf zu zerbrechen. Sie musste *ihr* Leben retten, das an einem immer dünneren seidenen Faden hing.

In ihrem kurzen Leben hatte Hania noch nie etwas Geschriebenes in Händen gehalten, aber sie wusste, dass sie lesen konnte. In ihrem Geist waren die Buchstaben in jedem jemals erfundenen Alphabet vorhanden. Sie fragte sich, ob sie schreiben konnte. Sie war nicht sicher. Sie konnte lesen, gewiss, aber sie konnte ja auch alle Worte verstehen und besaß doch nicht die Fähigkeit, sie auch auszusprechen. War es dasselbe mit geschriebenen Worten? Sie erschlossen sich ihrem Verständnis, aber konnte sie sie auch hervorbringen?

Hania drehte sich auf den Bauch, und mit dem Finger versuchte sie in den schmutzigen Staub dieses Stalls im Dunkeln die Buchstaben ihres Namens zu schreiben: H – A – N – I – A.

Sie wusste genau, wie die Buchstaben aussahen. Aber sie konnte sie *nicht* in den Staub zeichnen.

Ihre Frustration bekam neue Nahrung. Wurde zu Ärger, der sich in Wut verwandelte. Ohnmacht. Frustration. Wut. Frustration. Angst. Frustration: Ein Gemisch, das jeden Augenblick größer und dichter wurde.

Vielleicht konnte sie zeichnen. Sie versuchte, im Staub einen Kreis zu malen, dann zeichnete sie ein Bäumchen. Das konnte sie. Auch wenn sie nicht sicher war, ob Mariel, wenn sie erst Bescheid wusste, etwas Intelligentes, Sinnvolles und Nützliches würde tun können.

Als sie die Situation rekapituliert und herausgefunden hatte, wie sie kommunizieren konnte, ging Hania zu der pragmatischen Frage über, was sie tun konnte, um die Situation zu verbessern, und wieder war die Antwort lapidar.

Nichts gab es, was sie tun konnte, außer sich auf ihren Füßen durch diese verfluchte Steinwüste zu schleppen, Schritt für Schritt, in der Hoffnung, dass kein berittener Soldat auftauchte, denn sonst würde sie dem Sich-durch-die-Wüste-Schleppen als schöne Erinnerung aus einem glücklichen goldenen Zeitalter nachweinen.

Hania und Mariel standen vor Morgengrauen auf, als es noch angenehm kühl und frisch war.

Sobald ein Lichtstrahl die Welt erhellte, machten sie sich auf den Weg. Mit einem Stöckchen zeichnete Hania eine Figur in den Staub der Straße. Ihre Mutter sah sie einen unendlich langen Augenblick an, dann erahnte sie in einem Geistesblitz, dass es wenig wahrscheinlich war, dass ihre Tochter nach einer schrecklichen Nacht inmitten der Steinwüste unwiderstehlichen künstlerischen Neigungen nachgab, dass dies also eine wichtige Botschaft sein musste.

»Ein Mann? Nein. Eine … Frau. Eine Frau, sie hat einen Rock. Das ist eine Frau, stimmt's«, fragte sie halblaut. »Eine Frau, aus deren Augen Flammen kommen? Strahlen, die aus den Augen kommen?«

Jedes Mal, wenn Mariel falsch riet, schlug Hania mit der Faust auf den Boden. Das hatte sie instinktiv aus Wut so gemacht, aber zuletzt wurde ihr klar, dass sie damit einen Code, ein Signal geschaffen hatte.

»Ich habe verstanden, wenn du mit der Faust auf den Boden schlägst, heißt das Nein. Und wenn ich richtig geraten habe? Wie ist da das Zeichen?«

Ja, das war eine gute Idee, ein Code. Hania fragte sich, was das Gegenteil von der Faust am Boden war: die Handfläche nach oben.

»Das heißt Ja? Kannst du nicht mit dem Kopf Ja und Nein sagen?«

Idiotische Frage, sicher nicht. Sonst hätte sie es schon längst getan. Nein. Faust auf den Boden.

»Nein. Dann gibt es also Dinge, die du nicht kannst. Ist gut. Mach weiter mit der Zeichnung. Eine Frau hat den Kreis gesehen? Ja? Welchen Kreis hat sie gesehen? Die Hand, der Arm, das Handgelenk, sicher, zwischen dem Arm und der Hand ist das Handgelenk …«

Handfläche nach oben.

»Eine Frau hat deine Narbe gesehen? Den Kreis am Handgelenk? Wo? Im Dorf?«

Handfläche nach oben.

»Nein«, schrie Mariel. »Das hätte nicht passieren dürfen.«

Sicher hätte das nicht passieren dürfen. Es wäre auch nicht passiert, wenn sie die Bäuerin ihrem Schicksal überlassen hätten. Dann würden sie sich jetzt alle drei mit Mandeln und Rosinen den Bauch vollschlagen.

»Wir hätten die Mäntel nicht verkaufen dürfen«, setzte Mariel hinzu.

Auch das war wahr. Früher oder später kam ihre Mutter auf die Dinge, viel zu spät, wenn schon nichts mehr zu machen war, aber sie kam drauf.

»Wir hätten nicht in den Süden gehen dürfen.«

Und damit war die Liste der Dinge, die sie nicht hätten tun dürfen, zu Ende. Jetzt würde vielleicht, wer weiß, eine Idee daherkommen, wie sie sich retten konnten.

»Du bist groß für dein Alter, aber sie werden es ausplaudern, und außerdem ist da die Bäuerin, die einen Verdacht hat und ihr Kind retten muss. Sie werden sich alle zusammentun und kapieren, dass du nur größer scheinst, und sie werden kapieren, warum das so ist ….«

Handfläche nach oben.

»Ich bringe dich in Sicherheit. Wir können die Wüste nicht am Stück durchqueren. Wir machen halt im Tal der Sprudelnden Quellen, eine andere Möglichkeit gibt es nicht. Das Tal heißt so, weil es voller Wasser ist, aber das Wasser einer dieser Quellen ist heilig. Ich dachte, das könnte dafür sorgen, dass du wirst wie alle anderen Kinder, aber ich habe mittlerweile begriffen, dass dir das schaden würde. Wir halten uns nur am Eingang des Tals auf, wo ihr Einfluss dich nicht erreicht. Wir füllen unsere Wasserflaschen auf, kaufen etwas zu essen, ruhen uns ein bisschen aus, dann ziehen wir weiter. Wir durchqueren die Wüste und kommen ans Meer, das große salzige Wasser auf der anderen Seite. Dort sehen wir weiter. Wir haben für zwei Tage zu essen und zu trinken. Das schaffen wir.«

Hania fühlte sich eisesstarr. Nicht ihr Körper, ihr Geist war eisesstarr, alles Übrige war einer unerträglichen Hitze ausgesetzt. Die Kleider klebten ihr schweißnass am Leib, und Schwachsinn über Loyalität daherfaselnd, war ihre Mutter dabei, sie Schritt für Schritt zu einem schönen Ort zu führen, der für sie allerdings das pure Gift war.

Rührend, die Mami. Sie wusste nicht, dass es Hania schaden würde, sie dachte nur, dass es ihr etwas von ihren Eigenheiten nehmen würde. Aber in Wahrheit würde es ihr ihre Art zu denken nehmen, alles was sie wusste, die Fähigkeit ihres Geistes zu fliegen.

Alles in allem betrachtet war allerdings die Aussicht, dass dieses Heilige Wasser ihr jegliche Kraft raubte, einschließlich die zum Atmen, auch nicht viel schlimmer als die, in Zukunft ein x-beliebiges Kind zu sein, obendrein stumm, eine arme Behinderte, unfähig zu sprechen.

Ihre Mutter war unwissend, aber schaden wollte sie ihr sicher nicht.

Ihre Mutter hatte Hania bei ihrer Geburt einfach nicht töten können, obwohl sie es gemusst hätte. Aber ihre Mutter hatte sie nicht gewollt, ihre Mutter schuldete ihr nichts. Es war ihr Vater, dessen Willen sie ihre Existenz verdankte, ihr Vater, der die Welt früher oder später mit seiner Herrlichkeit erfüllen und ihr zu Hilfe kommen würde. Aber bis ihr Vater erschien, war Hania allein.

Hania war allein, war immer allein gewesen. Sie hatte nur ihre Mutter, deren Ablehnung ihr gegenüber nicht bis zum Mord reichte, aber nur, weil ihre Regeln das verboten. Auch jetzt: Sie hatte ihr die Wahrheit gesagt, weil die Regeln der Ehre das verlangten.

Die einzige Hoffnung war, dass Hanias Vater auftauchte und sie rettete und an einen Ort führte, wo ihre Einsamkeit ein Ende hatte und ihre Stimme erklingen konnte.

Hania war müde.

Sie hätte sich einen kühlen Ort gewünscht, wo sie sich auf den Boden fallen lassen und liegen bleiben konnte.

Nichts hatte einen Sinn.

Alles war heiß und Staub. Oder kalt und Staub. Oder Müdigkeit und Staub.

Staub, Traurigkeit, Ziegenkot.

Sie gingen einen halben Tag lang. Die Sonne brannte gnadenlos herab. Mariel war langsam, sie trug das Gewicht der Wasserflaschen voller Ziegenmilch und den Sack mit dem Käse darin. Hania trottete vor ihr her, wie immer.

Mariel fing wieder an zu reden, erzählte vom Ritter des Lichts. Und davon, wie die Menschen die falschen Dinge taten, der Ritter des Lichts sich aber nicht ärgerte, sich nicht zu sehr ärgerte, denn wenn der Richter zum Rächer würde, nähmen Grauen und Schmerz um ein Vielfaches zu und die Welt wäre verloren.

»Die Menschen sind so, die Menschen sind anfällig, die Menschen sind schwach, die Menschen haben Angst, und die Angst bringt sie dazu, Dinge zu tun, die sie nicht tun sollten«, erklärte sie. »Die Menschen können töricht sein. Die Menschen können grausam und böse sein. Die Menschen können unrein sein. Manchmal aber können sie großartig sein, und deshalb lohnt es sich immer, für sie zu kämpfen ...«

Manchmal versagte ihre Stimme vor Schmerz oder vor Tränen, aber sie schluckte die Tränen hinunter und fuhr fort.

»Der Ritter des Lichts gibt nie auf. Der Ritter des Lichts ergibt sich nie, auch wenn er Angst hat, wenn er erschrocken ist, wenn er besiegt ist oder wenn er verzweifelt ist. Der Ritter des Lichts ergibt sich nie. Er kämpft weiter, und wird kämpfen bis ans Ende, und solange er da ist, solange da auch nur ein guter Mensch existiert, wird die Welt gerettet sein. Erst wenn es keine guten Menschen mehr gibt auf der Welt, ist sie verloren, also kann jeder von uns den Ausschlag geben. Wenn alles verloren scheint, genau dann dürfen wir nicht aufhören zu kämpfen. Der einsame Ritter ergibt sich nie.«

Hania fragte sich, ob es ein Versehen gewesen war oder ob ihre Mutter absichtlich der einsame Ritter gesagt hatte statt Ritter des Lichts.

Denn nun war sie allein. Dartred war für immer verloren. Alles war Einsamkeit und Schmerz.

»Das Elend hat kein Ende«, sagte Mariel schließlich mit zorniger Stimme. »Er war bei mir und ich war verzweifelt, weil er mich verachtete, dabei hätte ich glücklich sein sollen, weil er am Leben und in Sicherheit war, was für eine Idiotin ich gewesen bin«, rutschte es ihr heraus.

Das Elend hat kein Ende? Hania entdeckte, und konnte es kaum glauben, dass sie Mariels blöde Redensarten lieber mochte als so etwas, wenn sie zum Beispiel sagte, *es hätte schlimmer kommen können, der Himmel greift ein, die Natur ist schön, intelligent und gut.*

Also waren sie zwei absolute *Einsamkeiten*, die sich nebeneinanderherschleppten, jede für sich, jede mit ihrem eigenen Schatten.

Zum Glück hatte Hania die Flöte. Sie holte sie heraus, und ihre Töne erschallten auf dieser Hochebene voller Steine und vom Wind gepeitschter Sträucher, sie mischten sich unter Böen und Brisen. Sie hatte die Flöte. Aus ihrer grenzenlosen Einsamkeit gab es einen Ausweg.

Am Nachmittag legte sich der Wind und sie erblickten das Tal. Zum zweiten Mal wurde die Hochebene, auf der sie sich bewegten, unterbrochen. Zuerst war es die enge und tiefe Schlucht gewesen, deren Felsen die grüne Landschaft von Kaam von den ausweglosen gelben Weiten der südlichen Gebiete trennte. Was sich jetzt hingegen vor ihren Augen auftat, war ein sanftes und weites Tal, darin überall leuchtend grüne Erhebungen, auf denen sich in Reih und Glied angeordnete Rebstöcke mit den runden Wipfeln von Orangenbäumen abwechselten. Überall winzige Quellseen, wo das Wasser von unten aufstieg und sich hier und da auch in einem Strahl erhob. Beim Näherkommen erkannten sie auch Bauten:

winzig kleine Häuser in Kegelform. Ein langes, schmales Tal, üppig und grün mitten in dieser grenzenlosen Ausweglosigkeit.

»Das ist also das Tal der Sprudelnden Quellen«, bemerkte Mariel. »Merk dir, eine dieser Quellen ist die des Heiligen Wassers. Wir verstecken uns im Tal, weil das der letzte Ort ist, an dem man uns suchen würde. Wir bleiben ein paar Tage, vielleicht länger. Jemand sucht nach uns, aber es gibt eine Regel: Was auch immer man sucht, ist die Suche in den ersten Tagen erfolglos, lässt die Intensität nach und jeder wendet sich einer leichteren Aufgabe zu. Wir bleiben am äußeren Rand und warten so lang wie nötig, auch einen Mond oder zwei, dann nehmen wir das letzte Stück Wüste in Angriff und gelangen ans Meer. Wenn du dich nicht wohlfühlst, sobald du anfängst, deine Kräfte zu verlieren, bleib sofort stehen und gib mir Bescheid.«

Hania hatte nur die Flöte und ihre Mutter. Ihre Mutter, das musste sie zugeben, fing an, für sie zu kämpfen. Sie hätte sie nur auszuliefern brauchen und wäre wieder Mariel von den Sieben Gipfeln geworden. Ihre Mutter liebte sie nicht, wieso sollte sie auch? Sie kämpfte zu ihrer Verteidigung wegen ihrer Ritterlichkeit.

Besser als nichts.

Am Eingang zum Tal stießen sie auf ein erstes Zeichen von Leben: eine Gruppe von dornigen Bäumen. Sie hatten große weiße Blüten mit intensivem Duft. *Akazien.*

Sie setzten sich in ihren Schatten.

»Warten wir auf den Sonnenuntergang und sehen dann nach, ob wir etwas Besseres finden«, sagte Mariel, während sich ihr Blick zwischen den weißen Blüten verlor. »Oder wir könnten auch immer hierbleiben. Ein paar wilde Ziegen finden und sie zähmen.«

Mariels Mund war ausgedörrt vor Durst.

Sie redete so dahin. Es war nicht irr, aber es fehlte nicht viel.

Beide waren erschöpft. Sie fielen in Schlaf. Auch Hania, die sehr wenig schlief, schloss die Augen, und zum ersten Mal in ihrem Leben träumte sie.

Sie kannte die Bedeutung des Wortes *träumen*, sicher, wie sie die Bedeutung des Wortes *Astralnebel* kannte, eines von den Dingen, von denen man wusste, dass es sie gab. Ihr erster Traum war ein ruhiger Traum. Grüne Wiesen, ein paar Ziegen. Löwenzahn. Sie mochte Löwenzahn. Er schmeckte gut, hatte diese Blüten von einer herrschaftlichen, sonnengleichen Schönheit, die sich dann in Pusteblumen verwandelten, eine höchst empfindliche Kugel, die sich beim geringsten Windhauch auflöste.

Sie schreckten aus dem Schlaf hoch. Zwei Berittene kamen auf sie zu.

Hania ließ die Pferde scheuen, die beiden fielen herunter, einer von ihnen verletzte sich, doch sie kamen beide wieder auf die Beine. Die Pferde bäumten sich weiter auf, schlugen aus und versuchten, sie mit ihren Hufen zu treten. Die beiden Männer zogen ihre Schwerter und töteten die Tiere mit Hieben auf Hals und Maul. Dann hielten sie inne und betrachteten die Kadaver ihrer Pferde, der Boden unter ihnen wurde dunkel von deren Blut. Schwärme von Fliegen kamen aus dem Nichts und stürzten sich auf die Kadaver.

»Wenn wir je Zweifel hatten, dass es hier eine Kreatur gibt, die bösen Zauber wirkt, so sind die jetzt ausgeräumt«, schrie einer von ihnen.

Sie kamen auf sie zu.

Jetzt gab es nichts mehr, was Hania hätte tun können.

Ihre Mutter zückte das Schwert.

»Ich bin Prinzessin Mariel aus dem Geschlecht derer von den Sieben Gipfeln«, sagte sie mit fester Stimme. »Und ich befehle Euch: Bleibt stehen.«

21

Dame gegen Läufer

Die beiden kamen näher. Es waren ein Mann und ein Junge. Der Mann hatte hohe Rangabzeichen, es war ein Hauptmann der Garde. Keiner von beiden trug Uniform, nicht einmal ein Kettenhemd. Sie waren in der Wüste: In einer Rüstung oder einem Kettenhemd wären sie verbrutzelt wie zwei Spanferkel am Spieß. Außerdem verfolgten sie eine Frau und ein Mädchen, also waren sie davon ausgegangen, dass der Schutz, den eine Joppe aus gesteppter Seide gewährleistete, ausreichen würde.

»Ich bin Mariel aus dem Haus der Sieben Gipfel, und mein Vater, der König dieses Landes, hat mich die Kunst des Schwertkampfes gelehrt, damit ich die Ehre meines Volkes verteidigen kann. Ich werde Euch nicht erlauben, das Blut eines Kindes zu vergießen und damit Eure Seele in ewige Verdammnis zu stürzen. Ich befehle Euch, bleibt stehen und kniet vor mir nieder.«

Die beiden starrten sie fassungslos an.

Keiner von beiden hatte sie je vorher gesehen, für die

Behauptung gab es also überhaupt keine Beweise. Andererseits, wer außer Mariel konnte so sprechen und ein Schwert mit silbernem Knauf zücken?

Unter ihren zerrissenen Kleidern holte Mariel die Goldkette hervor, die sie um den Hals trug.

»Womöglich ist die gestohlen«, schnaubte der Mann.

»Genau. Derselben Logik folgend, könnte ich sagen, soweit ich weiß, seid Ihr ein Bandit und habt die Rangabzeichen jemandem gestohlen, der mehr Höflichkeit und Verstand besitzt als Ihr. Häuft nicht weiter eine Peinlichkeit auf die andere, eine Beleidigung auf die andere«, befahl Mariel. »Haltet den Mund.«

»Hat dieses Mädchen ein Mal, ein rotes Mal am linken Handgelenk?«, fragte der Mann. »Antwortet und wagt nicht, mich zu belügen.«

»Es ist nicht meine Gewohnheit zu lügen«, antwortete Mariel. »Welche Kakerlake aus dem Keller Eures Hauses, welche Maus aus Eurem Kornspeicher hat Euch denn Manieren und die Feinheiten der Höflichkeit beigebracht? Ja, dieses Mädchen hat ein Mal am linken Handgelenk, und ich, Mariel von den Sieben Gipfeln, habe die Verantwortung für ihr Leben auf mich genommen, sowie die für die Ehre meines Königreichs.«

»Dann muss sie getötet werden«, erwiderte der Mann und zog ebenfalls das Schwert. Der Knappe war weiter hinten geblieben. Er hantierte mit etwas Schwerem herum, das er vom Sattel eines der Pferde losgemacht hatte und jetzt hinter sich her schleifte.

»Wenn das Blut des Mädchens vergossen würde, würde die Welt ihren Anstand verlieren und die Pläne des Herrn der Finsternis würden Wirklichkeit, und ihr beide wärt die zwei Idioten, die alles darangesetzt haben, ihm dabei zu helfen. Ich bin Eure Herrin und übernehme die Verantwortung für dieses Mädchen, die Verantwortung, einen Ort weit weg von den Menschen, weit weg von der Menschenwelt zu finden, wo sie in Frieden leben kann. Ich übernehme die Verantwortung, über ihr Leben zu wachen. Ich bringe sie weit weg, sodass alle Ränke des Herrn der Finsternis scheitern, und ich befehle Euch, tut Eure Pflicht und stellt Euch in meine Dienste.«

Der Hauptmann schüttelte den Kopf.

Er war hartnäckig. Und auch ein Idiot. Mit einer verfluchten Neigung zur Grausamkeit. Die Vorstellung vom Tod des Kindes gefiel ihm: Er hatte ein Leuchten in den Augen gehabt, als er davon sprach. Auch ihre Mutter und die Hebamme hatten den Willen bekundet, Hania zu töten, aber mit Trauer im Blick und im Herzen, und in der Tat hatten ihre Zweifel sie zurückgehalten.

Der Hauptmann, den sie hier vor sich hatte, würde es tun. Schade, dass eine alles in allem positive Eigenschaft wie Hartnäckigkeit darauf verschwendet wurde, Grausamkeit und Dummheit zur Durchsetzung zu verhelfen.

»Herrin, wenn wirklich Ihr es seid, dann bedeutet das, dass Ihr verrückt geworden seid. Dieses Mädchen muss getötet werden. Ich übernehme die Aufgabe.«

»Nur über meine Leiche; und glaubt bloß nicht, dass das so leicht wäre.«

»Wir sind zu zweit und Ihr seid allein.«

»Ich habe mich mit meinem Vater im Schwertkampf geübt, und Euer Knappe scheint mir anderweitig beschäftigt zu sein.«

»Eure Aufgabe als Königin hätte sein sollen, uns zu schützen, nicht zu versuchen…«, erwiderte der Mann. Er hatte Angst. Deshalb schwafelte er. Nein, nicht nur das: Er versuchte Zeit zu gewinnen. Hania sah sich einen Moment lang um.

Sie begriff nicht, was der Junge da machte, aber sie ahnte, dass es nicht harmlos war und sie keine Minute zu verlieren hatte.

»Kannst du mit diesem Schwert umgehen, du verfluchter Stümper?«, fragte Mariel und griff an. Ihr Vater hatte sie in der Kunst des Schwertkampfs unterrichtet, darin, das Schwert mit Mut und Ehre zu führen. Der Ritter des Lichts weiß, dass die Gerechtigkeit wichtiger ist als der eigene Seelenfrieden, und er kann kämpfen und töten, aber mit Trauer im Herzen.

Mariel von den Sieben Gipfeln, Erbin des Ritters des Lichts, setzte ihr Schwert mit aller Kraft ein, die Augen voller Tränen. Die Sonne spiegelte sich auf dem Schwertknauf, als die Klinge in den Körper des Gegners eindrang und er in einer Blutlache zusammenbrach.

Endlich konnte Mariel sich umdrehen und sehen, was das zweite Element dieser verheerenden Gruppe tat.

Der Knappe hatte etwas Schweres sehr nah zu Hania gebracht: einen dicken Lederschlauch, Hania war wie versteinert, blass, fahl.

Heiliges Wasser. Das Mädchen war verloren.

Während Mariel auf ihn zu stürzte, lief der Knappe um Hania herum und goss die Flüssigkeit aus seinem Schlauch auf den Boden.

Dann warf er ihn hin und lief davon.

»Ich muss am Leben bleiben, um der Welt vom Heldenmut des Hauptmanns Barty zu berichten.«

»Sicher, damit die Welt auch bestimmt erfährt, dass er im Kampf mit einer Frau gefallen ist, während er versuchte, ein Kind zu töten«, brüllte Mariel.

So schnell sie konnte, lief sie zu Hania, um sie zu packen und hier wegzubringen. Im Laufen aber stieß sie heftig gegen etwas und fiel hin.

Hania war jenseits einer durchsichtigen, aber unüberwindlichen Mauer.

Mariel lief um sie und das, was sie einschloss, herum, schlug mit den Händen dagegen. Hania war in einer runden Glaszelle eingeschlossen und rang mit dem Tod.

Mariel nahm ihr Schwert und schleuderte es mit ihrer ganzen Kraft gegen diese Hülle. Dann schlug sie weiter darauf ein, wieder und wieder, bis Hania in sich zusammensank.

Da wurde der Prinzessin klar, dass da nichts zu machen war. Sie ließ das Schwert sinken und fiel auf die Knie.

»Das kann nicht so enden, mein Kind. Beiß die Zähne zusammen, atme. Atme.«

Jenseits der Glaswand rang das wunderschöne Kind mit dem Tod. Die blauen Augen in den tiefen Augenhöhlen leuchteten noch. Der Brustkorb hob und senkte sich immer seltener in immer flacheren Bewegungen.

Plötzlich wurde es dunkel. Ein Halbdunkel aus Nebel und Staub verschluckte das Licht.

»Wozu willst du, dass sie atmet?«, fragte eine eisige Stimme. »Willst du, dass sie wieder anfängt zu atmen, um sie an Hunger und Durst sterben zu sehen?«

Der Herr der Finsternis war gekommen. Er war riesig, eine hoch aufragende Gestalt, jedoch nicht manifest, als ob er aus dichtem Rauch, Dunkelheit, Nebel und Staub gemacht wäre. »Du kannst dich beruhigen und aufhören herumzuschreien, es ist zu spät.«

Eisiger Schreck erfüllte Mariel, jede Wärme, jedes Bewusstsein, dass Leben ein Wert sei, hatten sie verlassen. Aber das leidende Kind gab ihr Kraft.

Sie musste kämpfen.

»Rette sie«, befahl Mariel. »Was willst du? Meinen Tod? Nimm mich. Rette sie.«

»Es ist nicht meine Gewohnheit, Befehle entgegenzunehmen, und diejenigen, die es gewagt haben, mir welche zu geben, mit mir zu sprechen wie mit einem Sklaven oder auch nur wie mit ihresgleichen, haben das bereut. Dein Leben kann ich dir in jedem Augenblick nehmen. Ich kann dafür sorgen, dass du darum flehst, getötet zu werden. Mach dich nicht lächerlich, Weib. Weißt du nicht, dass das Heilige Wasser mich aufhält? Ich kann auch nichts machen, außer zu bedauern, dass dieses entzückende Geschöpf dank so leuchtender Tugenden wie Ehre, Barmherzigkeit und Mitleid getötet wurde. Dieses Verbrechen wird die Welt büßen, indem sie endgültig ins Chaos stürzt.«

Mariel konnte aufstehen und nahm ihr Schwert wieder an sich.

»Willst du kämpfen? Mit mir? Du bist wirklich erstaunlich und lächerlich obendrein«, sagte der Herr der Finsternis. »Du hast mich überrascht. Ich habe das Mädchen gegen deinen Willen in dich gepflanzt: Es war nur logisch, dass du es bei der Geburt töten würdest, wenn nicht schon vorher. Das Mädchen hat eine absolute Abneigung, einen unüberwindlichen Ekel, die nur deinem Widerwillen, sie in dir zu haben, gleichkommt. Sie empfindet Ekel vor Milch, vor dem üblichen Umgang mit Kindern, vor jeder gewöhnlichen Speise. Ein Mädchen, das unfähig ist zu sprechen, zu lächeln, und das jeder Annäherung mit Widerwillen begegnet. Ich war davon ausgegangen, dass sich niemand ihrer annehmen würde und dass sie bestenfalls Hungers sterben würde, naheliegender wäre es gewesen, wenn sie auf fantasievollere und brutalere Weise umgekommen wäre. Stattdessen hat sie überlebt und ist groß geworden.«

Ja, sie und Hania hatten es geschafft. Und jetzt, da das Schlimmste vorüber war, konnte nicht alles aus sein.

Am Anfang hatte Mariel sie nicht gewollt, sicher, aber jetzt konnte sie nicht zusehen, wie Hania mit dem Tod rang.

»Rette mein Kind«, sagte sie.

Der Herr der Finsternis brach in Gelächter aus.

22

Weißer Springer gegen schwarzen König

Seitdem sie auf der Welt war, hatte Hania sich gewünscht, vor dem Herrn der Finsternis zu stehen. Diesen Gedanken hatte sie bewahrt wie einen Schatz.

Jetzt, da ihr Atem immer kürzer und mühsamer wurde, da alle Kraft aus ihr wich, war Er erschienen.

Die unsichtbare Wand rings um sie schnitt ihr die Luft ab, schloss sie in eine Isolierzelle ein, hielt aber weder das Licht ab noch die Töne, Stimmen und Bilder. Eingeschlossen in diese magische Glasglocke, die ihr Sarg werden würde, sah Hania den Kampf ihrer Mutter. Sie hörte alle Geräusche, jedes gesprochene Wort. Sie hörte das Summen der Fliegen über dem Blut der Pferde und über dem des Mannes, den ihre Mutter getötet hatte, um sie zu retten. Sie hörte die Stimme ihres Vaters, sah, wie sein Schatten alles Licht des Nachmittags verschluckte.

Glück erfüllte sie, verließ sie aber auch gleich wieder. Selbst ihr Vater konnte nichts tun, um sie zu retten.

Die Gewalt, die sie festsetzte und tötete, war auch für ihn übermächtig.

Dann nahm sie in ihrem erschöpften, aber noch wachen Geist den genauen Sinn der Worte wahr, den Tonfall. Nicht, dass ihr Vater sich sonderlich grämte aus Schmerz über ihr Ableben. Außerdem stimmte es nicht, dass sie nicht zu retten war.

In den wenigen Augenblicken, da ihr Geist noch die Kraft gehabt hatte, sich zu rühren, hatten die Ameisen und Skorpione unter ihr sie bestätigt. In die Tiefe gelangte der Einfluss des Heiligen Wassers nicht. Man musste graben. Man brauchte nur zu graben.

Wenn ihre Mutter graben würde, statt ihr mit dem Geklirre ihres Schwerts, das sie so vergeblich wie theatralisch gegen die Zauberwand schmetterte, das Trommelfell zu zerreißen, könnte sie vielleicht versuchen, sie zu retten. Auch wenn ihre Mutter das mit einem Schwert nicht schaffen würde, nicht rechtzeitig.

Ihr Vater aber besaß das Wissen und auch die Kraft, es war nicht denkbar, dass er es nicht wusste, es war nicht denkbar, dass er es nicht konnte.

Ihre Mutter war blöd, aber wenigstens hatte sie versucht, sie zu retten, und sie war auch verzweifelt, dass ihr das nicht gelungen war. Sie hatte ihr Leben für Hania hingegeben, war eine Ausgestoßene geworden, dabei war sie Prinzessin. Sogar ihrem finsteren Vater gegenüber war Mariel bereit gewesen, ihr Leben im Tausch für das Hanias zu geben.

Der dagegen erging sich in Hohn und Drohungen, während Hania im Sterben lag, statt zu graben.

Wieder stellte sich Hania die Frage: Warum trug sie Informationen über die Umlaufbahn der Galaxien in sich, aber keine über die größte Gefahr für *sie*? Vom Heiligen Wasser hatte sie nichts gewusst, nicht einmal, dass hier im Tal der Sprudelnden Quellen sein Ursprung lag.

Ein leiser Zweifel an den Worten ihres Vaters tauchte auf und wurde Gewissheit. Ihr Geist war im Erlöschen begriffen, aber immer noch wach, und im Übrigen findet jeder Geist den Weg, wenn es nur einen gibt.

Sie war nur erschaffen worden, um zu sterben, sobald wie möglich, um die Welt durch den Mord an ihr in Verdammnis zu stürzen.

Ihr Vater bestätigte das unverhohlen.

Wut stieg in Hania auf. Er hatte sie verstümmelt. Wie die Bettlerin ihr Kind als Neugeborenes geblendet oder wie die andere Frau ihrem Kind die Beine zertrümmert hatte.

Sie war verstümmelt worden: Unfähig zu sprechen, unfähig, ihrer Mutter auch nur ins Gesicht zu schauen, unfähig zu lächeln, geplagt von würgendem Ekel, wenn sie nur einen Schluck Milch trank, immer hin und her gerissen zwischen Erbrechen und Hunger.

Wut überkam Hania.

»Rühr mein Kind nicht an«, sagte ihre Mutter zum Herrn der Finsternis, und da zuckte merkwürdigerweise

Hania wegen etwas zusammen. Sie wusste nicht recht, was es war, aber da war etwas.

Sie war das Kind von jemandem. Das heißt, nein, sie gehörte zu niemandem, aber doch … Da war jemand, der sie stolz zu seinem Kind erklärte.

Hania atmete tief durch. War dieses Etwas Zuneigung? *Zuneigung* war ein großes Wort. *Zugehörigkeit* vielleicht.

Der dunkle Engel machte eine Handbewegung. Da erschien eine Silberkette, beweglich und schnell wie eine Schlange, und kettete Mariels rechtes Handgelenk an den Stamm einer Akazie, unter dem Zug der Kette ließ diese ihr Schwert fallen.

Ein Blitz durchzuckte die Luft: Er hatte wenige Schritte von Mariel entfernt eingeschlagen. Sofort darauf folgte dröhnend der Donner. Dann weitere Blitze und Donner. Ein Blitz traf den Baum, den nun eine Flammenkrone zierte.

»Ich liebe den Blitz«, sagte der dunkle Engel. Sie waren bei Vertraulichkeiten angelangt. »Regen mag ich nicht. Feuer und Wüste sind meine Elemente, aber der Blitz hat seine eigene großartige Schönheit. Mach dir keine Illusionen, törichtes Weib. Kein Regen wird dich retten.«

Hania betrachtete den brennenden Baum. Die Kette würde glühend heiß werden, die Flammen würden den

Körper ihrer Mutter bald erreicht haben. Mariel versuchte, sich so fern wie möglich davon zu halten.

Es war kein Zeichen von Macht, jemanden, den man in seiner Gewalt hatte, zu verbrennen, nachdem man ihn festgebunden hatte. Das war die Tat eines armen Idioten.

Der Ritter des Lichts hätte so etwas niemals gemacht.

Starke kämpften gegen Starke. Die Armseligen kämpften gegen Wehrlose.

Wieder warf sich Hania instinktiv gegen die Wände ihres Gefängnisses.

Und diesmal überwand sie sie.

Da war nichts mehr.

Der Zauber war gebrochen. Da war nur ein nasser Kreis im Sand, sonst nichts.

Sie war frei.

Hania fühlte Kraft in sich, eine schrankenlose Macht.

»Rühr meine Mutter nicht an«, sagte sie.

Eine klare, ruhige, kräftige Stimme, so als hätte sie seit jeher gesprochen. In Wirklichkeit unterbrach kein Laut das Rauschen des Windes. Ihre Stimme erklang in ihrem Geist und in dem des Vaters.

Mit großen Schritten trat Hania aus dem Kreis und stellte sich zwischen ihre Mutter und den Herrn der Finsternis.

»Wie bist du aus dem Kreis des Heiligen Wassers herausgekommen?«, fragte der Dämon.

Wie ihr das gelungen war? Dank ihrer Wut? Weil sie

nicht wollte, dass Mariel getötet wurde? Vielleicht dank ihrer Verachtung.

In Wirklichkeit war nicht sie es gewesen, die etwas überwunden hatte und hinausgelangt war, sondern es war der Käfig gewesen, der sich aufgelöst hatte. Sie musste das erst verstehen und dann etwas Intelligentes antworten, etwas, das ihn vernichtete.

Die Wahrheit ging ihr auf und ihr Duell konnte beginnen.

Hania breitete die Arme aus. Ihr Tonfall war herablassend und sehr gelangweilt, wie wenn man einem Idioten etwas erklären muss, das sich von selbst versteht. Sie achtete auch darauf, langsam zu sprechen und die Worte einzeln zu betonen.

»Ich bin ihre Tochter«, sagte sie und wies dabei auf Mariel. »Menschen können wählen. *Wir Menschen* können wählen. Wir können wählen, ob wir etwas tun oder nicht tun wollen. Ich habe die Wahl, ob ich ein Dämon sein will und mich das Heilige Wasser bannt, oder ob ich es nicht sein will. Wenn ich wähle, kein Dämon zu sein, bin ich frei. Das weiß jeder, der nicht völlig dumm ist.«

Singende Betonung auf *dumm*.

»Zur Hälfte bist du meine Tochter«, brüllte der Herr der Finsternis.

Sie hatte ihn aus der Reserve gelockt.

Ein Punkt für sie.

»Etwas weniger als die Hälfte. Schon von Anfang an

gehörte ein bisschen mehr als die Hälfte meiner Mutter: Sie hat mich in ihrem Bauch getragen. Das macht den Unterschied. Sie hat mir ihre Milch gegeben und das Leben gerettet, mehr als einmal, und dabei das ihre riskiert. Du hast mich nur in die Welt gesetzt, um aus meinem Tod einen Vorteil zu ziehen.«

»Ich bin dein Vater«, brüllte der Dämon. »Ich habe dich geschaffen. Du verdankst mir dein albernes Leben. Du schuldest mir Treue, Loyalität und Dankbarkeit.«

»Vorsicht mit den großen Worten«, sagte Hania lachend. »Warum sollte ich mich auf deine Seite schlagen? Du bist bereit, mich zu töten, sobald dir das in den Kram passt, so viel ist klar. Um mich auf deine Seite zu schlagen, müsste ich ein Opfer bringen. Und Opfer bringt man nur aus Liebe Warum sollte ich dich lieben? Genauer muss die Frage lauten: *Wie hast du nur so dumm sein können zu glauben, dass ich das tun würde?«*

Hania weidete sich an seiner Wut. Nichts brachte den Herrn der Finsternis mehr aus der Fassung als der Vorwurf der Dummheit. Das wusste sie. Eines der vielen Dinge, die sie seit jeher wusste, sie wusste es und basta. Sie wusste, wie man ihn treffen konnte. Indem man ihm das Gefühl gab, lächerlich und dumm zu sein. Diese Wut kam ihr zugute. Sie musste ihn dazu bringen, dass er seine Klarsicht verlor, einen Fehler machte – welchen wusste sie nicht –, um sich und ihre Mutter in Sicherheit bringen zu können.

»Das bedeutet, du rechnest nicht mit den richtigen

Dingen«, fuhr sie fort. »Du hast meine Mutter nicht einkalkuliert.« Der Herr der Finsternis ließ ein Hohnlachen hören, doch er verlor bereits an Konsistenz, war weniger klar erkennbar. »Du hast Dartred nicht einkalkuliert.«

»Den? Bei Neumond wird man ihn hängen!«

Dann war er also noch am Leben!

»Du hast mich verstümmelt«, sagte Hania. Sie musste sich anstrengen, ihre Wut nicht zu zeigen. »Du hast mich als Krüppel auf die Welt kommen lassen, unfähig zu sprechen, unfähig zu lächeln, mit einem unüberwindlichen Ekel vor den elementarsten Dingen, Muttermilch, Brei, Wiegenliedern, eben weil es so wahrscheinlicher war,. dass man mich umbringen würde. Sie hat mich nicht gewollt, aber sie hat mir das Leben gerettet, sie hat es beschützt und geleitet. Und jetzt wunderst du dich, dass ich auf der gegnerischen Seite bin. Deine Naivität ist entwaffnend. Darf ich dir sagen, dass sie den Schwachsinn streift? Vielleicht streift sie ihn ja nicht bloß, sondern schwimmt darin wie ein Fisch im Wasser. Ich mag kleine Fische, vor allem wenn sie grün und blau sind, ich glaube, Grün und Blau sind meine Lieblingsfarben. Nein, meine Lieblingsfarbe ist Rosa.«

Leichter, spöttischer Tonfall, beiläufig.

»Du hast mich als Krüppel auf die Welt kommen lassen, und die Unfähigkeit zu sprechen ist nicht mehr zu beheben«, sagte Hania.

Sie musste sich aufs Äußerste zusammennehmen, damit ihr Ton beiläufig, spöttisch, höhnisch blieb. Ihre

Angst um Mariel durfte nicht erkennbar werden, ihr dringender Wunsch, ihrer Mutter zu Hilfe zu kommen.

»Und bei all dem besitzt du die Dummheit zu meinen, ich würde dir Zuneigung, Hingabe und Dankbarkeit entgegenbringen.«

Sie hatte es mit dem Herrn der Finsternis zu tun: Sein Ziel war es, Wut, Schmerz und Scham zu erzeugen. Ihm zu erkennen zu geben, dass es geglückt war, konnte seine Macht nur vergrößern. Die Furcht, die man vor ihm hatte, die Klage über das Leid, das er einem zugefügt hatte, ließen ihn ins Unermessliche wachsen, während Zweifel und Hohn ihn auf die Größe eines Skorpions zusammenschnurpseln ließen.

»Du hast mich verkrüppelt, und dann erwartest du, dass ich dich liebe, dass ich dir treu bleibe. Was für ein armer Idiot«, sagte sie lachend. Ihre Stimme klang amüsiert.

Sie musste lachen, wenn sie ihn zerstören wollte, egal, was sie gerade fühlte.

Und sie wollte ihn zerstören.

Nur so würde sie Mariels Leben retten können. Nicht nur Mariels Leben. Sie würde auch Dartreds Leben retten, der offenbar noch lebte und lang genug am Leben bleiben würde, damit sie ihn holen konnten.

Sie würde das Reich retten, dieses kleine Reich der Sieben Gipfel, von schrecklichen Feinden umgeben und von schändlichem Verrat unterminiert.

Und vor allem würde sie sich selbst retten, denn erst

wenn ihr Widersacher verschwunden war, würde sie frei sein.

Der Herr der Finsternis verblasste. Aber das Feuer war gefährlich nah an Mariel herangekommen, die einen Schrei ausstieß.

Das gab dem Schatten wieder Kraft, er nahm wieder festere Kontur an.

Die Flammen umzüngelten Mariel, der Schatten würde siegen.

Hania musste ihre Mutter befreien. Mit all ihren Kräften und dem Schwert würde sie den Ast von dem Baum, an dem die Kette befestigt war, zerteilen können. Sie stürzte zu dem Schwert.

Der Schatten brach in Gelächter aus, ein eisiges Lachen.

»Aber sicher, meine Tochter, zeig mir, wie schlau du bist.«

Hania begriff. Es wäre sinnlos, für jeden abgeschnittenen Ast würde er einen anderen nachwachsen lassen.

Jetzt gewann der Schatten wieder an Kraft.

Mariel würde sterben, ihr wunderbarer junger Frauenkörper, der Hania getragen und genährt hatte, würde zu einem Häufchen Asche werden.

Hania empfand Grauen, sie wollte nicht, dass es geschah, doch sie konnte nichts machen.

Etwas Seltsames geschah, sie hatte ein komisches Gefühl in den Augen, ihr Blick wurde unscharf.

Sie weinte.

Ihr Vater, zu sehr mit Lachen beschäftigt, wandte ihr den Rücken zu und bemerkte es nicht. Hania biss die Zähne zusammen.

Der Ritter des Lichts kämpft bis zum Schluss, auch wenn es sinnlos ist, selbst wenn die Schlacht verloren ist. Der Ritter des Lichts ergibt sich nie.

Hania würde an der Seite ihrer Mutter sterben in dem Versuch, sie vor dem Feuer zu bewahren. Sie war der Ritter des Lichts. Man konnte ihr das Leben nehmen, nicht aber ihre Rolle. Sie konnte ihre Mutter nicht retten, aber die Ehre der Welt wäre gerettet. Mariel hatte die Ehre der Welt bewahrt, indem sie Mutter wurde. Hania würde sie retten, indem sie Tochter wurde.

Zuletzt würde ihr Vater gewinnen.

Doch das machte nichts. Sie würde trotzdem bis zuletzt kämpfen, an der Seite ihrer Mutter. Sie war geboren als Tochter des Schattens und sie würde sterben als Ritter des Lichts.

Sie hatte ihre Wahl getroffen.

Mit ihren kleinen Händen umfasste sie den Griff des Schwerts. Sie berührte es zum ersten Mal. Unendliche Kraft strömte durch ihren Arm. Hania war einen Moment lang verdutzt. War ein Zauber in dem Schwert? Aber welcher? Warum wusste sie das nicht und warum wusste ihr Vater nichts davon? Sie umfasste den Griff und fühlte, wie ihre Kraft mit jedem Augenblick zunahm.

Sie ging zur Mutter und versuchte mit kräftigen Hieben den Ast abzuschneiden, an dem ihre Kette befestigt war.

Das Feuer erfasste sie, die Hitze war unerträglich.

»Geh weg«, schrie ihre Mutter. »Bleib du am Leben, mach nicht, dass alles umsonst war!«

Doch mit einem Schlag durchtrennte Hania die Kette, die ihre Mutter fesselte. Da war überhaupt kein Widerstand. Es war wie das Durchschneiden eines Fadens und bei der Berührung mit dem Schwert löste die Kette sich auf.

Der Schatten hörte auf zu lachen.

»Wie ist das möglich?«, zischte er. »In dem Schwert ist überhaupt kein Zauber.«

Hania hielt das Schwert in Händen.

Das war schön. Wenn sie heute nicht starb, würde sie Ritter werden.

Ein Grund mehr, am Leben zu bleiben. Sie betrachtete das Schwert. Wie war das möglich? Welcher Zauber war das?

Das Schwert gehörte ihrer Mutter. Es war auf Befehl ihres Großvaters hergestellt worden, und ihr Großvater war in gewisser Weise der Ritter des Lichts. Viele der Abenteuer, die man sich erzählte, waren seine. Im Griff, im Schwert selbst musste etwas von seiner Kraft zurückgeblieben sein. Es war von Dartreds Vater geschmiedet worden, ein ehrbarer, treuer und guter Mann, wenn er seinem Sohn glich, und dann war da noch ein Zwerg mit am Werk gewesen. Zwerg. Die Macht der Zwerge. Es war etwas in dem Schwert, wovon Hania nichts wusste, denn auch ihr Vater hatte nie etwas davon gewusst, ein auch für ihn verborgenes Geheimnis, etwas, das die Farbe des Taus in den Wäldern, des Windes auf den Hügeln hat. Und dann war da ihre Opferbereitschaft gewesen. Einen Moment lang hatte Hania daran gedacht, sich für ihre Mutter zu opfern, eine etwas blöde Idee, ihr Vater hätte sich sicher kaputtgelacht, aber offenbar war so etwas ein Zauber. Es gab magische Kräfte auch jenseits der Künste ihres Vaters. Liebe, Verzicht hatten ihre eigene archaische Macht.

Hania fühlte sich stark. Sie war frei von ihrer schrecklichen Einsamkeit. Seit jeher hatte sie ihren Vater treffen wollen, um *wir* sagen zu können statt *ich*.

Ein *Wir* gab es, aber nicht mit ihm. Mit Mariel, mit dem Großvater-Ritter, der dieses Schwert geschaffen hatte. Und noch mit anderen würde es ein *Wir* geben. Mit Dartred. Und vielleicht würden dann noch Geschwisterchen hinzukommen, die auch zu diesem *Wir* gehörten.

Hania packte das Schwert und ging auf den Schatten zu, der wieder angefangen hatte, an Kraft zu verlieren.

Sie und der Schatten waren wie die zwei Hälften einer Sanduhr, und die Kraft war der Sand, der von der einen in die andere Hälfte lief, und wenn sie auf der einen Seite zunahm, nahm sie auf der anderen ab.

»Geh, ich, habe dich besiegt«, befahl Hania. Hinter sich hörte sie Mariel husten. Mittlerweile war sie in Sicherheit, weg von dem brennenden Baum.

»Besiegt? Ein Feind ist besiegt, wenn er sterbend am Boden liegt. Oder wenn er tot ist. Komme ich dir tot vor? Ich hätte dich verschont, aber deine Arroganz lässt mir keine Wahl«, sagte der Schatten.

Eine Feuerwand erhob sich rings um Hania und Mariel. Die Flammen waren sehr hoch und noch fern, aber sie kamen näher.

»Jetzt zeig mir, wie schlau du bist«, sagte der Schatten, aber seine Stimme war schwach. Er hatte sich noch nicht von dem Schlag erholt, nicht verstanden zu haben, wieso das Schwert seinen Zauber hatte brechen können.

Mariel lief zu Hania und nahm das Mädchen in den Arm, aber sie machte sich los.

Das war nicht der Augenblick, sich zu umarmen und gemeinsam zu weinen. Sie war viel mächtiger als ihr Vater, auch inmitten der züngelnden Flammen, und doch fand sie keinen Ausweg aus der Feuerwand. Sie versuchte, die Flammen herabzudämpfen, aber sie bildeten sich sofort neu.

Es war noch nicht vorbei. Ganz und gar nicht. Sie musste nur nachdenken.

Sie fühlte Hitze im Gesicht. Von einem Moment auf den anderen würden sie und ihre Mutter Feuer fangen.

Endlich begriff Hania.

Sie musste die Flammen nicht herabdämpfen, sie musste sie löschen. Man brauchte Wasser. Und woher nehmen? Klar.

Regen.

Der Himmel hing voller schwarzer Wolken.

Ihr Vater, das große Genie, hatte große schwarze Wolken am Himmel aufziehen lassen. Ohne Wolken kein Blitz, um ein paar ordentliche Blitze zu produzieren, hatte ihr oberschlauer Vater den Himmel mit Wasser gefüllt. Sehr viel Wasser. Auch die niedlichen, ganz weißen Wölkchen am blauen Himmel waren voll mit literweise Wasser, Hektoliter. Es waren Millionen Liter.

Hania konzentrierte ihre ganze Kraft auf die Wolken, und deren Wasser verwandelte sich in Regen.

Das Feuer erlosch.

Im Tosen des Sturms begann der Schatten zu schrumpfen. Dann lag er kraftlos am Boden.

Regen in der Wüste, sicher, Regen in der Dürre. Regen war Wasser. Wasser löscht das Feuer. Und durchnässt die Kleider. Hania war klitschnass, ihre Haare klebten im Gesicht, und das war wunderschön. Wunderwunderschön.

Sicher.

Wirklich schön.

Aber sie war Hania. Empfand sie nicht Abscheu vor Wasser?

Nicht mehr! Das war vorbei. Bis zu diesem Augenblick hatte sie Wasser verabscheut. War das etwas, das ihr Vater in ihr angelegt hatte, um ihr das Leben noch ein bisschen schwerer zu machen, oder hatte sie das in sich gespürt, einfach weil er es in sich hatte?

Bedeutete Wasser auch für ihren Vater Schwäche und Ekel?

Hania erinnerte sich. Die Frauen auf dem Markt hatten von der Dürre gesprochen, sie hatten gesagt, der Regen wäre Heiliges Wasser. Während der Dürre ist jedes Wasser heilig. Möglicherweise war jedes Wasser für ihren Vater schädlich, aber Regen während einer Dürre noch mehr.

Hania warf einen Blick auf den Wasserschlauch, den der Knappe liegen gelassen hatte. Sie hatte eine Waffe.

Das Wasser würde das Feuer löschen, sicher, und vielleicht würde es den Schatten schwächen, denn es ist etwas Heiliges: Das Erbarmen des Himmels mit der Erde.

23

Schach dem König

Der Schatten hatte wieder an Dichte und Farbe gewonnen. Er war größer geworden. Mittlerweile umringte das Feuer sie auf allen Seiten.

Mariel hatte Hania angesehen. Das Mädchen hatte den Blick erwidert, zum ersten Mal, dann hatte sie den Blick zum Himmel gewandt, diesen Himmel voller Wolken, der mit Regen geizte.

Hania hatte ihr verschlossenes, stets schmollendes Gesichtchen zum Himmel erhoben und hatte ihn regungslos angestarrt, während das hysterische Gelächter des Herrn der Finsternis erschallte.

Das Gesicht der Kleinen hatte sich vor Anstrengung verzerrt, eine so furchtbare Anstrengung, dass sie sichtbar litt. Mariel würde bei lebendigem Leib verbrennen, schlimmer noch, Hania würde mit ihr sterben, und doch hatte es Mariel einen Stich versetzt, als sie das von Leiden verzerrte Gesicht ihres Kindes sah.

Dann plötzlich hatte Hanias Gesicht sich aufgehellt.

Sie hatte gelächelt. Wunderschön, so hatte sie noch nie ausgesehen.

Auch Mariel hatte den Blick erhoben. Und hatte es gesehen. Millionen und Abermillionen von winzigen Wassertropfen lösten sich von diesem Gewitterhimmel, um sanft auf die Erde zu fallen, sie zischten auf den Flammen, die immer niedriger und weniger wurden und dann erloschen. Zuerst waren die Tropfen vom Boden abgeprallt, doch dann hatten sie ihn durchtränkt. Sofort war der Baum zu einem schwarzen Strunk geworden, vollgesogen mit Wasser.

Der Regen fiel weiter.

Mariel hatte nach dem Engel der Finsternis Ausschau gehalten. Der Schatten hatte sich zusammengekrümmt. Der Regen war ihm lästig, oder vielleicht war es auch die Tatsache, dass Hania ihn ausgelöst hatte, um sie zu retten, was dieses Wasser für den Dämon schädlich machte.

Der Regen war so dicht, dass Mariel die Augen fast nicht offen halten konnte.

Sie verlor Hania aus dem Blick.

Dann endlich tauchte das Mädchen wieder auf. Sie schleppte den Schlauch des Pagen heran. Sie hatte ihn aufgefüllt. Heiliges Wasser! Ihr konnte es jetzt also nichts mehr anhaben. Das Mädchen hatte nichts Dämonisches mehr, außer seinen Kräften.

Sie leerte den Schlauch auf den Boden aus, und die Flüssigkeit verbreitete sich, erfasste den Schatten, der ein langes Todesröcheln ausstieß und dann verschwand, mit dem Schlamm einfach davonfloss.

Mariel spürte, wie eine wunderbare Leichtigkeit sie erfasste. Das Ende der Kette, die noch ihr Handgelenk umschloss, löste sich auf.

»Danke«, sagte sie zu ihrer Tochter.

Hania antwortete mit einem unbestimmten Zeichen.

Der Regen fiel weiterhin.

»Ist er weg?«

Das Mädchen nickte.

Jetzt konnte sie nicken und ihr auch ins Gesicht schauen.

Mit einer Geste deutete Mariel auf den Regen.

»Mag er den Regen nicht?«

Das Mädchen nickte.

»Er mag den Regen nicht«, wiederholte Mariel für sich.

So blieben sie beieinander stehen in dem strömenden Regen, der allmählich abnahm.

Mariel war glücklich. Sie war am Leben. Ihr Kind war am Leben. Sie hatte die Bedrohung abgewendet. Die Welt war gerettet. Sie hatte den Herrn der Finsternis und der Täuschung besiegt. Sie hatte die Katastrophe abgewendet.

Der Herr der Finsternis war fort.

Sie waren am Leben und frei. Die Welt war frei.

Der Herr der Finsternis war besiegt worden. Sie und ihre Tochter hatten dieses Wunder zustande gebracht.

»Wirst du sprechen können? Vielleicht mit der Zeit?«, fragte sie.

Das Mädchen schüttelte den Kopf.

Der Regen hörte auf. Die Wolken verzogen sich und der Himmel wurde blau.

Ihr Kind stand vor ihr. Ihr wunderschönes, schmollendes Kind, ihr kleiner Igel.

Ihr kleiner wohltätiger Igel mit seinen außergewöhnlichen Kräften.

Hania wies auf Dartreds Anhänger im Sack und machte dann merkwürdige Zeichen.

»Ich habe es gehört, er ist noch am Leben. Neumond ist in zehn Tagen, und wir sind fünf Tagesmärsche entfernt, ich weiß. Aber wie sollen wir ihn befreien? Wenn ich hingehe, bringe ich dein Leben in Gefahr. Aber ich kann nicht nicht gehen, ich kann nicht hierbleiben, während er stirbt.«

Mariel verstummte. Sie senkte den Kopf. Sie konnte ihn nicht allein sterben lassen. Sie konnte ihr Kind keiner tödlichen Gefahr aussetzen.

Hania hockte sich hin und strich mit der Hand über die regennasse Erde. Sie tat sich auf, und ein winzig kleines Pflänzchen spross heraus, wuchs rasch und bekam eine Knospe, die sich zu einer Löwenzahnblüte öffnete, eine kleine Blume mit leuchtend gelben Blütenblättern.

Hania pflückte die Blume und gab sie ihrer Mutter, ohne ihren gewöhnlichen Ausdruck zu verändern, immer noch ein wenig schmollend,. Mariel fragte sich, ob sie die Kleine umarmen könnte, vielleicht küssen, vielleicht sie auf den Arm nehmen. Nichts dergleichen. Ihre Tochter hatte sich schon abgewandt und ging davon, die Schultern hochgezogen, den Kopf geneigt, die Hände auf dem Rücken verschränkt.

Das war vielleicht das Höchstmaß an Nähe zwischen ihnen. Jedenfalls bis zu diesem Augenblick. Allerdings hatte ihr Mädchen ihr eine Blume geschenkt. Sie hatte getan, was alle normalen Töchter taten: für ihre Mama eine Blume pflücken, um sie zu trösten. Mariel verspürte den Schmerz um Dartred, der sie wie ein Schwert durchfuhr, und zugleich den Wunsch, zu tanzen und zu lachen. Sie war am Leben, war Mutter eines wunderschönen Mädchens, das imstande war, eine Blume zu pflücken und seiner Mutter zu schenken.

»Weißt du«, gestand sie. »Auch ich habe für meine Mama Blumen gepflückt, als ich klein war.«

24

Der Ritter des Lichts

Hania konnte nicht sprechen. Das war unveränderbar. *Wer weiß, sicher mit der Zeit*, hatte ihre Mutter hoffnungsfroh gesagt.

Sie wusste, dass da nichts zu machen war, dass es nie anders sein würde. Es war Hania klar.

Sie hatte aus Mariels Sack Dartreds Medaillon genommen, hatte es ihrer Mutter gezeigt, dann hatte sie mit einem Finger in die Richtung gedeutet, wo die Stadt Kaam lag.

Mit einer weit ausholenden Geste hatte sie zunächst auf ihre Mutter, dann auf sich gezeigt und schließlich mit den Fingern der rechten Hand die Bewegung von gehenden Beinen angedeutet. Dann hatte sie wieder auf das Medaillon gezeigt.

»Du und ich, wir gehen jetzt nach Kaam, um Dartred zu befreien. Weil er dein Bräutigam ist, der Vater der Kinder, die du haben wirst, geliebte dumme Mutter, was willst du sonst tun?«

Das war klar.

Es war Klartext und in der Tat hatte Mariel verstanden.

»Nein«, hatte sie mit fester, vernehmlicher Stimme gesagt. »Ich kann mein Leben aufs Spiel setzen, aber nie würde ich deines riskieren.«

Hania hatte verzweifelt genickt, dann hatte sie alle Zeichen noch einmal gemacht. »Du und ich, wir gehen jetzt nach Kaam und befreien Dartred.«

»Und wie meinst du denn, sollen wir ihn befreien, liebste Tochter?«, hatte Mariel mit einem sehr traurigen Lächeln gefragt. »Allein gegen eine Garnison.«

Hania schnaubte. Sie war *wirklich* dumm. Eine brave Frau, um Himmels willen. Großmeisterin in Mitleid und Barmherzigkeit. Ganz gut auch mit dem Schwert, nichts Besonderes, aber bemerkenswert, wenn man bedachte, dass sie eine Frau war. Was freilich die Intelligenz anging, da kapierte sie nie etwas, war immer zu spät dran, viel zu spät.

Hania sann nach, wie sie ihrer Mutter klarmachen konnte, dass ihre Kräfte zugenommen hatten und sie Außerordentliches vermochte. Die Entstehung einer Pflanze. Das setzte die Fähigkeit voraus, aus dem Nichts einen Samen zu erschaffen, Beschleunigung des Wachstumsprozesses, Einsatz von Materie zur Erschaffung von Stiel, Blättern und Blüte, Einsatz von Energie, um die Produktion von Chlorophyll in Blättern und Blütenblättern zu ermöglichen.

Das Ergebnis, eine Löwenzahnblüte, bot Hania ihrer Mutter zur Anschauung dar. Sogar eine Katze hätte das verstanden.

Ihre Mutter dagegen erinnerte sich verträumt daran, wie auch sie ihrer Mutter Blumen geschenkt hatte – dem bösen alten Weib, das Hania bei ihrer Geburt ermorden wollte. Na, vielen Dank.

Sicher. Das konnte sie sich lebhaft vorstellen, dass ihre Mutter die Kindheit damit zugebracht hatte, Blumen zu pflücken und sie dem bösen alten Weib zu schenken. Sie war der Typ dafür. Auch sie würde ihrer Großmutter einen Strauß schenken, sollten sie einander je treffen: Eisenhut, Belladonna, Fingerhut, Brennnessel und giftigen Efeu. Ein prächtiges Sträußlein.

Noch mal von vorne.

Die Botschaft war, dass ihre Kräfte zugenommen hatten, und das musste sie der lahmen und trägen Intelligenz ihrer Mutter begreiflich machen. Mit der Fußspitze grub Hania ein kleines Loch in den Boden, ein bisschen größer als das, aus dem die kleine Blume hervorgegangen war, dann wartete sie, die Arme auf dem Rücken verschränkt, Kopf geneigt, griesgrämiges Gesicht. Aus der Erde spross ein Bäumchen. Es wuchs und wurde größer, innerhalb weniger Atemzüge war es ein prächtiger Baum von majestätischer Schönheit, und an seinen Ästen, die von intensiv smaragdgrünen Blättern bedeckt waren, erschienen große Granatäpfel. Hania pflückte einen und gab ihn Mariel.

Der Granatapfel war größer als die Löwenzahnblüte, also brauchte man dazu größere Kraft. Ihre Kräfte hatten zugenommen. Das hätte sogar ein Mäuschen begriffen. Ein Schimmer von Verständnis schien Mariels Ausdruck zu beleben.

»Das ist wunderschön«, stammelte sie gebannt. »Wir können in der Wüste Granatäpfel wachsen lassen. Ist es das, was du sagen willst?«

Sicher, in der Wüste würden sie Granatäpfel, Melonen und Bohnen sprießen lassen, die Wüste würde blühen, sie würden Öl und Wein gewinnen, Sesam und Sonnenblumen, aber später. Jetzt mussten sie Dartred und das Reich retten, denn um beide war es nicht gut bestellt.

Hania schnipste mit den Fingern der rechten Hand, dann verschränkte sie wieder die Arme auf dem Rücken, hochgezogene Schultern, geneigter Kopf. Das war die unumstößliche Realität, sie würde ihr Leben mit Idioten zubringen müssen.

Eine Weile lang geschah nichts, dann geschah immer noch nichts, dann erhoben sich vom Boden, von jedem Stein, von jeder Pfütze, die der Regen hinterlassen hatte, Wirbelstürme, die mit schrecklichem Getöse zum Himmel aufstiegen und sich gegenseitig verschlangen, nur der kleine Raum rings um sie beide blieb verschont.

Mariel war verstört, während das Getöse die Erde erschütterte und alle Lebewesen betäubte. Sie war bleich vor Schreck, obwohl sie begriff, sicher war sie intelligent genug dazu, dass all dies ihrer Tochter zu Gebote stand.

Eine kleine Ziege wurde vom Wirbelwind erfasst und durch die Luft getragen.

Hania löste die Hände hinter dem Rücken, schnipste erneut mit den Fingern, ein kleines »Schnapp«, das man jedoch irgendwie durch das Getöse hindurch hörte, und alles verschwand, der Himmel wurde wieder blau, die Fliegen summten wieder, ein Sperling wagte es, seine Stimme vernehmen zu lassen.

Die Ziege wurde vom Wind sacht auf der Spitze einer Sanddüne abgesetzt. Schwankend machte sie ein paar Schritte und fiel erschöpft zu Boden. Mariel sah sich um, bestürzt und benommen. Ihr Blick wanderte immer wieder zu der Ziege.

»Du hast außergewöhnliche Kräfte«, stammelte sie. »Entschuldige, ich weiß, dass es eine dumme Frage ist, in einem Moment wie diesem, aber die Ziege, sie wird sich wieder erholen, nicht wahr?«

Hania nickte dreimal. Ja, sie hatte außergewöhnliche Kräfte, ja, die Ziege würde sich wieder erholen, ja, die Frage war wirklich sehr dumm.

»Du hast den Herrn der Finsternis besiegt«, sagte Mariel schließlich, als sie wieder einen klaren Gedanken fassen konnte. »Also hast du etwas von seinen Kräften übernommen.«

Lauwarm.

Hanias Macht war enorm. Sie hatte jetzt nicht die Kräfte des Herrn der Finsternis, nicht alle, das wäre nicht möglich gewesen, aber sie hatte einige davon.

Sie hatte den Körper eines vierjährigen Mädchens, die Kräfte eines unsterblichen Engels und einen Geist auf halbem Weg zwischen einem göttlichen Wesen und einem Rotzblag. Insgesamt eine interessante Mischung.

»Du hast einen Teil seiner Kräfte!«, verstand Mariel endlich.

Hania erlaubte sich ein Nicken. Sie zeigte wieder in Richtung Kaam. Konnten sie aufbrechen?

»Ja«, antwortete Mariel. »Ich glaube, wir können gehen… Ich glaube, wir können ihn befreien, ohne dass du in Gefahr gerätst. Das versprichst du mir, nicht wahr? Dass du keinerlei Gefahr läufst?«

Hania schnaubte und dann gab sie ein weiteres Mal ihr vages Zeichen der Zustimmung. Dass ihre Mutter sich bloß nicht an das viele Gerede und Genicke gewöhnte. Hania mochte Konversation nicht.

»Warte. Ich habe einen Mann getötet«, sagte Mariel.

Gut: Einer weniger. Jeder getötete Feind war einer, den man nicht mehr bekämpfen musste und der ihnen nie mehr auflauern würde, um sie zu töten.

»Wir müssen ihn würdig bestatten. Die Achtung vor dem Körper des Feindes macht den Unterschied zwischen einem Krieg, der nach den Regeln der Ritterlichkeit geführt wird, und einem ohne solche Regeln.«

Natürlich. Sie konnten ihn würdig bestatten und einmal im Jahr Blumen vorbeibringen. Waren die Feinde erst tot, dann konnte man Höflichkeit walten lassen, warum nicht.

»Da es undenkbar ist, mitten in der Wüste ohne Schaufeln und Hacken ein Grab auszuheben, wird die würdige Bestattung symbolisch sein«, sagte Mariel und drehte den Leichnam auf den Rücken.

Sie schloss ihm die Augen, sodass er aussah, als schliefe er friedlich, faltete seine Hände, dann nahm sie eine Handvoll Erde und streute sie über den Leichnam.

»Dass das Licht Euren Geist aufnehme«, rezitierte sie. »Ich bitte Euch um Verzeihung, dass ich Euch das Leben genommen habe, das Eure Mutter Euch gegeben hat, und ich verzeihe Euch, dass Ihr mich gezwungen habt, Euch zu töten, Euch das Leben zu nehmen, das Eure Mutter Euch gegeben hat. Ich kenne Euren Namen, und ich werde die Erinnerung an Euch bewahren, ich bete darum, dass Ihr ins Licht gelangt, dass Ihr im Licht Eure Vorfahren wiederfindet und im Licht auf Eure Lieben warten könnt.«

Hania schaute ihr ins Gesicht und nickte. Feinde mochte sie tot. Weder verwundet noch in Ketten, sondern richtig tot. Es war nicht bloß, dass ein toter Feind einem nicht mehr schaden konnte, dass man kein Geld und keine Energie mehr aufwenden musste, um ihn gefangen zu halten, dass man ihn nicht ernähren musste, und keine Gefahr lief, dass er ausbrach und wieder ein Risiko und ein Problem wurde. Es war die Symmetrie der ganzen Sache: Du hast den getötet, der versucht hat, dich zu töten. Der Wille zu töten brachte den Willen zu töten hervor, also war der Wille zu töten auf beiden

Seiten vorhanden, ein symmetrisches Spiel, das eine Reinigung bewirkte. Im Schmerz über den eigenen Tod konnte der, der den Tod bringen wollte, seine verlorene Menschlichkeit wiederfinden. In dem Moment, als er getötet wurde, hatte der Mann die Worte »Tut mir leid« gesagt. Es war nur ein Flüstern gewesen: Mariel hatte es nicht gehört, aber Hania wohl, sie kompensierte ihr Nicht-Sprechen mit einem so feinen Gehör, dass sie den Flügelschlag eines Schmetterlings hören konnte, kein Laut entging ihr. Also nahm auch sie eine Handvoll Erde und warf sie auf den Leichnam.

Das war keine hohle Geste. In gewisser Weise war es schön. Kaum war Hanias Handvoll Erde hinzugekommen, hatte der Boden unter ihm sich sanft geöffnet, und ein echtes Grab nahm den Mann auf.

Ihre Mutter sah sie an, Hania gönnte sich ein kleines, nachsichtiges Lächeln und zeigte auf den Granatapfel.

Kräfte. Viele.

Endlich machten ihre Mutter und sie sich auf den Weg nach Kaam, um den zu befreien, der der Vater ihrer Geschwister sein würde.

Ein Haufen von Schwachköpfen, sicher, aber wenn man sie von Anfang an erzog, ihnen schon von klein auf die Dinge beibrachte, konnten sie ganz passable Knappen werden. Auch magische Kräfte konnte sie ihnen beibringen, viel war angeboren, aber manches konnte man auch lernen. Ein Haufen von Schwachköpfen, sicher, wie ihre Eltern, aber es war bestimmt auch nett, ein Brüderchen zu haben, dem man ein paar Tricks beibringen konnte.

Sicher würden ihre Geschwister Leute sein, denen man besser nicht auf die Füße trat.

Ihre Mutter fing wieder an, vom Ritter des Lichts zu erzählen. Das war die albernste und dümmste Geschichte, die sie je erzählt hatte. Offenbar wurden die Geschichten besser, wenn sie traurig und verzweifelt war.

Der Anfang war gar nicht so schlecht, der Ritter des Lichts kämpfte gegen Orks, die Kinder entführt hatten, aber dann verlor sich die Geschichte in albernen Nebensächlichkeiten.

Der Ritter des Lichts heiratete.

Über eine Strecke von zwei Meilen beschrieb ihre Mutter das Hochzeitskleid der Braut, den Kranz aus weißen Blüten, den sie auf dem Kopf trug, den Trauring, die Gerichte beim Hochzeitsessen. Das Wort »*Hochzeit*« tauchte überall auf wie eine Heuschrecke.

Mariel schilderte die Brautjungfer.

Offenbar hatte die Braut des Ritters des Lichts schon ein Kind, ein Mädchen, das ebenfalls an der Hochzeit teilnahm, auch es mit einem Blütenkranz im Haar und einem Schleier.

Was Brautjungferntätigkeiten anging, brauchten sie auf Hania nicht zu zählen. Sie war Hania aus dem Geschlecht der Sieben Gipfel, Herrin der Wölfe, Gebieterin über den Geist der Bären, und sie würde Feldherr für die Freiheit der Völker werden, und diese Freiheit würde sie mit aller Gewalt verteidigen, die sie in sich trug, aber im Rahmen der Gerechtigkeit.

Sie war Hania von den Sieben Gipfeln, und sie hatte eine dunkle Seite, sie war aber auch Erbin des Ritters des Lichts.

Sie würde ein Wappen haben mit einem Schwert und einem Wolf und auch einem Granatapfelbaum.

Sie mochte Granatäpfel: ein Herz aus sanft schimmernden Körnern, geschützt von einer dunklen, harten Schale.

Hania lächelte.

Sie bemerkte, dass sie lächelte und dass dieses Lächeln von innen kam. Sie brauchte sich nicht darum zu bemühen, es richtig zu machen, es kam von innen.

Lächeln war schön. Ab und zu.

Besser nicht übertreiben. Aber es war schön.

Und früher oder später würde sie der Mama sagen, dass sie eine Puppe wollte.

Silvana De Mari lebt mit ihrer Familie und einem riesigen Hund in der Nähe von Turin. Sie arbeitete als Ärztin in Italien und Afrika, bevor sie sich zur Psychotherapeutin ausbilden ließ. Nachdem sie schon kürzere Texte in Zeitschriften veröffentlicht hatte, gelang ihr mit ihrem ersten Kinderbuch »Der letzte Elf« und den drei Folgebänden ein sensationeller weltweiter Bestseller-Erfolg.

Von Silvana De Mari sind bei cbj ebenfalls erschienen:

»Der letzte Elf« (Band 1; 21952)
»Der letzte Ork« (Band 2; 22239)
»Der letzte Zauber« (Band 3; 22281)
»Die Rückkehr der Elfen« (Band 4; 22327)

Mehr zu cbj auf Instagram @hey_reader

Silvana De Mari

Yorsch ist der letzte Elf der Welt. Und als solcher ist er dazu bestimmt, die Erde aus dem dunklen Zeitalter der Kälte und des ewigen Regens, in dem sie zu versinken droht, zu führen. Damit dies gelingt, muss Yorsch aber zuerst ein anderes verwaistes Wesen finden: den letzten Drachen! Und als sich der letzte Elf und der letzte Drache finden, nimmt eine uralte Prophezeiung ihren Lauf und für die beiden Freunde beginnt das Abenteuer ihres Lebens ...

Der letzte Elf
368 Seiten
ISBN 978-3-570-21952-2

Der letzte Ork
896 Seiten
ISBN 978-3-570-22239-3

Der letzte Zauber
544 Seiten
ISBN 978-3-570-22281-2

Die Rückkehr der Elfen
476 Seiten
ISBN 978-3-570-22327-7

cbj FANTASY

www.cbj-verlag.de

40066

Jonathan Stroud

LOCKWOOD & CO.

LONDON, ENGLAND: In den Straßen geht des Nachts das Grauen um. Menschen verschwinden und um die Ecken wabern tödliche von Geisterwesen ausgesandte Plasmanebel. Denn seit Jahrzehnten wird Großbritannien von einer wahren Epidemie an Geistererscheinungen heimgesucht.

LOCKWOOD & CO. ist eine der zahlreichen Agenturen, die sich überall gebildet haben, um gegen diese Plage vorzugehen. Gemeinsam haben die drei Agenten von Lockwood & Co. alle Hände voll damit zu tun, dem Horror von London die Stirn zu bieten und nebenbei das Ganze auch noch irgendwie zu überleben.

Lockwood & Co. –
Die Seufzende Wendeltreppe
432 Seiten,
ISBN 978-3-570-15617-9

Lockwood & Co. –
Der Wispernde Schädel
512 Seiten,
ISBN 978-3-570-15710-7

Lockwood & Co. –
Die Raunende Maske
ca. 400 Seiten,
ISBN 978-3-570-15963-7

Lockwood & Co. –
Das Flammende Phantom
ca. 432 Seiten,
ISBN 978-3-570-15964-4

Jonathan Stroud

Bartimäus

Mit dem Dschinn Bartimäus hat ein dämonischer Geist die Bühne der Fantasyliteratur betreten, dessen spitzzüngiger Charme die Leser überall auf der Welt begeistert. An der Seite des jungen, ehrgeizigen Zauberers Nathanael sieht sich Bartimäus nach Jahrhunderten der Ruhe und Beschaulichkeit in eine der schlimmsten Auseinandersetzungen verstrickt, die die Welt der Zauberer je zu meistern hatte ...

Das Amulett von Samarkand
Band 1 – 544 Seiten, ISBN 978-3-570-21695-8

Das Auge des Golem
Band 2 – 672 Seiten, ISBN 978-3-570-21853-2

Die Pforte des Magiers
Band 3 – 608 Seiten, ISBN 978-3-570-21957-7

Der Ring des Salomo
Band 4 – 480 Seiten, ISBN 978-3-570-22303-1

5421/4

cbj

www.cbj-verlag.de